뿌리

뿌리
Ophav

한국계 덴마크 작가 에바 틴드 장편소설
손화수 옮김

산지니

차례

일러두기

1. 본문의 주는 모두 역주이다.

프롤로그

우윳빛처럼 하얀 빗방울이 안개처럼 허공을 맴돌았다. 나는 노루가죽으로 만든 옷을 입고 숲 가장자리에 웅크려 앉아 사슴 뿔로 장식한 모자가 드리우는 그림자에 내 얼굴을 숨겼다. 딱정벌레와 살찐 달팽이를 찾아 흙을 파헤치는 꿩의 발소리는 내 눈보다 귀에 먼저 닿았다. 나는 소리 없이 총을 치켜들고 꿩을 조준했다. 총소리와 함께 숲이 부르르 떨렸고, 동시에 꿩이 힘없이 쓰러졌다. 숲의 떨림은 땅을 덮고 있던 하얀 안개를 장막처럼 밀어냈다. 총알이 멈춘 지점으로 발을 옮겼다. 꿩은 꼼짝도 하지 않고 마치 잠에 빠진 듯 바닥에 널브러져 있었다. 꿩의 몸통을 무자비하게 관통한 작은 총알들이 눈에 띄었다. 깃털은 상처를 덮고 있었다. 가볍게 떨리는 내 숨소리가 귓전을 스쳤다. 심장이 뿜어내는 뜨거운 피가 내 온몸을 흐르는 것도 느낄 수 있었다. 나는 무릎을 꿇고 앉아 꿩의 눈을 들여다보았다. 마치 크리스털 구슬 속에 갇혀 있는 작은 개미를 보는 것 같았다. 땅에서 솟아오르는 한기가 내 무릎을 파고들었다. 나는 허리를 쭉 펴고 몸을 일으켜 모자를 벗은 후, 꿩의 다리를 거머쥐고 집으로 향했다. 날이 서서히 밝아오고 있었다.

키 큰 잔디에 낀 서리는 마치 하얀 털처럼 보였다. 집으로 향하는 길 위의 자동차 바퀴 자국이 하얀 털 위에 두 개의 녹색 줄을 만들어냈다. 집에 가까이 가니 검정색 피아트 한 대가 서 있었다. 찾아올 사람은 없었다. 김이 모락모락 피어나는 자동차를 보니 마치 살아 있는 짐승 같았다. 발을 멈추었다. 정적이 흘렀다. 숨을 죽인 자연. 심지어 나무들조차도 숨을 죽이고 있는 것 같았다. 나는 정적을 깨고 자동차를 향해 발을 옮겼다. 자동차 뒷편에 손이 닿을 정도로 가까이 다가갔을 때, 차 문이 열렸다. 가장 먼저 눈에 띄었던 것은 차에서 내리는 그녀의 발이었다. 하얀 발목, 헐렁한 바지. 윤기 나는 긴 머리. 카이를 닮은 얼굴.

"수이?"

그녀가 차 문을 닫고 내게 다가왔다.

"언제 왔어?" 나는 놀란 표정으로 물었다.

"안녕하세요, 미리암." 그녀가 말을 이었다. "오랜만이에요."

코펜하겐, 2010
카이

수이가 먼저 말문을 열었다.

"집을 나가서 독립하려고 결심했어요."

허공을 떠도는 그녀의 한마디가 모든 것을 바꾸어놓았다.

"안톤과 함께 살기로 했어요."

수이는 행복해 보였지만, 그녀의 미간에는 가느다란 주름이 자리하고 있었다.

"넌 여기서 공짜로 살 수 있는데 왜 그런 결정을 했지? 독립을 생각할 만큼 경제적 여유도 없으면서?"

"저는 카페에서 아르바이트를 해요. 게다가 이미 안톤과 함께 산 지 꽤 되었어요. 때문에 크게 달라진 건 없어요."

"하지만 너무 이르지 않니?"

"아버지도 열여덟 살 때 집을 나와 독립하셨잖아요."

"그때와는 시대가 다르잖니. 요즘은 거의 스무 살이 될 때까지 부모와 함께 살아. 게다가 우린 아무 문제 없이 잘 지내고 있는데… 함께 책을 읽고, 함께 영화를 보고… 우린 동반자라고 할 수 있어. 너도 그렇게 생각하지 않니?"

"저도 이제 제 삶을 스스로 책임지며 살고 싶어요."

그때까지 나의 현실적인 삶은 세상의 오른쪽에 자리한 평범한 램프 불빛 아래에 자리하고 있었다. 가구들과 내가 소유한 단 하나의 식물인 선인장은 왼쪽을 향해 그림자를 드리우고 있었다. 하지만 수이의 입 밖으로 나오는 말을 듣는 그 순간, 갑자기 왼쪽 램프 불빛이 내 삶을 비추어 내리기 시작했다. 딸깍. 나는 두 개의 태양을 닮은 두 개의 램프불 아래에 서 있었다. 별안간 나를 둘러싼 모든 것은 환한 불빛 때문에 깊이를 잃어버렸다. 지금까지 그림자 속에 숨어 있던 것들이 윤곽을 드러내기 시작했다. 식은땀이 흘러내렸다. 겨드랑이와 인중에 작은 땀방울이 송글송글 맺히기 시작했다. 마치 반란을 일으키는 바다처럼 온몸의 땀구멍에서 땀이 솟는 나를 향해, 수이가 바닷속의 물고기처럼 두 팔을 활짝 벌렸다. 내 입속은 침이 고여 바다가 되어버렸지만, 나는 애써 차분한 미소를 지었다. 깊은 심연 속으로 빠져들어 가는 것 같았다. 물은 점점 차올랐다. 목이 막히기 시작했다. 인간의 몸에서 수분이 차지하는 비율은 50~60퍼센트라고 했던가. 만약, 입을 벌리면 폭포수처럼 물이 쏟아져 나올 것 같았다. 하지만 입을 벌리지 않으면 나는 물속에 잠겨버릴 것이다.

마침내, 거세게 솟아오르던 물이 제자리로 되돌아갔다.

나는 그녀를 두 팔로 감싸 안았다. 그녀의 몸은 생기 넘치는 물고기 같았다. 어린아이처럼 홍조를 띤 그녀의 얼굴. 그녀는 안톤과 함께 살기 위해 집을 나가겠다고 했다. 안톤을 떠올려 보았다. 키 크고 호리호리한 금발의 장애물. 그는 부유한 집에서 자라 대학에서 경제학을 전공하지만 항상 치렁치렁한 귀걸이를 달고 다니며, 자본주의를 혐오한다고 입버릇처럼 말했다. 수이는 작가가 되고 싶어 했다. 아르바이트를 하면서 겪었던 일은 물론, 주변의 모든 일을 매일 수첩에 기록했다. 손수 만든 옷과 헐렁하고 이상한 바지를 입은 그녀는 마치 고대 신화에 나오는 님프처럼 보이기도 했다. 갸름한 얼굴과 긴 갈색 머리, 아몬드를 닮은 두 눈. 그녀의 두 눈에서는 항상 생기와 배려심을 볼 수 있었다. 이제 그 두 눈이 나를 바라보고 있었다. 문득, 텅 빈 집에서 술로 외로움을 달랠 내 모습이 떠올라 두려움에 휩싸였다. 혼란스러웠다. 난생처음 어떤 일을 경험했을 때의 그 느낌과 기분은 반복되지 않는다. 처음으로 자식이 품을 떠날 때의 느낌은 세상의 빛이 사라지는 것에 비교할 수 있다. 수이의 첫니가 빠졌을 때, 그것은 너무나 작아 내 눈을 믿을 수가 없을 정도였다.

그리고 첫사랑. 대상은 옆 반의 로네였다. 부드러운 손과 윤기 나는 머리카락. 그녀에게서는 소나무 향이 났고 그녀의 웃음 소리는 귓전을 스칠 때마다 나를 설레게 만들었다.

겨자소스를 처음 맛보았을 때. 살아 있는 물고기를 처음

보았을 때. 토끼와 강아지와 말을 처음 보았을 때. 소의 혀로 만든 요리와 오렌지를 처음 맛보았을 때. 그 씨는 미끈미끈한 액체 속에 담겨 있는 생선의 눈알을 닮았다고 생각했다. '바보 같으니!' 나는 혼잣말을 하며 털썩 주저앉았다.

처음으로 물 위를 걸었을 때도 잊을 수가 없다. 살얼음이 낀 호수 위에서였다. 아버지는 호숫가에 서서 내게 손짓을 했고, 나막신을 신은 나는 반짝이는 살얼음 위에서 놀고 있었다. 균형을 잃은 나는 앞으로 풀썩 넘어져버렸고, 차가운 물이 온몸을 적셨다. 어머니가 상처 입은 짐승처럼 비명을 지르며 뛰어왔다. 나는 간신히 몸을 일으켜 얼음 위로 올라간 다음 미끄러지듯 앞으로 나아갔다. 어머니가 소리를 질렀다. "너는 물 위에서 걸을 수도 있구나!" 어머니의 목소리가 세찬 바람에 휩쓸려 떨리듯 내 귓전을 스쳤다.

처음으로 비행기를 탔던 날. 하얀 솜뭉치 같은 구름 위에 있던 나는 낯선 세상으로 발을 디뎠다.

처음으로 자위를 했던 날. 예기치도 않았던 일이 벌어졌다. 발딱 솟은 아랫도리를 문지르자 숨이 가빠졌다.

수이를 처음 보았던 날. 플라스틱 침대 위에 누워 있는 작은 생명체는 세포막 속에서 막 빠져나온 듯한 외계인처럼 보였다.

수이가 처음으로 내게 미소를 지었던 날, 나는 온몸을 감싸오던 기쁨을 느꼈고, 그녀가 처음으로 걸음마를 했을 때도 형언할 수 없는 기쁨을 느꼈다.

어린이집에 수이를 처음 맡겼던 날, 아이는 칼에 가슴을 찔린 듯 날카롭게 울어댔다. 나는 무겁기 한량없는 손으로 문을 열고 어린이집을 나섰고, 내 뒤에는 가슴 아픈 핏자국이 발자국을 만들어냈다.

미리암이 우리를 떠났던 날. 그것은 구체적으로 발생했던 일이라기보다는, 용서하고 이해해야 하는 추상적인 일이었으며, 풍경 속에 자리한 날카로운 조각상처럼 아직도 내 기억 속에 남아 있다. 나는 모든 것을 정확하게 기억하고 싶었다.

수이가 미리암을 찾으며 서럽게 울었던 날. 나는 처음으로 내가 여자였으면 하고 바랐다. 어머니처럼 아이를 감싸 안아주고 싶었기 때문이다.

수이가 처음으로 자전거를 탔던 날. 가슴이 터질 것 같았던 기쁨은 아이의 작은 자전거 바퀴였다.

수이가 학교에 입학했던 날. 나는 자랑스러워 어쩔 줄 몰랐다.

수이가 처음으로 생리를 했던 날. 나는 태어나서 두 번째로 내가 여자였으면 좋겠다고 생각했다. 여자로 태어났더라면.

그리고 지금: 내 딸이 집을 나가 독립하겠다고 선언하는 순간, 내 삶은 달라졌다. 이전과 같은 것은 하나도 없었다. 시간을 멈추고 그녀를 막을 수만 있다면 얼마나 좋을까. 하지만 설사 그렇게 할 수 있다 치더라도 다음 순간 나는 후회할 것이 틀림없다. 절망감에 손을 깨물거나, 부엌문에 망치질을 하다 부어오르는 손가락을 보며 끝내는 아이를 떠나보낼 수밖에 없다는 것을 깨닫게 될 것이다. 높은 하늘 위로 돌멩이를 던지고 눈을 감는 심정이었다. 그 돌멩이가 아이의 머리 위에 떨어지지 않기만을 바랐다. 돌멩이는 허공을 가르며 날아가다가, 손으로 쓴 듯한 '이곳에서 쇼가 시작됨'이라는 조악한 표지판을 스쳤다. 새로운 삶. 그녀의 앞에는 뒤에 남기고 간 삶보다 더 큰 삶이 기다리고 있을 것이다.

코펜하겐, 2010
수이

"얼른 침대로 와. 지금 꼭 가야 하니?" 안톤이 말했다.

"아버지와 함께 저녁을 먹기로 했어."

"하지만 난 지금 당장 네가 필요해. 네 아버지는 조금 기다려도 되잖아. 얼른 여기 와서 누워. 5분이면 돼."

"안톤! 안 돼. 난 항상 약속 시간에 늦는단 말야."

"우린 젊어. 약속 시간을 지킬 의무는 없어. 아무도 우리가 늦게 온다고 뭐라 하지 않을 거야."

"다른 사람의 감정과 기분은 무시해도 좋다는 말이니?"

"응, 바로 그거야. 그게 바로 우리가 하는 일이지. 물론, 의도해서 일부러 하는 일은 아니지만."

"물론, 아니겠지."

"솔직히, 네가 한 30분 늦는다고 해서 큰일이 나는 것도 아니잖아. 네가 조금 늦게 간다고 네 아버지가 화를 내진 않을 거야. 그렇지?"

"요점은 그게 아냐."

"네 아버지는 단 한 번도 사회적 규범을 어긴 적이 없어."

"아냐, 우리 아버지도 그럴 때가 있어."

"한 가지만 예를 들어봐."

"우리 아버진 물 위를 걸을 수도 있어."

"흠, 그렇다면 내 손은 마법의 손이라 해도 되겠군."

"관둬. 간지러워! 관두라고!"

"네게서 입냄새가 나."

"방금 이를 닦았어."

"그래도 냄새가 나."

"같이 가자. 공짜로 저녁을 먹을 수 있잖아."

"리포트를 써야 해. 그런데, 정말 그 옷을 입고 갈 거야?"

"응."

"포대자루 같아."

"다른 사람의 옷차림에 일일이 신경을 쓴다면 세상을 바꾸진 못할 거야. 바로 그 때문에 너는 의미 있는 일을 하기보다는 여기 앉아서 리포트만 쓰고 있는 거라고."

"내가 하고 싶었던 말은 그게 아냐, 수이. 어쨌든, 그 자루는 네게 잘 어울려."

"자루가 아니라 바지야."

"알았어, 알았다고. 바지!"

10분 후, 나는 마당에 서서 창문을 올려다보았다. 안톤은 창을 통해 손을 흔들고 커튼을 쳤다. 창문에는 그의 손자국이 하얗게 남아 있었다. 자물쇠를 풀고 자전거에 올라타려는 찰나, 바퀴에 펑크가 나 납작하게 변했다는 것을 깨달았다. 버스를 타고 갈까 하다가 마음을 고쳐먹고 걸어가기로 했다. 문득, 거리는 바다고 나는 그 거리를 헤엄치는 물고기라는 생각을 했다. 수면 아래에서 칼날처럼 반짝이는 물고기. 교차로를 지나칠 때, 반대쪽으로 흘러오는 물살에 휩쓸려 방향을 틀어야만 했다. 아버지의 친구인 옌센은 언젠가 내게 '코프의 법칙'[*]에 관해 설명해준 적이 있다. 약 36억 년 전 지구상에 최초로 모습을 드러낸 생명체는 너무나 작아 눈에 보이지 않을 정도였다. 그 개체가 세포만 한 크기로 진화할 때까지 걸린 시간은 약 25억 년이었다. 진화적 시간에 따라 개체의 크기가 커진다는 이 이론은 미국의 고생물학자 에드워드 드링커 코프[**]의 이름을 딴 것이다. 옌센은 바닷속의 생물이 커지고 진화하는 데는 더욱 오랜 시간이 걸린다고 했다. 그녀는 모르는 것이 없었고, 항상 중요하다 싶은 것을 내게 이야기해주곤 했다.

발걸음을 더욱 빨리했다. 내가 아르바이트를 하는 카페를 지나치며, 창을 통해 계산대 뒤에 서 있는 파리스를 보았

---

[*] 진화적 시간에 따라 개체의 크기가 커진다는 이론
[**] Edward Drinker Cope, 미국의 저명한 고생물학자

다. 새로 일을 시작한 지 얼마 안 되는 파리스는 웃기게도 파리에서 온 아이였다. 그녀가 입고 있는 줄무늬 블라우스는 왼쪽 어깨를 훤히 내보이고 있었다.

카페를 지나친 지 한참이나 되었지만, 어쩐 일인지 머릿속에서 그녀의 훤히 드러난 어깨를 지울 수가 없었다. 아버지의 집에 도착했다. 대문은 열려 있었고, 부엌은 텅 비어 있었다.

"아버지?"

"난 욕실에 있어. 소스를 만들어주겠니?"

우리는 집에 있을 때면 함께 음식을 만들거나 번갈아가며 음식을 만들곤 했다. 나는 바질 잎을 뜯어놓고, 냉장고에서 야채와 고기를 꺼냈다. 양파를 썰고 프라이팬에 올린 후, 일본식 부엌칼로 토마토를 썰어 양파 위에 쏟아부었다. 기름이 튀기 시작했다. 아버지가 거실로 나왔다. 얼마 전까지만 해도 우리의 집이었던 그곳에 홀로 서 있는 아버지는 집의 일부분처럼 보였다.

"이제 졸아들 때까지 기다리기만 하면 돼요."

"벌써 맛있는 냄새가 나는구나." 아버지가 젖은 수건을 라디에이터에 걸어놓았다.

아버지는 우리가 항상 타인의 눈에 평범하게 보이기를 바랐기에 단 한 번도 눈에 띄는 특별한 일을 하지 않았다. 때문에 우리는 감기 같은 자잘한 병에도 매번 병원을 찾았다.

"나는 심신의 불균형을 바로잡을 수도 있고, 설렘이나 흥분감을 없앨 수도 있지만, 우리 몸에 찾아든 병을 고칠 수는 없단다."

아버지는 건축설계사였다. 질병은 마치 우리의 몸이 집이라도 되는 양 자리를 잡았다. 아버지는 우리 집도 직접 설계하고 지어 올렸다. 나는 어린 시절의 대부분을 그 집에서 살았지만, 어쩐 일인지 항상 그리움과 동경에 시달렸다. 우리 집은 사람이 살지 않는 집처럼 공허하기만 했다. 거실 탁자 위의 천장에는 PH 램프가 매달려 있었고, 가구들은 모두 직접 설계한 것이었다. 집 안에는 가족사진도 찾아볼 수 없었고, 집과 가구에 어울리지 않는 불필요한 색과 무늬는 모두 배제되었다. 안톤의 어머니가 사는 집과는 정반대였다. 그곳에는 창틀에 시든 꽃잎들이 널브러져 있었고, 방 안에는 뜨개질을 해서 만든 장식물과, 조각상과, 여행지에서 가져온 갖가지 기념품들로 가득했다. 그녀의 집은 마치 중고물품을 파는 가게 같았지만, 눈을 돌리는 곳마다 아늑한 기분을 느낄 수 있었으며 그 집에 깃들어 있는 역사를 느낄 수 있었다.

"무슨 생각을 하고 있니?" 아버지가 내게 물었다.

"아무것도 아니에요."

마돈나가 잠결에 으르렁거렸다. 털이 북실북실한 강아지는 문 앞 카페트 위에 웅크린 채 자고 있었다. 갑자기 마돈나가 한쪽 눈을 뜨고 나를 쳐다보았다.

코펜하겐, 2010
카이

나는 홀로 딸을 키우는 남자로 지내며 항상 나 자신을 여행자로 생각해왔다. 배낭을 메고 여행을 한 지는 꽤 오래되었지만 여전히 내 속에는 방랑자의 모습이 숨어 있다고 생각했다. 나는 고등학교 졸업 후 중동 지역, 남아메리카, 아프리카를 여행했다. 대학에서 건축학 공부를 마치면 다시 세계 여행을 떠나기로 마음먹었다. 하지만 뜻하지 않게 아버지가 되어버렸다. 수이가 세상에 태어난 이후 나는 평범하고 규칙적인 생활을 해왔다. 오랜 친구 핀과 함께 설립한 건축 회사는 번창을 거듭했다. 최근에는 건축일에서는 손을 떼고 의뢰가 들어오는 대규모 프로젝트를 위해 설계만 할 뿐이다. 나는 알 수 없는 동경과 그리움을 잠재우기 위해 무엇이라도 해야만 한다고 생각했다. 옌센은 내게 스스로 경험해보지 못한 일들은 자주 그 실체와는 달리 더 흥미롭게 여겨지기 마련이라고 말했다. 지난 18년 동안 나는 보금자리를 만들고 딸을 키우는 데 삶을 헌신했다. 이제 나는 머리가 희끗희끗한 44세의 중년 남자가 되었고, 강아지 한 마리와 함께 살고 있다. 겨우 삶의 절반밖에 살지 않았다. 남은 삶은 무엇을 하며 시간을 보내야 할까? 아직도 내겐 방랑자의 기질이 남아 있을까? 아니, 내 삶은 이미 얼어붙은 폭포수처럼 제자리를 지키고 있을지도 모른다. 도대체 나는 누구일까? 문득 내가 활짝 열린 세상으로 다시 나아갈 수 있는 자유의 몸이라는 생각이 스쳤다. 거칠 것은 아무것도 없었다. 순간, 뱃속을 간질간질하게 만드는 설렘과 흥분이 치솟아 올랐다. 다시 홀로 세계 여행을 할 수 있을까? 조각상 박물관의 탁자 위에 걸쳐놓았던 코트를 집어 들었다 다시 내려놓았다. 박물관의 야자수 정원에는 커다란 열대 꽃이 활짝 피어 있었다. 사람들은 꽃을 빙 둘러싸고 사진을 찍고 있었다. 커다란 꽃잎은 벨벳 같은 가루를 머금고 더듬이처럼 바람에 하늘거리는 암술과 수술을 감싸안고 있었다. 하지만 꽃의 아름다움과는 반대로 그 향은 너무나 지독했다. 마치 썩은 고기냄새를 맡는 것 같았다. 꽃이 숨을 들이쉬고 내쉴 때마다 그 지독한 냄새는 허공에 파도를 만들어냈다. 사람들은 그 냄새가 호흡기를 통해 몸 안으로 스며들어 올까 봐 입과 코를 막은 채 서 있었다.

나는 야자수 정원의 가장 안쪽, 커다란 창문 옆 테이블에 자리를 잡고 앉아서, 코에 주름을 만들어가며 꽃을 구경하는 사람들을 바라보았다. 저 멀리서 옌센이 다가왔다. 눈부시게 노란 원피스를 입은 그녀는 목에 빨간 스카프를 두르고 밀짚 모자를 쓴 채 정원을 가로질러 내게 걸어오고 있었다.

"나는 당신을 볼 때마다 행복해져." 그녀가 내 뺨에 입을
맞추며 말했다.

그녀의 입술은 촉촉하게 젖어 있었다. 내 뺨에 그녀의
빨간 루즈 자국이 남아 있는 것 같아 얼른 손등으로 뺨을 닦
았다.

"가만히 두면 좋았을걸. 루즈 자국이 더 크게 번졌잖아."
그녀가 말을 이었다. "아시아 쪽에선 새로운 소식이라도 있
어?"

"당신만 아니었더라면 나는 진작에 자리를 떴을 거야."

"당신을 놀리는 일은 아무리 해도 지겹지가 않아." 옌센
이 웃음을 터뜨리며 말했다.

"난 순수한 동양인도 아냐."

"나도 알아. 하지만 당신의 쭉 째진 눈을 보면 너무나 확
실하잖아."

나는 그녀에게 닥치라고 말하고 싶었지만 아무 말도 하
지 않았다. 그녀에게 상처를 주고 싶진 않았다. 그녀는 상처
가 되는 말을 들으면 쉽게 절망할 뿐 아니라 심한 말도 내뱉
을 수 있는 사람이었기 때문이다.

"낡은 배낭을 메고 다시 세계를 돌아다니고 싶어."

"한국에 가고 싶은 거야?" 그녀가 물었다.

"아냐."

"태어난 나라에 전혀 관심이 없는 당신을 보면 이상하다는 생각이 들어."

"한국은 나의 생물학적 아버지가 태어난 나라일 뿐이야. 물론, 그 때문에 내게도 한국인의 피가 흐르고 있겠지. 하지만 난 생각하기도 싫어. 지금껏 항상 덴마크인으로 받아들여지기를 원하는 내게 이런 외모는 방해만 되었을 뿐이니까."

"실제로 덴마크인이길 원하는 사람이 이 나라에 몇 명이나 있을까? 어차피 자유론적인 관념은 이미 자취를 감추었으니 말야." 옌센이 말을 이었다. "당신은 왜 스스로의 생활환경을 삶이 주는 선물로 받아들이지 못하는 걸까? 물론, 당신 아버지가 당신을 버렸다는 것은 사실이야. 하지만 그 대신에 당신은 메마르지 않는 깊고 풍부한 감정들을 얻을 수 있었잖아. 나는 당신처럼 아무도 걷어낼 수 없는 깊은 고통을 벗 삼아 살고 싶다는 생각을 자주 해봤어. 심지어는 그 고통을 건네준 사람도 걷어내 줄 수 없는 그런 고통 말야."

"난 일 년 내내 동양인의 복장을 하고 돌아다니는 카니발 참석자 같다는 생각을 자주 해. 내가 원하는 것은 주변의 환경과 자연스럽게 어우러지는 것밖에 없는데도 불구하고."

"어쨌든 난 당신이 부러워. 그렇게 따지자면 수이도 부럽기 그지없어.”

“당신은 단 한 번도 이해력이나 공감능력을 보인 적이 없어.” 내가 쏘아붙였다.

“바로 그거야.” 옌센이 미소를 지으며 말했다.

나는 그녀의 분별없고 경솔한 말에 짜증이 났지만, 나만의 감정에 젖어들어 오래 안주할 수는 없었다. 그녀가 나를 향해 미끈하고 늘씬한 두 다리를 쭉 뻗었다. 옥색 매니큐어를 칠한 손톱으로 테이블 위를 톡톡 두드리고 있었다. 우리는 지난 10년간 친구로 지내왔다. 그녀는 삼십대의 나이에도 불구하고 마치 십대 소녀처럼 행동했지만, 어딘지 모르게 나이와 연륜이 묻어 나오는 것을 느낄 때도 없지 않았다. 그녀의 얼굴은 눈에 띌 정도로 뒤틀려 있었지만, 이를 상쇄하기라도 하듯 커다란 가슴과 긴 다리를 가지고 있었다. 따지고 보면 나도 옌센과 사랑에 빠질 수 있었다. 하지만 그녀에게 손을 뻗을 때마다 그녀의 자극적이고 도발적인 말과, 코를 들 수 없을 정도의 묵직하고 강렬한 향수 냄새에 뒤로 물러서곤 했다.

“어쩌면 당신은 여기저기에 반반으로 나누어진 존재라기보다는 다리일지도 몰라.”

“다리라고?”

“두 곳을 이어주는 다리 말야.”

“그럴지도 모르지. 그건 그렇고, 소설 집필은 잘 되어가고 있어?"

"난 유년의 뿌리가 충분히 깊지 않아 상처 입은 한 남자 때문에 짜증이 나. 소설을 쓰기 위해선 그의 트라우마를 더 자세히 살펴봐야만 해. 이야기를 소설로 완성하기 위해 다른 사람의 상처를 벗겨내고 들여다보는 작업을 하는 건 꽤 힘든 일이야."

옌센은 높고 날카로운 목소리로 말하며 그녀와 나 사이의 공간에 가슴을 쭉 내밀었다.

"당신은 글을 써서 생계를 연명할 수 있는 몇 안 되는 작가 중 한 명이잖아. 대부분의 작가들은 커피에 넣은 크림을 사기 위해 부업을 해야 한다고."

"와인을 사기 위해서."

"크림과 와인."

코펜하겐, 1991
카이

"내가 도와줄 수 있는 일은 없을까요?"

"무슨 뜻이죠?"

"나를 뚫어지게 바라보고 있었잖아요."

"당신의 은색 원피스⋯ 그 옷은 자석 효과를 가지고 있어요. 그건 그렇고, 당신은 항상 은색 옷을 입나요?"

"내 전시회의 시사회에 올 때만 그래요. 나는 수집가들에게 알레르기를 가지고 있어요. 다행히도 나의 갤러리스트는 그렇지 않죠. 때문에, 내가 얼른 자리를 떠도 그녀는 화랑을 지킬 수 있어요."

"당신은 혹시 미리암 방 씨인가요?"

"네."

"지난 주말에 『가디언』에서 당신의 인터뷰를 읽었습니다. 저는 카이라고 합니다."

"당신은 예술가처럼 보이진 않는군요."

"맞습니다. 저는 신참 건축가입니다."

"오, 그렇군요. 이곳까지 와준 귀여운 젊은 건축가를 위해 건배할까요?"

"저는 스물다섯 살입니다. 귀엽다는 말은 제게 어울리지 않는 것 같군요."

"같이 가실까요?"

"먼저 맥주부터 한잔 하는 게 좋지 않겠습니까?"

"저는 맥주를 마시지 않아요. 제가 당신에 관해 더 알아야 할 사항은 없나요?"

"저는 제3의 눈을 가지고 있습니다. 다른 사람에게 이 눈을 보여주는 일은 극히 드뭅니다."

"그건 정말 제3의 눈 같군요. 파티마의 손을 가진 동양인 남자라… 이상하군요. 그건 어디에 쓰는 건가요?"

"나는 사람들의 생각을 읽을 수 있습니다. 마치 그림처럼 눈 앞에 지나쳐 가지요."

"그렇다면 지금 나는 무슨 생각을 하고 있을까요?"

"제 생각을 하고 있군요. 나는 벌거벗은 채 침대에 누워 있습니다."

"오, 당신은 정말 타인의 생각을 읽을 수 있군요!"

"제가 말하지 않았습니까."

"당신의 눈빛은 매우 강렬해서 제 핏줄 속에 박히는 것만 같아요."

"그런가요?"

"네."

밤은 싸늘했고 보름달은 금방이라도 하늘에서 흘러내릴 듯 축축했다. 침대는 보름달로 채워진 그릇이 되었다. 짙은 자주색을 머금은 금발의 머리 사이로 드러낸 미리암의 가슴은 내게 고통스럽기까지 한 열망을 가져다주기에 충분했다. 그녀의 머리카락이 내 얼굴 위에 쏟아졌다. 작은 땀방울이 여기저기 샘솟았다. 검은색의 두꺼운 아이라이너에 둘러싸인 초록색 눈동자가 내 눈을 관통했다. 그녀는 마치 길들이지 않은 야생 짐승 같았다. 나는 그때까지만 하더라도 그녀 같은 사람을 단 한 번도 만난 적이 없었다. 나는 술에 취한 채 그녀와 하나가 되어 그녀의 몸을 더욱 성숙하게 만들어주었다. 단순하지만 호의적인 나의 움직임에 그녀는 에너지로 충만해졌다. 습기 가득한 방의 창문에는 서리가 끼기 시작했다. 나는 창문을 열고 침대에 누워 그녀의 머리카락을 손으로 배배 꼬다가 그녀의 벗은 등에 얼굴을 묻고 잠에 빠졌다.

눈을 뜨니 그녀는 어디론가 사라지고 없었다. 그녀가 남기고 간 것은 하얀 침대보 위에 소금기를 머금은 마른 웅덩이와 그 위에 흩어져 있는 원피스 장식의 은색 가루 잔해뿐이었다. 남루하게 갈기갈기 찢어져 버림받은 듯한 느낌과 동시에 이상적인 완벽함을 맛보았다는 느낌이 나를 스쳤다.

나를 외로움에서 구제해줄 수 있는 사람은 진실로 존재

하는 것일까?

코펜하겐, 2010
수이

"네 아버지는 어떻게 반응하셨니?"

"이상하게도 꽤 놀라는 것 같은 눈치였어."

"넌 이제 나의 판다곰이 되었어."

"난 여기 살긴 하지만 너의 소유물은 아냐."

"넌 매우 특별한 동물이야. 이 지구상에서 단 하나밖에 없는 독립적인 판다곰."

"관둬!"

"넌 이 세상에 단지 1,864마리의 판다곰만 찾아볼 수 있다는 걸 알고 있니? 그들을 소유하고 있는 중국 정부는 세계 각국의 동물원에 기부를 한단다. 하지만 그 기부라는 것은 일종의 사업이나 정치적 의도를 바탕에 두고 있지. 그래서 중국 정부는 원할 때는 언제든 판다곰을 되돌려달라고 요구할 수 있어."

"그건 몰랐어."

"이 세상에서 판다곰이 자유롭게 살 수 있는 지역은 단 한 곳뿐이야. 중국의 안개 가득한 깊은 숲속이란다. 판다곰은 원래 육식동물이었지만, 채식 동물로 변형되었어. 때문에 그

들은 에너지를 얻고 유지하기 위해 쉴 새 없이 무언가를 먹어
야 해. 너처럼 말야."

"넌 참으로 자기애가 강한 사람이야. 스스로의 목소리에
도취되어 있는 것 같아."

"맞아. 이제 그 목소리로 다시 말할게. 넌 내 거야."

"너도 내 거야."

"맞아."

"언제까지나?"

"응."

"파리스는 어때?"

"파리스?"

"응, 카페에서 일하는 여자애."

"파리스는 달라."

"너희 둘은 친구 사이니?"

"연인 사이야."

"안톤, 도대체 뭐야?"

"너와 나는 자유연애를 하기로 했잖아, 그렇지?"

"하지만 이젠 우리도 동거를 시작했으니 그건 그만두어
야 하지 않겠어? 만약 파리스가 우리 침대에 들어오는 일이
생긴다면 매우 불편할 거야."

"진정해. 파리스가 우리 침실에 들어오는 일은 없도록 약

속할게."

"안톤, 곰곰히 생각을 해봤어. 이제 내 뜻을 바꿔야 할 때가 온 것 같아. 난 자유연애 따위는 싫어."

"그렇다면 우리는 죽을 때까지 너절한 유산계급 사람처럼 한 사람만 바라보며 살아야 한다는 말이니?"

"어쩌면 난 원래 꽤 지루한 사람이었는지도 몰라."

"그래, 그럴지도 모르겠구나."

코펜하겐, 1991
미리암

"축하드립니다." 의사가 말했다.

"나는 임신을 할 수 없는 몸이에요."

"맞습니다. 당신은 원칙적으로 임신이 불가한 몸이지만, 예외적인 일은 얼마든지 생겨날 수 있습니다. 제가 보기엔 틀림없는 임신입니다."

"제겐 남편도 없는걸요."

"그렇다면 아이의 아버지가 불명확하다는 말인가요?"

"물론, 저는 아이의 아버지가 누구인지는 알고 있어요. 하지만 그를 잘 알진 못해요. 게다가 저는 엄마가 되고 싶은 생각은 조금도 없어요."

"조금만 더 있으면 임신 3개월째에 접어듭니다. 매우 특별한 이유가 없는 이상 3개월이 넘은 때에 중절 수술을 하는 것은 불가합니다."

"저는 이미 마음을 정했습니다. 아이를 없애주세요."

"섣불리 결론을 내리는 것을 막기 위해 조금의 시간을 더 드리겠습니다. 며칠 곰곰히 더 생각해보시기 바랍니다. 그 후에 다시 저를 찾아오세요."

"매우 이성적인 제안이긴 하지만 제 뜻에는 변함이 없을 거예요."

"지난번에 당신을 진료했을 때, 당신의 몸에는 난자가 거의 남아 있지 않았습니다. 이번 임신은 마지막으로 남아 있던 난자가 수정된 것으로 보입니다."

나는 아틀리에에 들어가 문을 잠그었다. 원하지도 않았던 독립적인 생명체가 내 안에서 자라고 있다니. 불쾌감이 스멀스멀 피어올랐다. 이성은 내게 아이를 없애라고 말하고 있었다. 하지만 이미 내 몸 속에 자리를 잡고 있는 생명체를 생각하니 그것을 세상에 내어놓아야 할 일종의 책임감도 생겨났다. 나는 온갖 가능성을 모두 생각해보았다. 해결책은 하나밖에 없었다. 갤러리에 전화를 했다.

"여보세요?"

"약 두 달 전에 한 젊은 건축가가 명함을 주고 갔죠? 그 명함이 아직도 거기 있나요?"

"저는 아무것도 버리지 않고 다 보관해둔다는 것을 잊으셨나요?"

"그 명함에 적힌 주소를 좀 가르쳐주시겠어요?"

"물론이죠. 제가 더 도와드릴 일은 없나요?"

"없어요."

코펜하겐, 1991
카이

"들어가도 될까요?" 미리암의 목소리였다.

"네, 어서 오세요. 저는 갤러리에 몇 번 찾아간 적이 있습니다. 그들은 당신의 전화번호를 내게 가르쳐주려 하지 않더군요. 그래서 제 명함을 거기에 두고 왔습니다. 하지만 당신은 단 한 번도 연락을 하지 않았죠."

"그간 많이 바빴어요."

"커피 드시겠습니까?"

"고맙지만 사양하겠습니다."

"와인은요?"

"그 또한 사양하겠습니다. 임신 중이라서요."

"축하합니다. 이제 엄마가 되겠군요."

"네, 아빠는 바로 당신이랍니다."

"제가요? 그게 확실한가요?"

"나는 당신 이후에 다른 남자를 만나지 않았어요. 이미 말씀드렸듯이 많이 바빴거든요."

"그렇다면 이 일은 함께 해결해보도록 합시다. 이제 우린 부모가 되겠군요?"

"글쎄요. 저는 올해 쉰하나입니다. 이 나이에 아이를 낳고 싶은 생각은 없습니다. 하지만 나는 소위 운명이라고 부르는 것을 그리 만만하게 보는 사람은 아닙니다. 나는 아주 젊었을 때 중절 수술을 한 적이 있습니다. 당시 의사가 너무 많이 긁어내는 바람에 다시 임신을 하는 것이 불가능하다는 판정을 받았지요. 거의 확실하다고 했습니다. 그 이후에 저는 피임을 한 적이 없습니다. 그럼에도 문제가 된 적은 한 번도 없었답니다. 이번 경우를 제외하고선 말이죠."

"젊은 나이에 받아들이기엔 매우 충격적인 메시지였으리라 짐작합니다."

"이미 오래전 일이에요."

"그날 저녁, 제가 피임을 하지 않았던 것이 후회가 되는군요. 제가 좀 더 신경을 썼더라면 이런 일은 일어나지 않았을 텐데."

"당신은 아버지가 되길 원하나요?"

"네. 하지만 솔직히 이런 식으로 아버지가 되리라곤 생각해본 적이 없습니다."

"저는 이미 말씀드렸지만 아이를 낳고 싶은 생각이 없습니다. 저는 항상 제 일을 그 무엇보다 더 중요하게 생각해왔습니다. 임신을 하고 아이를 낳는다는 것은 저와 관계없는 먼 세상의 일이라고만 여겨왔습니다. 저는 좋은 부모가 될 자신이 없어요."

"세상에는 여러 종류의 부모들이 있습니다."

"지금 아이를 낳는다면 저는 일을 그만두어야 할지도 모릅니다. 그런 모험은 하기 싫습니다. 반면, 운명을 거스르는 일도 하고 싶지 않습니다. 그래서 제안을 하나 드리고 싶어요. 만약, 제가 부모의 권리를 포기한다면 당신이 이 아이를 입양하시겠습니까?"

"그건… 그건 잘 모르겠습니다. 한번 생각해봐야 할 것 같군요."

"물론 그렇겠지요."

나는 그녀를 다시 만날 수 없을 것이라 생각했다. 하지만 지금 그녀는 내 소파에 앉아 있다. 그녀의 머리카락은 구름처럼 얼굴을 감쌌고, 짙은 아이라인을 그린 눈동자는 강렬한 빛을 발했다. 그녀는 거부할 수 없을 정도로 매력적이었다. 우리는 비록 민감한 상황 속에서 앉아 있긴 했지만, 내 머릿속의 나는 그녀의 옷을 벗기고 있었다. 내 속에 존재하는 또 다른 나는, 그녀가 일전에 내게 남겨주고 갔던 완벽하고 이상적인 그 느낌을 다시 한 번 경험하고 싶어 했던 것이다. 생각을 가다듬었다. 내가 처한 상황이 조금씩 두려워지기 시작했다. 나는 그녀를 임신시켰다. 나는 진실로 그 아이를 원하는가?

코펜하겐, 1991
카이

눈을 감았다 떴다 하며 어머니를 떠올려보았다. 나는 수
년 동안 어머니의 손짓과 움직임, 어머니가 했던 말들을 자주
집중해서 떠올리곤 했다. 나는 홧김에 어머니에게서 등을 돌
렸고, 어머니의 체면과 인간적 가치를 짓밟았다. 오랜 시간이
지난 이제서야 나는 조금씩 그때 일을 떠올려보곤 한다. 약 1
년 전, 어머니는 윌란이라는 시골 마을로 이사를 갔다. 그곳
은 어머니가 어렸을 때 자랐던 마을이기도 했다. 어머니와 나
의 관계는 그때부터 긴 전화 통화를 바탕으로 조금씩 제자리
를 찾아가기 시작했다. 전화기를 통해 들려오는 어머니의 목
소리는 마치 물 속에서의 소리처럼 희미했지만 생기로 가득
차 있었다. 어머니는 많이 아프다고 했다. 의사는 어머니에게
살 날이 3개월 정도밖에 남지 않았다고 했다. 어머니가 그 말
을 내게 전했을 때, 충격에 빠진 내 온몸은 피가 빠져나가는
듯 싸늘해졌다. 나는 어머니에게 우리 집에서 함께 살자고 제
안했지만, 어머니는 거절했다. 고향으로 이사를 하고 나니 이
제서야 집에 되돌아온 듯한 느낌이라고 했던가.
　"혼자 살 때의 문제점은 가끔 지루할 때도 있다는 것이

지. 하지만 그럴 때마다 네가 전화를 해주니 견딜 만해. 나는 네가 참으로 자랑스럽단다. 사랑해, 카이. 하지만 나는 네 삶이 시작되었던 바로 이곳에서 죽음도 맞이하고 싶구나. 나를 이해해줄 수 있겠지?"

"홀로 계시는 어머니가 아프다고 생각하니 마음이 아파요."

"때가 되면 내려오너라."

어떤 면에선 어머니가 나를 품 안에 넣어두려 하지 않았기에 내가 자유롭게 살 수 있었다는 사실이 위안이 되기도 했다. 반면, 내가 이젠 더 이상 어머니에게 필수불가결한 존재가 아니라는 사실에 너무나 슬프기도 했다. 문득, 나는 앞으로도 계속 굳건한 나무 둥치 같은 어머니의 존재를 필요로 할 것이라는 생각이 스쳤다. 어머니를 이대로 놓아버릴 수는 없었다.

"홀로 살면서 아이를 키우는 일이 과연 옳은 일이라 할 수 있을까요?"

"남자가 홀로 살며 아이를 키우는 건 쉽지 않단다. 게다가 너는 이제 겨우 스물다섯 살이잖니. 아이가 생기면 네 삶이 급진적으로 바뀐다는 것을 경험하게 될 거야. 반면, 일단 아이가 생기면 후회하진 않을 거야. 아이가 없는 사람들이 가끔 후회하는 경우는 있어도 말야."

죽음을 앞둔 어머니는 자식을 더 낳지 않은 것을 후회하는 것일까?

"나는 거의 하루 종일 누워서 지낸단다. 내 몸은 일어나는 것을 그리 좋아하지 않는 것 같구나. 그렇게 누워 지내면서, 나는 앞으로 생길 손녀를 그려보곤 하지. 내 손을 꼬물꼬물 잡아 쥐는 작은 아이의 손가락을 떠올려보기도 한단다. 가능하다면 그 애를 만나보고 싶구나."

"손자일지도 몰라요."

"아냐, 손녀일 거야."

어머니의 가느다란 목소리는 금방이라도 끊어질 것 같다가도 금방 생기를 되찾았다.

"만약 어머니 말대로 여자아이가 태어난다면, 아이의 이름은 어머니의 이름을 따서 지을게요."

"수잔네는 좀 구식 이름 같지 않니?"

"하지만 저는 그 이름이 좋은걸요."

"수스는 어떠니? 바람이 부는 소리 같기도 해. 이름은 평생의 삶을 지탱하는 뿌리 같은 것이란다. 하지만 이름은 어떤 면에서 보자면 단지 이름일 뿐이라는 것도 기억해야 해. 이름을 바꿀 수도 있어. 내가 처음 네 아버지를 만났을 때, 그는 카이라는 이름을 가지고 있었지. 그는 그 이름을 네게 물려주었어. 이 이름은 다른 문화권에서도 찾아볼 수 있단다. 일본어로는 흙, 영혼, 용, 그리고 사랑이라는 의미를 지니고 있지. 태국어로는 '계란장수'라는 의미를 지니고 있고, 크리올어로는 '집'이라는 뜻이야. 하와이어에서는 '바다'를 표현할 때 카이라고 한다."

"나는 아이가 태어나면 '수이'라고 부르고 싶어요."

"수이?"

"어머니의 이름과 스니커즈 밴드가 부른 노래를 따서 말이죠. 만약 수이가 집을 나가면 저는 스니커즈의 노래를 부를 거예요. '아무도 그녀가 어디로 갔는지 몰라요. 도시는 그녀의 발자취를 감추어버렸어요. 그녀는 쏜살처럼 드넓은 세상으로 나갔답니다.'"

"너는 이미 결심을 한 것 같구나."

"네."

대답이 내 입을 거쳐 나가자마자 나는 어머니의 말이 옳았다는 것을 깨달았다. 미리암이 임신 사실을 내게 알려주었던 바로 그 순간부터 나는 이미 아이의 이름을 정해놓았다는 것을. 하지만 그것이 내 의식 속에 확실히 찾아들었던 것은 어머니와 대화를 하고 있던 그때였다. 나는 문을 열고 밖으로 나갔다. 수이의 노래가 내 머릿속을 맴돌았다. 그다지 자주 들어본 노래는 아니었지만 가사가 꽤 진부하다는 것은 기억하고 있었다. 갤러리를 향해 차를 모는 동안 그 노래의 멜

45

로디는 계속 내 머릿속을 맴돌았다. 차를 주차시키려는 찰나, 갤러리에서 나오는 미리암이 눈에 띄었다. 나는 차창을 내리고 휘파람을 불었다. 그녀가 내게 다가왔다.

코펜하겐, 2010
수이의 메모

노래

누군가가 노래를 부를 때, 그 노래는 서사시의 한 부분이
된다. 목소리로 음악을 표현할 때, 가끔 그 음악은 강렬한 힘
을 지닌 충격이 되어 뇌 속을 파고들기도 한다. 새들과 곤충,
몇몇 포유동물들은 휘파람 소리를 내거나 목에서 가래 끓는
듯한 소리를 내고, 또는 있는 힘을 다해 비명을 지르듯 노래
를 하기도 한다. 가끔은 거의 귀에 들리지 않을 정도로 끊어
질 듯 가늘고 긴 소리로 노래를 대신하기도 한다. 핀란드에서
약 1천 2백 명의 사람을 대상으로 실시한 설문자료를 보면,
얼마나 자주 노래 가락이 뇌리에 박히는 경험을 하느냐는 질
문에 약 90퍼센트 이상의 사람들이 적어도 일주일에 한 번 이
상 그런 경험을 한다고 대답했다.

합창

합창은 여러 사람이 동일한 가락을 함께 부르거나 서로
다른 성부의 멜로디를 동시에 부르는 것을 말한다. 합창을 의
미하는 코랄리스는 라틴어의 코랄에서 유래된 단어다. 기이

하게도 코랄은 산호초를 가리키기도 한다. 산호초는 죽은 수
중 생물의 뼈와 살, 또는 수중 식물 사이에 탄산칼슘이 쌓여
형성된 산호 군락이며 돌처럼 딱딱하다.

돌

돌은 바위와 동일한 성질을 가졌지만 그 크기는 더 작은
지질학적 물질이다. 지름이 20밀리미터 이하의 돌은 자갈돌
이라 불리지만, 그 경계는 명확치 않다. 특히, 그 크기가 크면
클수록 분류의 경계는 더욱 불분명해서 돌이라 할지라도 커
다란 산을 방불할 만큼 큰 것도 찾아볼 수 있다. 사람들은 어
떤 장소나 특수한 상황을 기념하기 위해 돌멩이를 놓아두기
도 한다. 과일 속의 단단한 씨앗, 몸 속에 수북하게 쌓인 소금
덩어리, 고환은 주머니 속에 자리한 돌이다. 가슴 속에 돌을
간직한 사람도 있다. 그래서 우리는 심장에서 돌이 떨어지는
듯한 느낌을 가질 때도 있다. 세상에는 마법의 힘을 지닌 현
자의 돌을 찾아볼 수 있는가 하면, 돌멩이 하나에 눈물을 짓
는 사람도 있으며, 끼니를 때울 빵과 돌 한 조각을 바꾸는 사
람도 있다. 돌멩이 하나 때문에 산사태가 일어나는 경우도 있
다. 천천히 하나하나 쌓아 올린 돌멩이 집에 사는 사람도 있
고, 돌처럼 세상 모르고 잠을 자는 사람도 있다. 이 모든 돌멩
이에서 시선을 돌려 돌처럼 무표정한 얼굴로 무심코 하늘을

올려다보면, 세상은 그제서야 벌거벗은 모습으로 현실을 드
러낸다.

코펜하겐, 1991
카이

차 문을 여는 순간 내게로 다가오는 미리암과 눈이 마주쳤다. 형형색색으로 염색한 머리카락이 마치 무지개처럼 그녀의 얼굴을 감싸고 있었다. 나는 그 무지개 속으로 걸어가 그녀에게 두 팔을 둘렀다. 짙은 오렌지색 원피스를 입은 그녀의 두 눈은 검은 아이라이너 속에 감추어져 있었다. 그녀가 혀로 적신 입술이 반짝였다. 그 모습을 본 나는 불현듯 그녀의 뱃속에 우리의 아이가 있다는 사실을 새삼 깨달았다. 미리암은 내 팔에서 벗어나 한 발짝 뒤로 물러섰다.

"카이, 여긴 웬일이야?"

"좋은 소식을 가져왔어. 난 아빠가 되고 싶어."

"그래?" 미리암이 미소를 지으며 말을 이었다. "그리고 엄마!"

"비록 한 집에서 같이 살진 않지만, 우린 함께 좋은 부모가 될 수 있을 거야."

"난 내 한 몸 건사하기도 힘들어."

"아홉 달이나 당신 뱃속에 있던 아이를 그처럼 쉽게 내팽개칠 수 있다고 생각해?"

"물론, 그럴 수는 없겠지. 어쩌면 내겐 평생을 따라다닐 크나큰 트라우마가 생길지도 몰라. 하지만 우리 인간은 적응력이 매우 뛰어난 동물이야. 게다가 난 그러한 감정을 억누르는 데는 꽤 소질이 있어."

"생각만 해도 가슴이 아파."

"바로 그 때문에 당신은 좋은 부모가 될 수 있을 거야. 나는 인간적으로 따지자면 꽤 무디고 둔감한 사람인 반면, 예술가로선 매우 훌륭한 사람이지."

"당신은 전통적 관념에서 많이 벗어난 엄마가 될 것 같군. 하지만 현대 사회에선 훌륭한 예술가와 사랑이 넘치는 부모, 두 역할을 모두 어렵지 않게 해낼 수 있어. 나도 꽤 명망 높은 건축가라고 할 수 있거든."

"우물 안에서 최고가 되는 것과 세상에 이름을 떨치는 것 사이엔 크나큰 간격이 있지. 세상에 이름을 떨치기 위해선 절대적으로 그 일에 매달려야 해. 내 경우엔 아이는 방해가 될 뿐이야."

"방해가 된다고?"

"내가 하는 말을 되풀이하지 마. 그렇다고 해서 내가 생각을 바꾸진 않을 테니까. 나는 무조건적으로 내 일을 최우선에 둘 뿐이야. 그렇다고 해서 내가 나쁜 인간이 되진 않아. 단지 나쁜 엄마가 될 뿐이지."

"당신은 매우 좋은 엄마가 될 수 있을 거야. 아이들은 부모를 따라 하기 마련이지. 당신은 매우 훌륭한 사람이야. 단지 아이를 위해 가끔 시간을 내어준다면 더 바랄 게 없어."

"그런 눈으로 나를 쳐다보지 마."

"어떻게?"

"이렇게."

"키스해줘."

"우린 지금 매우 심각한 대화를 나누고 있어."

"우리의 아이에 관한 대화지. 우리가 지금 여기 서서 이야기를 나누는 중에도 아이는 자라고 있을 거야. 이미 얼굴의 윤곽도 드러난 데다, 감긴 눈꺼풀 속에선 눈동자가 생겨나고 있는 중일 거야."

"한 사람의 몸 속에서 또 다른 생명체가 생겨난다는 건 생각만 해도 멋지고 근사한 일이야. 카이, 당신이 그런 결정을 내려줘서 정말 기뻐."

"나도 기뻐."

코펜하겐, 1991
미리암

부모의 역할과 책임에 관한 계약서를 손에 쥐고 그의 집 대문 앞에 서 있자니, 마치 무언가가 간질이듯 온몸에 전율이 흘렀다. 긴장이 된 탓일까. 카이가 문을 열었다. 그는 평범한 린넨 바지와 헐렁한 하얀 셔츠를 입고 있었다. 햇살에 그을린 갈색 피부. 그가 입으로 바람을 후 불어 이마를 덮고 있던 긴 앞머리를 뒤로 넘겼다. 눈이 마주쳤다. 그의 눈에서 빛이 발하는 것 같았다. 나는 집중력을 잃어버렸다. 그가 미소를 지었다. 내 목에 그의 부드러운 입술이 닿았다. 다시 온몸에 전율이 흘렀다.

"들어올래?"

"응, 고마워."

그가 대문을 활짝 열고 옆으로 비켜섰다. 그를 지나쳐 집 안으로 들어가는 순간, 그의 체취가 코 끝을 간질였다. 젖꼭지가 딱딱해지고 두 다리 사이가 축축하게 젖어오기 시작했다. 그가 나를 품 안으로 끌어당기는 데는 한 손만으로도 충분했다. 내 입술은 그의 입술에서 불과 몇 밀리미터밖에 떨어져 있지 않았다. 온몸의 피와 오감이 끓어올랐다. 우리를 둘러싼 공기에 강렬한 불꽃이 피어올랐다.

코펜하겐, 1991
카이

"미리암."

"응?"

"사랑해!"

"나도 마찬가지야."

"내 몸 속에서 당신을 느낄 수 있을 것 같아. 마치, 당신이 내 몸 속에 심어놓은 수천 송이의 꽃들이 한꺼번에 만개한 것 같은 느낌이야."

"그렇다면 나는 그 꽃들을 확대해서 그려봐야겠군."

"엄청나게 큰 꽃이 될 것 같아."

"난 이제서야 예술이 단지 고통 속에서만 피어나는 게 아니라는 것을 깨달았어. 무조건적이고 절대적인 사랑과 애정도 예술의 근원이 될 수 있다는 것을… 당신 손을 여기에 얹어봐. 느껴져?"

"아이가 뱃속에서 발길질을 하는 거야?"

"이제 좀 조용해지는군."

"아이가 귀를 기울이고 있는 것 같아. 내 말을 듣고 있어! 아이야, 내 말이 들리니?"

"만약 남자 아이가 태어난다면 나는 네로라는 이름을 붙여줄 거야."

"무자비한 로마의 황제처럼?"

"물론, 그는 매우 악독한 사람이었지. 하지만 좋은 일도 많이 했어. 사실, '네로'라는 이름은 여러가지 의미를 지니고 있어. '맑은 물', '수증기', '젊음'이라는 뜻도 있지."

"난 내 아이를 네로라고 부르긴 싫어."

"우리 아이. 그건 그렇고 이젠 그 인명사전은 내려놓는 게 어때?"

"여기 보면, 이탈리아어로 '네로'는 검은색이라는 뜻을 지니고 있어. 특히, 인쇄용 블랙잉크를 가리키는데, 짙은 색의 피부나 사악한 사람, 파시스트 등을 비유적으로 지칭할 때도 사용한대."

"루디안 언어로는 '네로'가 재능을 의미한다고 해. 한마디로 천재를 지칭할 때 네로라고 한다는군."

"우리 아이는 매우 특별할 거라고 생각해. 당신도 아이를 보는 순간 사랑에 빠질 거야. 난 확신해. 그리고 그 아이는 수이라고 부를 거야. 난 어머니가 세상을 떠나기 직전에 어머니와 이미 약속했어."

"여자 아이라면 수이라는 이름이 잘 어울릴 것 같아."

"이젠 당신도 갑자기 아이 이름을 짓는 데 참여하려나 보군. 변했다는 생각이 드는데?"

"그렇다고 해서 내가 기본적인 생각을 바꾸었다는 건 아냐."

"당신은 나를 사랑해?"

"응, 당신을 사랑해."

"그렇다면 당신을 더욱 이해할 수가 없어."

"나도 알아."

꿈, 1991
미리암

"카이."

"응."

"이건 꿈일까?"

"아냐, 이건 그림이야."

"우린 지금 그림 속에 있는 걸까?"

"아냐, 그림 속에 있는 건 단지 나와 엘프요정들뿐이야."

"엘프요정들이라고? 쳇!"

"요정들은 꽃 위에 드리워진 투명한 안개야. 그들은 나를 둘러싸고 춤을 추고 있지. 나는 저기 서 있는 전나무고."

그가 커다랗고 엉성한 나무 한 그루를 가리켰다. 나무의 한쪽 면은 안개가 감싸고 있었다.

"나는 나무이기 때문에 할 수 있는 일이라곤 바람에 흔들리는 것밖에 없어."

"당신은 왜 여기와 저기, 동시에 두 곳에 존재할 수 있는 거야?"

"나는 저 춤추는 가슴을 향해 손을 뻗어보고 싶지만 할 수 없어. 단지 저 자리에 서서 바람에 흔들리는 건 매우 고통스러워. 나는 절망적으로 눈을 감고 그림 속에서, 꿈 속에서 나무를 끄집어내려고 노력하고 있어."

"당신은 나무고, 당신의 성기는 나뭇가지야. 새들은 마치 당신이 둥지라도 되듯 들어왔다 나갔다 하고 있어."

"맞아, 바로 그거야. 하지만 그건 그림 속에서 일어나는 일일 뿐이지."

"나는 당신이 다른 곳으로 시선을 돌리자마자 저 엘프요정들을 모두 죽여버릴 생각이야. 나는 내가 중심이 되는 또 다른 그림을 그리고 싶어. 나는 당신이 숭배하는 유일한 존재이고 싶어. 꿈 그 자체가 되고 싶다고."

런던, 1992
미리암

런던의 XI 갤러리에 발을 들여놓자마자 눈에 띈 것은 나이 지긋한 작곡가 한스 머르너였다. 그는 내 전시회에 빠지지 않고 발걸음을 하는 사람이다. 우리는 단 한 번도 대화를 나누어본 적은 없지만, 서로 마주칠 때면 가볍게 고개를 끄덕여 인사를 나누곤 했다. 어쩐 일인지 나는 그를 볼 때마다 마음이 진정되는 것을 느낀다. 그는 내가 그를 살아 있는 마스코트 정도로 여긴다는 것을 전혀 모르고 있다. 그림은 모두 제자리에 걸려 있고, 줄무늬 실크옷을 입은 알렉스는 머리가 희끗희끗한 남자 세 명과 호랑이 무늬의 점프수트를 입은 젊은 여인 한 명과 함께 서서 대화를 나누고 있었다. 알렉스는 돈과 외로움 속에서 헤엄치는 여자다. 그녀는 외모만큼이나 완벽하고 이상적으로 갤러리를 운영했다. 나를 발견한 그녀가 굽 높은 푸른색 벨벳 하이힐을 또각거리며 내게 다가왔다.

"미리암, 달링, 정말 멋져 보이는군요. 오늘 저녁엔 매우 특별한 모임이 있답니다. 저기 보이는 프랑스 대사와 뉴욕현대미술관의 큐레이터, 그리고 전설적인 히로키 오시로 씨도 참석할 예정이에요." 그녀가 목소리를 한껏 낮추어 말을 이었다. "오시로 씨는 저녁 식사 자리에서도 만날 수 있어요."

"당신도 알다시피 나는 홍보를 목적으로 하는 식사 자리에는 참석하지 않아요."

"이건 계약에 포함된 일이라는 걸 잊지 마세요, 달링. 당신에겐 매우 중요한 자리랍니다. 명망 높은 수집가들을 만날 수 있으니까요. 요점 몇 개만 말해줄게요. 그는 40대에 미혼이고, 예술계에서 내로라하는 매우 훌륭한 집안에서 태어났어요. 게다가 발도 꽤 넓답니다. 일본의 예술계뿐 아니라 전세계의 가장 부유한 예술작품 수집가들과도 연락이 닿는 사람이에요. 그럼, 저는 이만 실례할게요. 일이 기다리고 있으니까요. 오늘은 당신의 매력을 한껏 뽐내시기 바랍니다."

알렉스가 갤러리를 가로지르며 미끄러지듯 발을 옮겼다. 나는 바를 향해 시선을 돌렸다. 별안간 등 뒤에 누가 서 있는 듯한 느낌이 스쳤다. 알렉스가 말했던 일본인이었다.

"너무나 연약하고 아름다우면서도 매우 무시무시하고 오싹한 꽃그림을 창조해내셨군요." 그가 말을 이었다. "꽃잎이 활짝 피어나며 주변의 아름다움을 모두 끌어들이는 듯한 느낌입니다. 그 아름다움을 자세히 보려 목을 쭉 빼면 꽃잎이 오므라들어 결국은 아무것도 볼 수 없을 것 같아요."

"저도 그보다 더 자세하게 이 그림을 설명할 수 없을 것 같군요. 하지만 저 같으면 조금 다른 단어를 선택했을 것 같아요. 그건 그렇고, 우리는 초면이 아니었던가요?"

"당신은 오늘 저녁의 주인공이고, 나는 당신의 이야기 속에 자리한 조연일 뿐이지요. 히로키 오시로라고 합니다."

"당신이 누구인지는 이미 알고 있었어요. 당신이 발걸음을 해주어서 갤러리 주인이 매우 좋아하더군요. 그런데 당신은 멀리서 보는 것보다 가까이서 보니 훨씬 잘생겼군요. 치아는 놀랄 만큼 하얗고, 미소도 매력적이에요. 하지만 턱이 좀 빈약한 것 같아요."

"지금 당신이 판단하는 존재는 동물인가요, 사람인가요?"

"둘 다입니다."

"들리는 말에 의하면 당신은 나이 차이가 꽤 많이 나는 연하의 남자와 결혼을 했다고 하더군요."

"그는 당신과 비슷한 나이 또래이고, 우리는 결혼을 하지 않았습니다."

"제가 한번 맞추어볼까요? 그는 스물다섯 살을 넘기지 않았을 것 같은데요?"

"이미 말했지만, 그건 당신이 상관할 바가 아닙니다."

"당신은 내가 몇 살 정도라고 생각하십니까?"

"나는 당신의 나이에는 관심이 없습니다."

"나는 얼마 전에 마흔이 되었습니다. 부모님은 내가 아직 결혼을 하지 않았다는 사실 때문에 걱정을 많이 하십니다. 하지만 나는 상관하지 않지요. 사실, 나는 마음만 먹으면 얼마든지 집안의 수치가 되는 여인과도 결혼을 할 수 있어요. 예를 들어, 당신과도 결혼을 할 수 있다는 말입니다."

"나는 사귀는 사람이 있어요. 당신은 참으로 자기애와 자존심이 강한 사람 같군요."

"칭찬인가요?"

"아닙니다. 오히려 경멸과 모욕에 가까운 말이죠."

"당신을 이름만으로 불러도 되겠습니까?"

"그렇게 하시죠."

"미리암, 나는 지난 7년 동안 당신의 작품을 눈여겨보아 왔습니다. 당신은 매우 실력 있는 예술가임에도 불구하고 오랜 기간 동안 이렇다 할 돌파구를 찾지 못한 채 무명으로 지내왔습니다. 나는 그런 당신을 도와주고 싶습니다."

"당신의 입지가 어느 정도인지는 모르겠지만, 테이트 미술관이나 뉴욕현대미술관 같은 곳의 전시회 일정을 결정할 만큼의 영향력은 없을 것 같은데요?"

"당신은 내가 무슨 일을 할 수 있는지 전혀 모르고 있군요. 나는 당신의 그런 순진한 면도 꽤 매력적이라 생각합니다."

"만약 당신이 이처럼 잘난 척을 하지 않았다면, 나도 당신이 꽤 매력적이라 생각했을 거예요. 당신의 외모만 두고 본다면, 당신과 함께 잠자리를 같이하는 데도 거부감을 느끼지 않았을 겁니다.”

“오늘 저녁 당장 나와 함께 밤을 보내지 않으시겠습니까? 만약 내일 아침에도 내게 거부감을 느끼신다면 더는 당신을 귀찮게 하지 않겠습니다.”

“무슨 뜻으로 그런 말씀을 하시는 거죠?”

“내 말을 오해하신 것 같군요. 나는 당신을 테이트 미술관으로 모시겠습니다.”

“테이트 미술관은 문을 닫았어요.”

“나는 그곳 미술관장과 잘 아는 사이입니다. 언제든 원할 때면 미술관에 들어갈 수 있죠. 나는 아무도 없는 늦은 밤에 홀로 미술관을 돌아다니면서 플래시로 작품들을 비추어 보며 감상하는 것을 좋아합니다. 그건 한밤중에 물속에 잠수해 산호초 사이를 돌아다니는 기분과 비슷하답니다. 물고기처럼 잠에 빠져 있던 작품들은 나의 플래시 불빛에 다시 생기를 되찾곤 하죠.”

“매우 시적이군요.”

“그건 승낙의 뜻인가요?”

“꼭 그렇다고 할 수는 없어요.”

우리는 유고슬리비아의 내전과, 유럽축구 챔피언전에서 덴마크가 우승을 할 수 있을지에 관해 이야기를 나누었다. 그는 영국의 왕세자 찰스가 이혼을 할 것이라 예언하기도 했다. 우리는 재능에 관해서도 대화를 나누었다. 재능이란 것은 타고나야 하는 것인지, 아니면 후천적인 노력에 의해 더 개발될 수 있는 것인지 토론을 했다. 그는 영감이란 것은 신이 인간에게 숨결을 불어넣어 주는 것에 비유할 수 있다고 말했다. 나는 니체가 『에케 호모』에서 했던 말로 대답을 대신했다. '인간은 들을 수는 있지만 찾으려 하지 않는다. 인간은 주는 것을 받아들이지만, 누가 주는지 묻지 않는다.' 그것은 내가 기억하고 있는 몇 안 되는 구절 중의 하나였다. 나는 평소 명언이나 금언에 그리 관심을 두지 않았다. 항상 그래왔기에 선택의 여지가 없다고도 할 수 있었다. 우리는 나의 작품에 관해서도 이야기를 나누었다. 곧 완성할 작품들, 어둠 속에서 플래시를 비추어가며 살펴보았던 또 다른 작품들. 그는 카이처럼 잘생기진 않았지만, 매우 통찰력이 있는 사람이었다. 나는 그의 당당함과 예의 바름에 감탄하지 않을 수 없었다. 그의 존재 자체가 내게 전율을 가져다주었다고나 할까. 그의 피부는 놀랄 만큼 선선하고 차가웠으며 도자기처럼 매끈했다. 그의 여성적인 외모는 성숙한 남성적 내면과 크나큰 대조를 이루었다. 그는 하루는 일본 외무부 장관과 점심 식사를 했고, 다음 날엔『더 뉴요커』에 실을 가장 영향력 있는 10인의 예술가 목록을 작성하기도 했다. 나는 동이 트기 전에 일찌감치 마음을 정했다.

코펜하겐, 1992
카이

미리암은 런던에 갔고, 수이는 자고 있다. 나는 책상 앞에 앉아 일기장을 펼쳤다. 나는 책을 자주 읽는 편은 아니지만, 가끔 무언가를 쓰고 싶다는 강렬한 욕구에 사로잡힐 때가 있다. 수이가 세상에 태어났을 때, 나는 매일 아이에게 보내는 편지 형식으로 일기를 쓰기 시작했다. 물론, 그때는 아이가 내 글을 읽을 수 없을 때였다. 내가 만들어내는 단어와 말은 모두 수이를 향한 것이었기에, 최악의 감정적 쓰레기를 걷어내고 정리하는 건 그리 어렵지 않았다. 나는 언젠가는 이 일기장을 수이에게 주리라 마음먹었다. 아이가 내 글을 읽으며 나는 물론, 자기 자신을 더 깊이 이해할 수 있기를 바랐던 것이다. 이 글을 통해 내 생각과 감정들은 내가 세상을 떠난 후에도 아이와 함께 남아 있으리라.

사랑하는 수이,
나는 지금 네 얼굴을 보고 있단다. 이 세상에서 잠에 빠진 네 얼굴보다 더 평화로운 것은 없다는 생각이 드는구나. 따스한 공기가 네 얼굴을 감싸고 있어서 그런지, 너의 매끈매끈한 양볼은 홍조를 띠고 있어. 네 할머니는 외동딸로 살았고, 훗날에는 홀로 나를 키웠지. 네 할머니는 결혼을 한 적이 없단다. 네 할아버지 이름은 기하, 또는 카이라고 해. 내 이름은 네 할아버지의 이름을 딴 것이란다. 그는 네 할머니를 떠나 한국으로 돌아갔고, 되돌아오지 않았어. 나는 그때 만 여덟 살에 불과했지. 세월이 흐르면서, 어머니의 기억 속에 남아 있던 아버지의 모습은 차차 변하기 시작했어. 어머니의 기억 속에는 서서히 아버지의 좋은 점만 남게 되었고, 결국엔 이 세상에서 아버지보다 더 훌륭한 사람은 없는 것처럼 왜곡되었단다. 나는 그런 어머니에게 화를 내지 않을 수 없었어. 어머니가 세상을 떠나기 전 몇 년 동안, 나는 어머니를 떠올릴 때마다 가슴이 찢어질 듯 아팠어. 왜냐하면 어머니는 평생을 두고 사랑했던 남자를 두 번 다시 볼 수 없었으니까. 그런 어머니를 보면서, 나는 적어도 아버지 같은 남자는 되지 않아야겠다고 굳게 다짐했지.

아버지가 우리를 떠나기 전까지만 하더라도 우리는 해마다 여름이 되면 한국을 방문했지만, 내 기억에 남아 있는 건 아무것도 없구나. 우리는 덴마크 쪽 외가와는 왕래를 하지 않았어. 내가 외갓집에 관해 아는 것이라곤, 그들이 마네킹을 생산하는 큰 공장을 운영하다가 부도가 났다는 사실뿐이야. 어머니는 내가 세상에 태어나자마자 친정과 연을 끊었어.

불행한 어린 시절을 보냈던 어머니는 그 또한 다음 세대로
이어질 수 있다고 말했지. 하지만 친정 부모가 보트 사고로
돌아가신 후에 어머니는 그들과 연을 끊고 지냈던 것을 크게
후회했단다. 나중에 알았던 사실이지만, 두 분의 시신은 발견
당시 밧줄에 함께 묶여 있었다고 했어. 시신은 그 상태로 몇
주 동안이나 바닷물에서 표류를 했기에, 발견이 되었을 때는
퉁퉁 불어 원래의 모습을 거의 알아볼 수 없을 정도였단다.
그럼에도 불구하고 어머니는 두 분의 마지막 모습을 보겠다고
고집을 피웠지. 장례식은 교회에서 열렸어. 두 분의 관은
꽃다발과 화환 때문에 형체를 알아볼 수 없을 정도였어.
마치 어머니가 두 분을 꽃 속에 묻어버리려는 것만 같았단다.
어머니는 장례식과 추모식을 담담하게 견뎌냈어. 집으로
돌아오는 길에 어머니와 나는 가판대에서 파는 핫도그를
사 먹었어. 어머니는 평소 매주 눈물을 보이곤 했지만, 그
주만큼은 눈물을 단 한 방울도 흘리지 않았어.

코펜하겐, 1992
카이

"내 말을 들어봐."

"응?"

"내게 다른 남자가 생겼어."

"음…"

"카이, 내 말을 듣고 있어?"

"이해할 수가 없어."

"내게 다른 남자가 생겼다고. 히로키라고 해. 만난 지 두 달 됐어."

"이미 두 달 동안 사귀어왔다는 거야?"

"내가 정말 그와 사랑에 빠졌는지 확실히 알아야만 했어. 난 그와 결혼하고 싶어."

"그와 결혼한다고?!"

"응, 하지만 나는 그를 사랑하지 않아."

"미리암, 도대체 무슨 일이야?"

"히로키는 일본에서 가장 영향력 있는 예술작품 수집가고, 나는 예술가야. 그래서 나는 그를 따라 도쿄로 가기로 결심했어. 그렇게 하기 위해선 그와 결혼하는 수밖에 없어. 물론, 내게도 쉬운 결정은 아니었어."

"나를 향한 당신의 마음이 언제 식었던 거야?"

"당신을 사랑하는 내 마음은 지금도 변함이 없어. 사랑에 빠지는 것과 사랑한다는 것은 완전히 다른 별개의 문제야."

"당신은 정말 섬뜩할 정도로 무서운 사람이군."

"카이, 나도 노력해봤어. 하지만 나는 우리의 원래 계약을 지키는 수밖에 없다고 생각해."

"무슨 뜻이지?"

"당신이 우리 아이의 공식적인 부모라는 것. 우리는 가족이 아니라는 것."

"당신이 말하는 그 '아이'는 바로 우리가 함께 낳은 딸이야. 적어도 아이의 이름 정도는 입에 올릴 수 있잖아? 그리고 우린 가족이야."

"난 질투가 나."

"수이에게?"

"걔가 당신의 사랑을 모두 가져가 버렸어. 나도 물론 아이를 좋아하지만 나 자신을 사랑하는 것보다 아이를 더 사랑할 수는 없을 것 같아."

"지금 무슨 말을 하고 있는 거야?"

"난 더 이상 한편으로 밀려나고 싶지 않아. 난 바로 그 때문에 매우 불행해."

"미리암, 나는 단 한 번도 당신을 옆으로 밀쳐둔 적이 없어. 난 당신을 사랑해."

"당신이 나를 사랑하는 건 맞아. 하지만 당신은 항상 나보다 아이를 먼저 생각하잖아. 앞으로도 그럴 거야."

"아이는 우리가 함께 낳은⋯."

"맞아, 부모의 입장에서 아이는 항상 최우선이 되어야 하겠지. 하지만 나는 내 삶을 우선에 두고 싶어."

"그러니까 내가 네 발로 기어 다니며 말 흉내를 내면서 아이와 놀아주고 있을 때 당신은 런던에서 그 멍청한 작자와 몸을 섞었단 말이지?"

"나는 내 일에 집중하기로 결심했어."

"그것도 일의 한 부분인 거야? 그건 그렇고 나는 수이에게 뭐라고 말해야 하지?"

"아이는 아직 어려. 금방 잊어버릴 거야. 당신은 훌륭한 아버지고 나보다 훨씬 나은 어머니이기도 해."

"나는 앞으로도 당신에게 일을 그만두라는 부탁은 하지 않을 거야. 하지만 지금 이것만큼은 부탁하고 싶어. 미리암, 우리를 떠나지만 말아줘."

"난 이미 결심했어."

"당신은 나보다 그를 더 사랑하는 것 같군."

"카이, 당신과 나의 다른 점은 바로 이거야. 나는 사랑이 중요하다고 생각지 않아. 나는 내 재능을 한껏 펼쳐 보인 후에 텅 빈 가슴으로 죽고 싶어. 한 인간으로서 나는 그 어떤 이에게도 모범이 될 수 없겠지만, 적어도 나는 무언가를 창조해낼 수는 있어."

미리암은 우리를 떠나 일본으로 갔다. 안개는 그녀의 상징이 되어버렸다. 그녀는 캔버스 위는 물론, 우리 위에도 안개를 드리웠다. 우리는 삶을 계속했고, 나는 미리암이 우리를 떠나며 남겼던 슬픔을 글자 그대로 뒷정원에 묻어버렸다. 나는 땅을 파고 그녀의 기억을 상자와 봉지에 담아 묻은 후 흙으로 덮었다. 나는 가능한 한 빨리 평범한 일상을 시작해야만 했다. 왜냐하면 수이의 슬픔은 아이가 간직하기에는 너무나 어둡고 무거운 것이었기 때문이다. 나는 아이의 슬픔을 덜어줘야만 했다.

미리암과 히로키는 런던의 테이트 미술관에서 성대한 결혼식을 치렀다. 그들의 결혼식 주제였던 'Keep melting, My love'는 짧은 비디오로 제작되어 박물관 로비에서 연속 상영되기도 했다. 비디오 속에는 흰옷을 입고 결혼식 하객으로 참석한 수천 명의 남녀들과, 일본 전통 의상을 입은 미리암과 히로키를 볼 수 있었다. 미리암은 머리 위에 커다란 달걀 같은 모자를 쓰고 있었으며, 히로키는 높다란 검정 모자를 쓰고 있었다. 두 사람은 커다란 얼음판 위에 함께 서 있었다. 그들이 입을 벌릴 때마다 수천 개의 진주알이 마치 폭포수처럼 흘러내렸다. 미리암은 얼굴에 하얀 분칠을 했고, 입술에는 불꽃처럼 빨간 루즈를 발랐다. 그들의 결혼식은 전 세계인들의 관심을 불러일으키기에 충분했다. 일본 미디어에서는 그처럼 명망 있고 순수한 혈통의 히로키 가문이 외국인의 핏줄을 받아들인다는 사실에 경악했다. 일본 사회의 폐쇄성 때문에 시간이 흐르면서 미리암은 일본 전체를 위협하는 존재로 여겨지기 시작했다. 특히, 그녀의 나이가 공개되면서부터는 스캔들의 수위도 한층 높아지기 시작했다. 하지만 결혼식을 담은 사진과 비디오는 너무나 매혹적이었기에 점차 국제 사회의 미디어계에 퍼져갔고, 그때부터 일본 내부의 사정도 조금씩 달라지기 시작했다. 소니 그룹은 그들의 결혼식 비디오를 인터넷 홈페이지 전면에 소개했다. 이러한 전략 때문인지 일본인들은 미리암과 히로키의 결혼을 점점 이상적이고 매력적이라 보기 시작했으며, 이러한 분위기는 실추된 히로키 가문의 명예를 되찾기에 충분했다. 나는 그들의 결혼식 다음 날, 집을 나서서 난생처음으로 식물 한 그루를 구입했다. 그것은 바로 선인장이었다. 다른 식물들과 떨어져 가게의 창문 앞에 진열되어 있던 그 선인장은 언뜻 작은 사람을 연상시키기도 했다. 가게 주인은 선인장과 함께 A4 종이 한 장을 봉지에 넣어 내게 건네주었다.

"그 종이를 보시면 다육식물에 관한 지식을 조금이나마 얻을 수 있을 거예요."

유치원에서 아이를 데려오기 위해 버스를 타고 가던 나는 선인장이 담긴 봉지를 무릎 위에 올려놓고 A4 용지를 꺼내 펼쳐 보았다.

다육식물. 건조 기후나 모래 환경에 적응하기 위해 다육질의 잎에 물을 저장하는 식물로서, 선인장 등이 여기에 속한다. 다육식물의 기이한 외형은 이처럼 잎이나 줄기 또는 뿌리에 물을 저장하는 생존형태에 적응하기 위한 결과라고 할 수 있다. 표면에 빽빽하게 자리한 가시는 뜨거운 햇살에 노출된 잎 등에 그늘을 드리우기 위한 목적이다.

편지, 코펜하겐, 1993
카이

사랑하는 미리암,

수이는 매일 밤 당신을 찾으며 울다 지쳐 잠이 들곤 해. 나는 아이에게 당신이 일본으로 이사를 갔다고 이야기해주었지. 일본은 수이의 할아버지가 사는 한국과 지리적으로 매우 가까운 나라라고도 말해주었어. 수이는 가족 사진을 통해 적어도 할아버지가 어떻게 생겼는지는 기억하고 있거든. 비록 수이는 내 아버지를 한 번도 만난 적이 없지만 핏줄은 속일 수 없는지, 그런 말을 듣는 것만으로도 진정하는 모습을 보이곤 해. 수이는 동양계 부랑배처럼 베이지색 트렌치코트를 입은 할아버지의 사진을 가슴에 꼭 껴안으며 '내 거'라고 말하기도 해. 유치원 사람들은 마치 우리가 화재로 전소된 건물에서 막 구조된 사람이나 불치병을 앓고 있는 사람들을 대하듯 하더군. 미리암, 나는 당신을 죽이는 꿈을 꿔. 당신이 죽은 채 내 발 옆에 누워 있는 모습을 상상하곤 하지. 아무런 슬픔도 느낄 수 없어. 그런 상상을 하면 이상하게도 마음이 놓이는 것 같아. 나는 이미 수차례나 익사한 당신의 시신이 수면 위에 떠오르는 모습을 머릿속에 그려보았어. 굽슬굽슬한 당신의 머리카락은 조개 껍데기와 해초로 범벅이 되어 있고, 얼굴과 몸은 갖은 상처로 알아볼 수 없을 정도지. 뿐만 아니라, 나는 당신이 낡은 체육관 천장에 두꺼운 밧줄을 사용해 목을 매어 죽은 모습, 냉동실에 갇힌 모습, 굶어 죽은 모습 등도 상상해보았어. 이젠 다른 방법을 찾아볼 수 없을 정도야. 나는 너무나 지쳐 있어. 그래, 나는 당신이 죽었다고 생각해. 나는 당신에게 우리가 슬픔에서 벗어나 다시 삶을 이어가는 모습을 보여주고 싶어. 그게 차라리 낫지 않을까. 하지만 당신은 우리를 당신의 세상 속에 존재하는 어둠의 한 구석에 몰아넣었어. 우리는 거기에 갇혀 당신이 돌아오는 날만 기다리고 있지.

카이로부터.

코펜하겐, 2010
카이

수이는 어제 불과 몇 시간 만에 짐을 다 쌌다. 램프 두 개, 서랍장 하나, 그리고 이삿짐 박스 다섯 개. 이상하게도 수이의 물건이 사라지고 나니, 이전보다 집이 더 꽉 찬 것 같았다. 저녁이 되자 우리는 한 가족으로서의 마지막 식사를 했다. 음식을 먹고 있자니, 불현듯 과거의 기억이 스멀스멀 피어올라 나의 뒷목을 덮치는 것 같았다. 나는 제왕절개 수술을 막 끝낸 그녀의 병원 침대 옆에 앉아 있었다. 미리암의 여리고 하얀 손을 잡고 있던 나는, 그녀가 활동량에 비해 음식을 너무나 적게 먹는다고 생각했다. 우리가 한 가족이었던 때를 생각하니 가슴속에 따스한 감정이 벅차올랐다.

이른 아침에 눈을 떴으나 늦긴 매한가지였다. 나는 수이가 자전거를 타고 내리막길을 달려 모퉁이로 사라지는 뒷모습을 보며, 서둘러 창문을 열었다.

"수이!"

바람이 내 목소리를 휘감았다. 그녀가 자전거를 멈춰 세우고 뒤를 돌아보며 햇살을 가리느라 한 손을 이마에 가져갔다. 나는 그녀의 손이 만들어내는 그림자 때문에 그녀의 눈을 볼 수 없었다. 그럼에도 나는 그녀가 나를 보고 있다는 것을 잘 알고 있었다.

"나중에 전화할게요." 수이가 소리쳤다. 모퉁이에서 사라진 그녀는 이제 우리가 함께하던 삶에서 벗어나 자신만의 새로운 삶을 시작할 것이다. 수이는 내 일상에서 사라졌고, 나는 그녀가 특별한 일이 있을 때만 찾아주는 한 인간으로 전락했다. 그렇다. 나는 '더 서클'의 콘서트에 드리워지는 희미한 조명 아래 축축한 어둠 속에서 춤을 추거나, 카페에서 아르바이트를 하며 커피를 서빙하는 수이의 머릿속에 자리한 얇디얇은 그림자 같은 생각의 조각 속에 존재하는 사람이 되어버렸다. 어둡고 묵직한 베이스기타 소리가 내 몸에 젖어들었다. 리듬은 굳게 쥔 주먹이 되어 내 가슴을 두드리며 '깨어나라!'고 소리치고 있었다. 그 소리는 항상 '깨어나라'라는 제목의 전단지를 손에 든 여호와의증인이 누르는 대문의 초인종 소리를 연상시켰다. 대문을 열었던 나는 대문 앞에 서 있는 두 명의 어른을 마치 길 잃은 사람들인 양 멀뚱멀뚱 쳐다보았다. 그들은 해마다 정기적으로 우리 집 대문을 두드렸다. 세월이 흐르면서 그들을 향하는 내 감정은 조금씩 연민과 동정을 담아가기 시작했고, 실질적으로는 신으로부터 점점 멀어지게 만들고 사회에서 격리될 수밖에 없는 그들 조직의 규칙으로부터 그들을 구제하는 것은 내가 아닌가 하는 생각까지 하게 되었다. 나는 점차 세상의 종말이니 천년 왕국의 도래니 하는 말들에 질리고 짜증이 나기 시작했다. 그들은 매번 같은 말만 기계적으로 되풀이했다. 나는 그들의 종교가 크리스마스나 생일에 반하는 것이라 말했다. 바로 그 때문에 우리 반의 페터는 항상 슬픔을 감추고 미소가 그려진 마스크를 낀 채 살고 있다고 덧붙이기도 했다. 그의 마스크를 꿰뚫어 볼 수 있는 사람은 아무도 없었고, 그 마스크를 벗겨낼 수 있는 사람도 없었다. 심지어는 그의 입술이 터지도록 주먹으로 쳐도 그 마스크는 벗겨지지 않았다. 붉은 피가 흥건히 흘러내려도 그의 얼굴에서 밝은 미소가 그려진 마스크를 벗겨낼 수 없었다. 그 마스크는 정확히 해마다 스물네 번, 반 아이들에게 예의 바른 대답을 돌려주었다. "미안해, 난 네 생일 파티에 갈 수 없어." 여호와의증인이 마지막으로 우리 집을 찾았을 때, 나는 그들이 초인종을 누르기도 전에 대문을 활짝 열고 소리쳤다. 나는 그때 겨우 열두 살이었지만, 페터의 아버지가 페터를 죽게 내버려두었다는 사실에 분노하고 있었다. 여호와의증인이 따라야 하는 규정 때문에 그는 타인으로부터 수혈을 받을 수 없었다. 물론, 페터가 차고 지붕 위에서 떨어졌던 것은 그 누구의 책임도 아닌 바로 페터 자신이 책임을 져야 할 문제였지만, 사실을 따져보면 그가 차고 지붕 위에 올라갔던 것은 아버지를 도와 홈통을 수리하기 위해서였다. 나는 페터의 잘못이라면 그가 항상 신실한 여호와의증인으로 생활해왔다는 것뿐이었다고 말하며, 그들이 수치심을 느끼기 바란다고 소리쳤다. 두 명씩 짝을 지어 우리 집을 찾았던 여호와의증인 중 한 명은 내 말에 몸을 부들부들 떨기 시작했다. 나는 그 모습을 보며 취한 듯 달콤한 전율을 느꼈고, 분노가 녹아내릴 무렵 나는 그들의 면전에 대문을 쾅 닫아버렸다. 내 가슴속에는 어린아이의 유치한 오만함과 건방짐이 거품처럼 부풀어 올랐다.

달라르나, 2010
수이의 메모

초대륙

초대륙은 여러 개의 대륙괴로 이루어진 땅이다. 이것은
약 2억 5천만 년을 주기로, 대륙괴가 서로 붙었다가 떨어지는
과정에서 형성된다고 한다.

자연

자연은 매우 비실용적이다.

둥그런 원.

자연은 흙 속의

둥그런 바퀴다.

자연은 흙과

구덩이다.

지구는 자연을 자식처럼 품고 있는 어머니다.

나는 유혹에 저항하기 위해 비실용적인 것을 꿈꾼다.

변하기 위해.

마치 쓰레기처럼 길 위에 버려지기 위해.

지구는 비실용적이다.

둥그런 원.

대륙들은 지구 표면의 검은 자국에 불과하다.

지구는 여기저기 흩어져 있는 아이들 같은 대륙들을 한데 모아 품는 어머니 같은 존재다.

나는 잃어버리고 싶은 유혹에 저항하기 위해 꿈을 꾼다:

내 자전거.

내 칫솔.

나의 때 묻은 양말.

나의 은행 카드.

머리카락.

문득 깜박이고 싶은 내 눈동자.

만약, 우리 속에 존재하는 여러 개의 삶 중에서 조그마한 한 부분만 살아낼 수 있다면, 나머지 삶은 어떻게 되는 걸까?

코펜하겐, 2010
카이

나는 편지 형식의 일기를 쓴다.

사랑하는 수이,
너는 집을 나가 독립했고, 나는 무기력한 공허감에 빠져
있어. 이런 내 모습을 네겐 한 번도 말하지 않았지. 나는
직장에 나가는 것도 포기하고, 하루 종일 울고 있어. 눈물을
그칠 수 없구나. 나도 이런 내 모습이 생소하기 그지없어.
병가 휴가를 냈던 것은 아침에 침대에서 일어나지도 못했기
때문이야. 나는 가능하면 외출도 피하고 있어. 그저 멍하니
누워 천장을 바라보거나 창밖을 바라보는 동안에도 눈물이
쉴 새 없이 흘러내려. 죽는 것은 두렵지 않아. 하지만 나는
내가 처한 현재의 이 상황이 너무나 두렵구나. 네가 없으니
이제 무엇으로 삶의 의미를 찾아야 할지 모르겠다. 가끔
라디오를 들을 때도 있어. 최근에 한 전문가가 말하기를,
인간은 슬픔 때문에 죽을 수도 있다는 것이 증명되었다고
하더구나. 작고 동그란 창문을 내다보노라면, 혼자라는
쓸쓸함과 서글픔이 더 커지는 것 같아. 그래서 나는 선인장을

창틀에 올려두었지. 창밖을 바라보며 너를 쫓는 내 시선을
멈출 수 있을 것 같아서였어.

　우리는 우리를 기다리는 한 공간에서 태어나지. 세월이
흘러 우리가 그 공간을 벗어나게 되면 그곳은 완전히 다른
공간이 되어버릴 거야. 하지만 우리 집은 비록 네가 떠났다
하더라도 변하지 않았단다. 심지어는 작은 못 하나도
제자리에 그대로 있어. 하지만 언젠가는 집 안의 물건들이
하나하나 사라질 것이라는 생각이 스치는구나. 선반, 못,
문지방, 바닥벽지, 문, 벽, 천장, 창틀, 그리고 젖은 눈동자
같은 창문. 이것들도 얼마 가지 않아 현실적인 재앙과
맞닥뜨릴 것이라는 생각을 지울 수가 없어. 나는 슬픔을
이겨내려 목도리, 행주, 양말, 장갑 등을 짜는 사람들,
솔리테어 카드게임을 반복해서 하는 사람들을 이해할
수 있어. 나 또한 그러고 싶거든. 무의미하게 쉴 새 없이
돌아가는 쳇바퀴 같은 삶을 살고 싶다는 생각도 해본단다.

　나는 옌센이 권하는 정신과 상담도 받아보았어. 의사
이름은 리-메이라고 해. 그녀는 너의 갑작스런 부재가 내게
충격으로 다가온 것이 틀림없다고 말했어. 나는 어머니가
세상을 떠났을 때나 미리암이 나를 떠났을 때도 이처럼
슬퍼하지 않았단다. 하지만 네가 집을 떠났을 때는 정성
들여 쌓아 올린 탑이 무너지는 듯한 느낌이 들었어. 눈물로

쌓아 올린 탑. 어쩌면 나는 탑일지도 몰라. 나는 그녀의 말을
이해할 수 없었어. 눈물로 이루어진 탑을 어떻게 쌓아 올릴
수 있지? 리-메이는 내게 가슴을 다 비워낼 때까지 실컷
울어보라고 했어. 별안간 우리 집 바닥에 크나큰 웅덩이가
생겨 건물이 손상되면 어떻게 할까 하는 걱정이 치솟는구나.
곰곰히 생각해보니, 그 많은 정신과 의사들 중 하필이면
리-메이라는 이름을 가진 의사를 선택했던 것이 좀 웃기기도
해. 리-메이. 릭-메이*. 발음이 비슷하지? 리-메이는 언뜻
꽤 나이가 들어 보이지만, 알고 보니 내 또래더구나. 나도
그녀처럼 나이가 들어 보이는 걸까? 리-메이는 너와
상관없는 나만의 삶을 만들어가는 것이 중요하다고 말했어.
나는 그건 불가능하다고 대답했지. 그녀는 내가 다른 사람인
양 행세해보는 것도 도움이 된다고 했어. 나는 그렇게 하다가
자칫 내 스스로를 알아보지 못하는 날이 오면 어떻게 하냐고
되물었지. 그녀는 나의 내면에 존재하는 부정적인 목소리를
없애기 위해 어떤 상황에서도 '예스'라고 대답해보라고
하더군. 그리고 무슨 일이 일어나는지 두고 보라고 했어.

나는 지금 부엌을 둘러보고 있어. 식탁을 둘러싸고 자리

---

* '나를 좋아해 줘'라는 뜻의 덴마크어

한 의자들, 소금이 담긴 병, 선인장. 이것들은 부엌을 밝히는 두 개의 태양 같은 전구 불빛 아래서 너무나 무기력하고 슬퍼 보여. 불빛이 드리워진 선인장을 자세히 보니, 한쪽 팔이 시들어 축 늘어져 있구나. 왜 나는 이제서야 선인장이 시들어 있는 것을 발견했을까?

코펜하겐, 2010
카이

눈을 뜨니 이미 해는 중천에 떠 있었다. 그림자 하나 없는 방이었지만 너무나 슬퍼 보이긴 매한가지였다. 시간이 흘러 날이 변하는 것도 느낄 수가 없다. 나는 눈물을 머금은 채 일어나 바로 직장에 병가를 냈다. 멍하니 앉아 명상을 하고 진한 블랙커피를 마신 후, 신문을 들추어 보았다. 기사 제목만 눈으로 훑던 나는 어제 신문과 다를 게 없다는 생각에 짜증이 났다. 일간 신문이 여성잡지처럼 변해간다는 생각을 하며 신문을 내려놓으려는 찰나, 화려한 컬러 광고 하나가 눈에 띄었다.

인도에서 특별한 요가 경험을 하며 2011년을 평생 기억에 남는 해로 만들어보십시오! 겨울의 한기를 벗어나 따스한 햇살과 함께 치유의 여행을 떠나보십시오. 매일 진행되는 프로그램에는 요가, 명상, 산책은 물론, 세상에서 가장 큰 크리스털 구슬 앞에서 진행되는 특별한 단체 명상도 포함되어 있습니다. '어스피플'이 운영하는 '유니티 요가센터'는 인도의 오로빌에 자리하고 있습니다. 오로빌은 '인자한 모후'에 의해 1960년 건립된 실험적 도시로서, 유네스코의 인정을 받은 바도 있습니다. 오로빌은 성별과 인종, 정치적 성향을 막론한 전 세계의 사람들이 함께 모여, 모든 인간이 더 높은 의식 수준에 이를 수 있다는 믿음하에 지속가능한 안정된 삶의 형태를 발전시키기 위해 만든 도시입니다.

유토피아적 사회로의 여행. 삶의 대격변을 일으킬 수 있는 여행. 왜 나는 지금껏 오로빌에 관해 단 한 번도 들어본 적이 없을까. 이상하다는 생각이 스쳤다. 건축설계사로 일하며, 나는 동료들과 함께 대안적인 주거 형태와 도시 계획 등, 사회의 주도적 흐름에서 나름대로 벗어나지 않았다고 생각해왔는데… 어쨌든, 내 시선을 잡아당겼던 것은 바로 '삶의 대격변'이라는 바로 그 말이었다.

나는 인터넷에서 '오로빌'을 검색해보았다. '마트리만디르*'라는 이름의 황금으로 도금한 반원형의 건물 사진이 화면에 떴다. 그 건물은 도시의 중앙에 자리한 세상에서 가장 큰 크리스털 구슬을 둘러싸고 있었다. 위에서 본 오로빌은 주거지역, 교육지역, 산업지역 등으로 나누어진 나선형의 도시 형태를 갖추고 있었다. 오로빌에는 진흙과 나무 등으로 만든 자

---

* '모후 성전'이라는 의미의 산스크리트어

연 친화적인 건물은 물론, 일본식 정원에서 영감을 받은 듯, 마당과 나무 위에 지어진 집들도 볼 수 있었다. 그 사진을 보노라니 인간의 상상력은 무한하다는 생각에 한껏 고양되었다.

리-메이에게 전화를 했다.

"여행을 가려 해요."

"다시 삶의 생기를 찾았나 보군요." 그녀가 말을 이었다. "나도 한때는 명상에 집중했던 적이 있답니다. 마음 같아선 함께 가고 싶군요."

메이와 함께 인도에 간다는 생각을 하니 기분이 이상해졌다.

"당신이 명상을 했다는 사실은 모르고 있었는데요?" 나는 예의를 갖추어 말했다.

"나는 70년대에 월란에 있던 아슈람*에서 한동안 살았던 적도 있답니다. 나는 지금도 여전히 자연 친화적인 단순한 삶으로 되돌아가고 싶은 열망을 느낄 때가 있어요. 하지만 그곳은 지금 더는 운영을 하지 않아요. 어쨌든 좋은 여행 되시기 바랍니다. 내 도움이 필요하다면 언제든 연락해도 좋아요."

---

* 인도식 전통 수행시설. 주로 고행자들의 수도원 역할을 하며 구루가 제자들을 가르치는 학교의 역할도 함

"그렇게 하겠습니다."

"그건 그렇고, 개인적인 질문을 하나 해도 될까요?"

"얼마든지…"

"당신은 나의 외모 중에서 어떤 부분이 가장 매력적이라고 생각하시나요?"

"내가 보고 있지 않다고 생각했을 때 혼자 미소 짓는 모습이 매력적이라고 생각했어요. 마치 비밀을 간직한 듯한 모습이죠."

"고마워요. 그리고 귀찮게 이런 것까지 물어봐서 미안해요. 남편이 나를 떠난 후로부터 자존감이 바닥을 기었는데 그 말을 들으니 좀 나아지는 것 같군요."

나는 전화를 끊은 후, 건축설계사 사무실의 핀에게 전화를 걸었다.

핀은 나를 많이 걱정했던 것 같았다. 직접적으로 말하진 않았지만, 나는 그의 목소리에서 안도의 느낌을 찾아볼 수 있었다. 나는 걱정을 담은 그의 이마주름살이 펴지는 모습을 떠올렸다.

"아무 걱정 말고 떠나게." 그가 말을 이었다. "일과 관련된 교육 목적의 여행으로 결재를 올리면 경비도 조금 절약할 수 있을 거야."

그 후, 모든 일은 힘들이지 않고 차곡차곡 진행되었다. 마치 규칙적으로 세워진 도미노 블럭이 미끄러지듯 움직이는 것처럼. 저녁을 먹기 직전 나는 광고에 나온 연락처를 통해 요가 여행에 등록했고, 비행기표를 예약했으며, 인터넷에서 비자를 신청했다. 수이에게 전화를 하니 음성메모를 남기라는 메시지만 들려왔다.

"안녕, 잘 있었니? 방금 인도로 가는 비행기표를 예약했어."

전화기를 내려놓으며, 광고를 본 이후 눈물을 단 한 방울도 흘리지 않았다는 것을 깨달았다.

마돈나가 힘 없이 꼬리를 흔들었다. 머리를 긁어주자 마돈나가 고개를 들고 나를 쳐다보았다. 별안간 마돈나를 꼭 껴안아주고 싶은 충동이 생겨 몸을 앞으로 굽혔다. 그런 나 자신의 행동에 스스로 놀라지 않을 수 없었다. 평소 마돈나의 머리를 긁어주었던 적은 간혹 있었지만, 수이가 하듯 강아지를 안아준 적은 한 번도 없었기 때문이다. 강아지의 배 부위에 손이 닿는 순간, 커다란 테니스 공 크기의 딱딱한 물질이 만져졌다. 나는 강아지 앞에 쭈그리고 앉았다. 마돈나도 앉아 꼬리를 살랑살랑 흔들었다. 강아지의 배에 불쑥 튀어나온 테니스 공이 더욱 확연히 눈에 들어왔다.

"세상에… 수의사에게 데려가야겠구나."

마돈나는 나를 쳐다보며 한쪽 눈을 찡긋 감았다.

코펜하겐, 2010
카이

우리는 마돈나를 화장한 재가 들어 있는 항아리를 가운데에 두고 식탁 앞에 마주보고 앉았다. 수이는 항아리 둘레에 놓인 양초에 불을 켰다. 항아리 위쪽의 벽에는 눈을 크게 부릅뜬 동양인 남자의 사진이 걸려 있었다.

"나는 우리 집 벽에 가족사진이 없다는 것을 항상 이상하게 생각해왔어요." 수이가 말했다. 그의 사진은 항상 그곳에 걸려 있었는데도 말이다.

그녀는 흑백 사진 앞에 서 있었다. 사진 속의 남자는 그녀를 바라보고 있었다. 어찌 보니, 그의 눈은 장난기를 담고 있는 것 같기도 했다.

"이 사람은 누구죠?" 그녀가 물었다.

"그는 나의 스와미*야. 나는 지금껏 존중할 만한 사람들을 많이 만나왔지만, 항상 나와 그들은 동등하다고 생각해왔어. 하지만 이 사람은 달라. 나는 그를 사진으로만 봤음에도 불구하고, 나의 유일한 스와미라는 생각을 떨쳐버릴 수가 없

---

* 힌두어로 스승을 의미하는 말

었단다."

"왜 하필이면 이 사람인가요?"

"그 사람의 눈을 보렴. 시선은 차분하고 고요하지만 무기력하지 않아. 절대 평범한 눈빛이라곤 할 수 없어. 마치 무언가를 깨달은 사람의 눈빛 같지 않니?"

"그건 그렇고, 아버지는 왜 인도에 갈 생각을 했나요? 아버지는 벌레만 보면 마치 다섯 살짜리 아이처럼 무서워 벌벌 떠는 사람이잖아요. 인도에는 온갖 크고 작은 벌레들로 가득해요. 거미, 모기, 뱀, 알레르기 반응을 일으키는 털이 북실북실한 모충도 많아요. 뿐만 아니라 그곳에선 황열병이나 말라리아 등 열대병에 걸릴 확률도 커요."

"인도에 가는 사람들 모두가 열대병에 걸리진 않아."

"안톤은 작년에 인도에 다녀왔어요. 그곳 음식과 사찰, 자연 풍경 등 모든 것을 더할 나위 없이 좋아했지만, 쉴 새 없이 토하는 바람에 나중엔 배가 입 밖으로 빠져나올 지경이었다고 하더군요. 혼자 여행을 갔기 때문에 도와줄 사람도 없었대요. 어느 날, 갑자기 콜라를 마시고 싶어 배를 움켜쥐고 호텔 로비로 내려갔다가 자동판매기 앞에서 쓰러지고 말았죠. 알고 보니 극심한 식중독이었다 했어요. 만약, 방에 혼자 있다가 의식을 잃었더라면 누군가의 눈에 띄기도 전에 외롭게 숨을 거두었을지도 몰라요."

"내 걱정은 할 필요 없어. 듣기로는 꽤 괜찮은 환경이라고 했으니까."

"인도 대신 한국 여행을 하는 건 어때요? 한국은 인도와 비교해 큰 병을 얻을 확률도 적잖아요. 나도 함께 갈게요. 나는 항상 한국에 있는 가족들과 한번 만나보고 싶었어요."

"원한다면 한국에 한번 가보는 것도 좋을 거야. 하지만 난 한국에 꼭 가야 할 필요성을 못 느껴. 나중에 네 할아버지의 주소를 보내줄게. 남쪽 끝에 있는 마라도라는 섬에서 살고 있다고 들었어."

"내겐 지금 여행을 갈 만한 경제적 여력이 없어요."

"몇 년 전에 미리암이 네 앞으로 개설했던 통장의 돈을 사용하면 되겠구나. 이젠 너도 열여덟 살이 되었으니까 그 계좌의 돈을 네 마음대로 사용할 수 있어."

"무슨 통장을 말씀하시는 건가요?"

"그건 자녀를 위한 일종의 저축 통장이란다."

"그 통장에 돈이 얼마나 있나요?"

"아주 많이 있을걸?"

"아니, 정확히 얼마나 있냐고요?"

"적어도 몇백만 크로네는 될 거야. 어쩌면 그보다 더 많을지도 몰라."

"그 이야기를 지금까지 내게 하지 않았던 이유는 뭔가

요?"

"지금 하잖아."

"나는 이미 석 달 전에 열여덟 살이 되었어요. 독립하기 위해서 그간 카페에서 아르바이트를 하며 돈을 버느라 얼마나 고생했는지 아세요? 내가 백만장자였다는 것을 진작에 알았다면 상황은 많이 달라졌을 거예요."

"그렇겠지. 하지만 나는 항상 돈이 네가 선택하는 삶에 영향을 주면 안 된다고 생각해왔어. 또래 아이들보다 훨씬 나은 환경에서 산다는 건 생각보다 힘들어. 사람들은 자기와 다른 환경의 사람을 비뚤어진 시각으로 보는 경향이 있지. 자립한다는 것은 근본적으로 어른이 되는 과정의 하나이기도 하단다."

"나는 받아들일 수 없어요! 아버지가 나를 여전히 어린아이 취급하는데 우리가 어떻게 동등한 인간적 관계를 이어갈 수 있겠어요?"

"미안해. 그럴 마음은 없…"

"대문을 열어주지 않을 생각인가요?"

"뭐…?"

"누가 대문을 두드리고 있잖아요."

내가 미처 자리에서 일어나기도 전에 보라색 하이힐을 신은 옌센이 성큼성큼 집 안으로 들어왔다. 그녀는 무슬림을 연상시키는 옷을 입었지만 가슴은 훤히 들여다보일 정도로 깊게 파여 있었고, 긴 밤색 머리는 등 뒤로 쭉 늘어뜨려져 있었다.

"설마 내가 장례식에 늦은 건 아니겠지?"

옌센이 숨을 크게 내쉬자 항아리가 살짝 흔들렸다가 제자리를 찾았다. 그녀는 식탁에 앉아 다리를 꼬았다.

갑자기 내면이 갈기갈기 찢어지는 듯한 느낌과 함께 혼자라는 느낌이 나를 덮쳤다. 눈물이 흘러 앞을 가렸다. 소리 내어 마음껏 울고 싶은 마음과 함께, 마돈나가 죽고 없으니 수이가 더 그립다는 말을 하고 싶은 충동이 치솟았다. 내 몸은 아픔과 슬픔으로 무겁기 그지없었고, 하고 싶었던 말은 묵직한 돌멩이처럼 목에 걸려 나오지 않았다. 나는 가라앉기 시작했다. 돌멩이는 점점 밑으로 내려가 뱃속에 자리를 잡았다. 나는 몸을 일으켜 냉장고에서 맥주를 가져왔다.

"우린 아버지의 인도 여행에 관해 이야기를 나누고 있었어요." 수이가 말했다.

"나도 함께 가고 싶지만, 지금 한창 일 때문에 바쁜 시기라…" 옌센이 말을 이었다. "그건 그렇고, 기대돼?"

"물론이지. 내가 가려는 도시에 관해 좀 찾아봤어. 아직도 관습이나 제도 등을 부정하고, 자연스럽고 대안적인 삶의 방식을 찾아보려 노력하는 사람들이 있다는 사실에 적잖이 놀랐어."

"그렇게 말하니 꼭 안톤을 보는 것 같아요." 수이가 말했다.

"선하고 올바름을 추구하는 건 이미 지나간 유행이야." 옌센이 말을 이었다. "사람들에게 흥미를 불러일으킬 수 없기 때문이지. 현대인들은 복수 살인이나 개인 제트기의 추락 또는 자연 재해 등으로는 만족할 수 없는 것 같아."

"따지고 보면 유행이라는 단어 그 자체도 구식이에요." 수이가 음식을 집어 들며 말했다.

"수이, 넌 내 딸이나 마찬가지야." 옌센이 말했다.

그들이 돌아간 후, 나는 평소 마돈나가 자주 누워 있던 현관 앞 매트 위에 앉았다. 나는 갖가지 복잡한 생각과 맹렬한 공허감에 사로잡혀 있었다. 두 다리를 올려 가슴께로 끌어당긴 후, 눈물을 찔끔 짜내보려 애썼다. 몇 시간 전 뱃속에 자리하고 있던 묵직한 감정의 돌덩어리는 따끔따끔한 상처만 남긴 채 이미 사라지고 없었다. 눈을 감았다. 어머니가 떠올랐다. 내 등을 쓰다듬어주던 어머니의 모습. 어머니의 손길을 생각하니 따스함이 온몸을 휘감아 왔다. 여전히 벽에서 제자리를 지키고 있던 스와미의 시선은 나를 향하고 있었다.

코펜하겐, 2010
수이

"네 아버지는 어떻게 지내시니?" 안톤이 물었다.

"곧 인도 여행을 할 건가 봐."

"건축설계사니까 타지마할에 흥미를 느끼셨나 보구나?"

"아냐, 아버지는 대안적인 건축 방법에 관해 더 자세히 알아보러 간다고 했어. 하지만 실질적으로는 오로빌에 요가 치료를 받으러 가는 거야."

"오로빌? 도시 이름이니?"

"응, 70년대에 한 공상가의 계획을 바탕으로 세워진 국제적 대안 도시라고 들었어. 프랑스 여인이라고 하더군."

"앗, 네 말을 듣고 보니 파리스와 만나기로 약속했던 게 기억나네. 깜박 잊고 있었어."

"너희들 어제도 함께 있지 않았어?"

"오늘은 이력서 쓰는 걸 도와주기로 했어. 파리스는 아직도 덴마크어를 어려워하나 봐."

"이미 카페에서 일하고 있는데 또 이력서를 쓴다고?"

"응, 갤러리에서 일하고 싶은가 봐."

"그렇군. 그건 그렇고, 난 조만간 한국에 갈 거야. 같이 갈래?"

"이번 학기는 꽤 바빠. 여름 방학이나 되어야 시간이 날 것 같은데."

"여름 방학까지는 너무나 오래 기다려야 돼. 내가 그때까지 기다릴 수 있을지 모르겠어."

"그런데 한국까지 갈 여행 경비는 있어?"

"어떻게든 되겠지."

"참, 네 어머니에게서 편지가 왔어."

"발신인이 내 어머니라는 건 어떻게 알았니?"

"봉투 겉면에 '로디니아*'라고 적혀 있길래 금방 알아봤지."

나는 눈을 감고 편지 봉투를 열었다. 나는 숲속에 누워 있었고, 등에 느껴지는 이끼는 비단처럼 부드러웠다. 내가 미리암을 마지막으로 보았던 것은 일곱 살 때였다. 우리는 함께 하레스코겐 숲속을 산책하고 있었다. 그녀와 나, 단 둘이서. 그녀에게선 엄마의 냄새가 났다. 나무는 그림자를 드리웠다. 그녀는 항상 얼굴에 미소를 머금고 있었지만, 내게 손을 대거나 안아준 적은 한 번도 없었다. 그녀는 낯선 사람에 불과했다. 하지만 그녀는 나와 그녀를 이어줄 수 있는 물건을 하나

---

* 판 구조론에서 약 6억 년 전에 분열되었다고 여겨지는 초대륙. 러시아어로 '고향'을 의미하는 단어 '로디나'에서 유래되었음

준 적이 있다. 그것은 지금 내 한쪽 귀걸이에 달려 있는 작은 해마 장식이다.

"판다곰, 난 이제 나가볼게."

"나가는 길에 쓰레기도 좀 버려줄래? 이 편지도 같이 가져가." 내 목소리는 얼음처럼 차갑고 미끄러웠다.

"네 어머니가 편지에 뭐라고 썼는지 알고 싶지 않니?"

"미리암이 보내는 편지에는 항상 자기 자신과 일에 관한 얘기밖에 없어."

"어쩌면 네 어머니는 너에 대한 사랑을 그런 식으로 표현하는 건 아닐까?"

"자기 이야기만 줄줄이 늘어놓으면서?"

"그건 너도 마찬가지잖아."

"그녀와 나의 다른 점은, 난 자기중심적인 사람이 되겠다고 스스로 선택한 반면, 그녀는 처음부터 자기중심적인 사람으로 태어났다는 거야."

철로를 따라 걷는다고 상상해보았다. 나는 너무나 피곤해 땅에 드러누워 철로에 목을 기댔다. 기차 한 대가 달려오고 있었다. 철로가 떨렸다. 윙윙거리는 금속성 소리가 뒤통수에 박혔다. 기차는 점점 가까이 다가왔다. 몇 초 후면 내 얼굴이 사라질 것이다. 죽음을 향한 동경. 눈을 떴다. 안톤의 금속처럼 차갑고 푸른 눈동자가 보였다. 별안간 파리스가 내 머릿속을 채웠다.

"멍하니 무슨 생각을 하고 있었니?" 안톤이 물었다.

"옷을 벗어봐."

그가 머리 위로 셔츠를 벗어던지고 바지를 내렸다. 그는 짜증이 날 만큼 느릿느릿한 동작으로 속옷을 벗은 후, 벌거벗은 몸으로 내 앞에 섰다. 나의 점프수트가 바닥으로 스르르 떨어졌다. 나는 그의 목을 감싸 안고 내게로 끌어당겼다.

하레스코겐 숲, 1999
수이와 미리암

"수이, 이처럼 아름다운 숲을 본 적이 있니?"

"여긴 나무가 참 많네요."

"가지각색의 무수한 생명체들이지. 모두 숨을 쉬고 있어."

"엄마?"

"미리암이라고 불러."

"알았어요. 엄마 미리암."

"그냥 미리암으로 불러. 그게 내 이름이니까. 나도 너를 부를 때 '딸'이라고 하지 않고 그냥 수이라고 부르잖아. 네 이름은 수이니까."

"알았어요."

"앗, 너도 봤니?"

"뭘요, 미리암?"

"요정 말야."

"어떤 요정 말인가요?"

"저기! 저기 다시 모습을 드러냈어!"

"나는 아무것도 안 보이는데요?"

"저 나무 둥치들 사이에… 아주 재빠르게 움직이고 있어. 잠시도 쉬지 않고 움직이는구나."

"아빠는 언제 오나요?"

"두 시간쯤 있으면 올 거야. 방금 우리를 여기 내려주고 갔잖아."

"난 집에 가고 싶어요. 아빠에게 당장 오라고 전화를 해보세요."

"우린 지금 함께 숲속을 산책할 거야. 나는 덴마크에 일주일밖에 머무르지 않을 거야. 그 후엔 언제 다시 올 수 있을지 기약할 수 없어. 여기 한번 누워보렴. 비단처럼 부드러운 이끼를 느낄 수 있을 거야."

"네, 정말 부드럽네요."

"나무들 사이에서 햇살이 원을 만드는 것이 보이니? 저 원을 네 코로 한번 잡아봐."

"난 집에 가고 싶어요."

"네게 줄 선물이 있어."

"선물이라고요?"

"어느 손으로 선물을 받고 싶니?"

"이 손… 그런데 이건 뭔가요?"

"금으로 만든 해마 모형이야."

"진짜 금인가요?"

"응. 해마는 말을 닮고 싶어 하는 작은 물고기란다. 세상에서 가장 느린 동물이지. 이빨이 없기 때문에 음식을 통째로 삼켜야 해. 해마들은 아빠가 임신을 하고 아이를 낳는단다."

"고맙습니다."

"천만에…."

"이제 집에 갈래요."

"… 네가 전화할래, 아니면 내가 전화할까?"

"난 핸드폰이 없어요."

"알았어, 내가 전화할게."

코펜하겐, 2010
카이

짐을 다 싸고 나니 수이에게서 문자 메시지가 왔다. 나는 오늘 마흔네 살이 되었고, 이제 동쪽으로 여행을 하려 한다. 나는 이 여행을 앞두고 편견에 치우치지 않는 긍정적인 사람이 되려고 노력 중이다. 나는 열린 눈으로 명상을 할 것이다. 나는 낡은 배낭 속에 필요한 최소의 물건들만 넣었다. 작은 수건, 반바지, 하얀 티셔츠, 린넨 바지 두 벌, 긴 팔 셔츠 한 벌, 카키색 와이셔츠, 속옷 세 벌, 양말 세 켤레, 손전등, 휴대용 나이프, 일회용 대패, 손톱깎기, 칫솔, 자외선 차단제, 항생제, 두통약, 일기장, 여행가이드 책자, 카메라와 노트북 컴퓨터.

나는 회색 스웨터와 황토색 바지를 입고 나이키 운동화를 신은 채 현관에 서서 거울을 바라보았다. 거울에 비친 내 모습은 꽤 만족스러웠다. 커다란 수트케이스에 온 집 안의 물건을 다 넣어 떠나는 초보 관광객이 아니라 경험이 풍부하고 연륜 있는 여행자의 모습처럼 보였기 때문이다. 나는 옌센과 약속한 대로 대문 열쇠를 매트 아래에 밀어 넣었다. 그녀는 내가 집을 비우는 동안 우리 집에 와서 글을 쓰기로 했다.

출국심사대 앞에 이른 나는, 몸에 꽉 끼는 양복을 입은 아랍 남성과 하얀 털목도리를 두른 호리호리한 백인 여성의 뒤에 섰다. 백조 한 마리와 양복 정장, 그리고 잘 손질한 머리가 인상적인 두 소년. 소년들은 쌍둥이처럼 닮았다. 백조가 먼저 말문을 열었다.

"그래서 뭐라고 대답했니?" 그녀의 목소리는 책상 위를 내려치는 막대기처럼 작은 충격을 몰고 왔다.

"난 무슬림이 아니기 때문에 테러리스트도 아니라고 했어요. 아버지는 덴마크에서 태어났고, 알라신을 믿지도 않는다고 했어요. 나는 덴마크인이라고 분명히 말했다고요." 둘 중 나이가 좀 많아 보이는 소년이 말했다.

양복 정장이 고개를 끄덕였다.

"좋아. 잘했어." 백조가 말했다.

굳게 다문 부리. 그녀는 무덤덤하고 중립적인 표정을 지어보려 노력했지만 어금니를 너무나 꽉 깨물고 있었기에 그녀의 하얀 얼굴은 살짝 경련을 일으켰다. 하얀 백조는 검은 털로 뒤덮힌 두 소년을 양 날개로 감싸고 있었다. 그녀는 두 소년을 덴마크 문화에 따라 양육했지만, 그럼에도 대부분의 덴마크인들은 그들을 낯선 눈으로 바라보았다. 그녀는 이해할 수 없었다. (그녀는 덴마크인이었지만 어쩌면 그녀의 두 아이들

은 평생 덴마크인으로 받아들여지지 않을지도 몰랐다.) 가장 가슴
아픈 것은 그녀 또한 외부인의 눈으로 자신의 아이들을 바라
보아야 할 때가 있다는 점이다. 다른 이들이 아이들을 어떻게
보는지 이해하기 위해서. 그녀는 언제 어디서든 편견에 치우
친 시선으로부터 아이들을 보호할 자신이 있었다. 두 날개로
아이들을 감쌀 준비가 되어 있었던 것이다. 나는 이렇게 말하
고 싶었다. '아이들이 나이를 먹어갈수록 상황은 더 나빠질
거예요.' 단정하고 잘 손질된 머리의 두 소년은 백조와 함께
여권 심사대를 통과했다. 잠시 후, 아랍인의 외모를 지닌 두
소년은 탑승자들과 함께 줄을 섰다. 그들은 냉대와 굴욕을 견
뎌내는 방법을 배워야 한다. 왜냐하면 집단으로부터의 배척
행위는 언제든 갑자기 그들의 뒤통수를 칠 수 있기 때문이다.

"덴마크인인가요, 영국인인가요?" 체크인 확인을 하던
공항 직원이 내게 물었다.
"저는 덴마크인입니다."

경찰서, 도쿄, 1999
미리암

"왜 이제서야 저를 불렀나요?"

"당신을 화장실에서 발견했을 때, 당신은 말을 할 수 있는 상황이 아니었습니다."

"무엇을 알고 싶은가요?"

"무슨 일이 있었는지 이야기해보시죠."

"우리는 뉴욕현대미술관에서 있었던 전시회 오프닝에 참석한 후 도쿄에 막 돌아왔습니다. 그리고 도쿄에 돌아온 것을 축하하기로 했죠."

"당신들 둘이서 말입니까?"

"우리에게도 사람들의 시선에 노출되지 않을 자유가 있습니다. 우리는 매우 조촐한 개인적 파티를 열 생각이었습니다."

"그런데 왜 당신은 낯선 사람의 집에서 발견된 거죠?"

"내가 히로키에게 말했어요. 구름 위에서 파티를 하고 싶다고. 하지만 그는 구름을 만들어줄 수 없었어요. 대신 오래된 펜트하우스의 베란다가 있는 30층을 빌려주었답니다. 신식 건물은 죽어가는 모습을 볼 수 없지만, 낡은 건물은 좀 다르죠."

"거기서 무슨 일이 있었습니까?"

"우리는 함께 샴페인을 마셨습니다. 바에는 다른 술도 있었어요. 위스키, 소주, 사케. 우리는 점점 술에 취하기 시작했습니다. 히로키는 베란다 난간에 걸터앉아 몸을 앞뒤로 흔들었어요. 나도 그를 따라 하겠다고 말했더니 뛸 듯이 기뻐했죠."

"그래서 말씀대로 하셨습니까?"

"아닙니다. 제가 무슨 말을 하기도 전에 그는 두 손을 머리 위로 번쩍 치켜들었어요. 나는 그가 몸의 균형을 잃을까봐 걱정이 되어 서둘러 그에게 손을 내밀었습니다. 내 손끝이 그의 재킷에 닿을락 말락 했을 때, 나는 그를 놓쳐버렸습니다. 그가 30층 아래로 떨어지는 순간, 내 귀에는 아무것도 들리지 않았습니다. 그 후엔 아무 기억도 나지 않습니다. 지금 기억하는 것이라곤, 내가 화장실에 가서 토했다는 것뿐입니다. 화장실 문 손잡이는 미끄러웠고, 나는 있는 힘껏 주먹을 쥐고 있었기에 문을 열기가 쉽지 않았습니다. 무슨 말인가를 하려 했지만, 내 목에서는 알 수 없는 이상한 소리만 흘러나왔을 뿐입니다. 그때 당신들이 왔습니다."

"다른 기억은 없습니까?"

"없습니다. 그게 전부예요."

"보아하니 당신은 매우 충격을 받은 것 같습니다. 하지만 우리는 이번 일을 더 자세히 조사해야 할 의무가 있습니다. 비록 당신은 우연한 사고였다고 말하지만 말입니다."

"당신들은 내가 그를 죽였다고 생각하나요?"

"아닙니다. 현재로선 전혀 그렇지 않습니다. 당신은 그의 유산을 하나도 물려받지 못하니까요. 우리는 이미 그의 가족을 만나보았습니다. 당신은 우리가 가장 마지막으로 만난 사람입니다. 짐작건대, 이번 사건은 우연한 사고로 결론이 내려질 것 같습니다."

"그럼 저는 이제 가도 되나요?"

"물론입니다. 인내심을 가지고 기다려주셔서 감사드립니다."

나는 경찰서의 유리문을 열고 나왔다. 건물 밖에는 흰색 미니스커트를 입고 토끼 머리띠를 한 소녀 두 명이 서 있었다. 그중 한 명이 내게 전단지를 내밀었지만, 나는 본 척도 하지 않고 발을 옮겼다. 도쿄는 외로움으로 가득찬 도시다. 외로움은 마치 파리처럼 사람들 사이를 날아다니고 있었다. 나는 파리를 잡는 끈적이가 되어 날벌레들을 끌어당겼다. 얼마 가지 않아 온갖 날벌레들이 내게 붙어 따라다니기 시작했다. 나는 이제 수천 마리의 날벌레로 만들어진 살아 있는 피부를 뒤집어쓴 채 이 도시를 방황할 것이다.

코펜하겐, 1999
카이

사랑하는 수이, 네가 세상에 태어났을 때 나는 네게만 정신이
팔려 나 자신의 존재를 까맣게 잊어버릴 정도였단다. 뿐만
아니라, 미리암이 산후 우울증에 시달리는 것도 알아채지
못했지. 물론, 그녀가 홀로 멍하니 집 안을 돌아다니거나
네겐 관심을 보이지 않는다는 것쯤은 알고 있었어. 나는
네 삶이 전적으로 내게 달려 있다는 것을 깨달았어. 너를
목욕시키고, 머리를 빗겨주고, 자장가를 불러주었던 것은
바로 나였어. 네가 배가 고파 울면 나는 젖병을 가져가 너를
달래주었지. 왜냐하면 미리암이 수유를 거부했으니까. 나는
미리암까지 신경 쓸 여력이 없었어. 그녀는 내가 예전에
그처럼 사랑했던 사람과는 완전히 다른 사람으로 변해
있었으니까. 물론, 이 사실은 너무나 뒤늦게 깨달았단다.
나는 갓난아기였던 너를 오롯이 홀로 보살폈고, 미리암의
그림은 그리는 족족 팔리기 시작했어. 그림을 그리는 속도가
매매 속도를 따라가지 못할 정도였기에 작품의 가격은
점점 높아졌지. 즉, 미리암은 성공의 기로를 달리고 있었던
셈이야. 그녀의 욕구불만은 전통적인 북유럽의 자연을

주제로 한 시리즈 형태의 작품 속에서 완연히 나타났어.

숲, 강, 산장, 호수. 하지만 숲속을 거니는 사람들의 의복은 매우 현대적이었단다. 그녀가 그렸던 모든 그림에는 색이 칠해지지 않은 부분이 있었지. 땅 위의 한 부분, 얼굴이나 신체의 한 부분 등. 훗날 갤러리스트는 이러한 그림들을 작은 캔버스가 아닌 가로세로 2미터나 되는 거대한 캔버스에 그려보라고 제안했어. 그리고 색을 칠하지 않았던 흰 공간에는 미리암만이 가지고 있던 독특한 기술, 즉 안개를 그려보라고 덧붙였지. 그 후, 미리암의 작품은 규모가 더 커졌고, 자연히 값도 열 배 이상 뛰어올랐단다.

　어느 날, 그녀는 더욱 범위를 넓혀 그림을 그려보겠다고 마음먹었어. 강이나 숲 등 부분적인 자연의 모습이 아닌 넓고 광활한 자연의 모습을 캔버스에 담아보겠다고 결심했던 거지. 그녀는 이 프로젝트에 심혈을 기울였어. 그녀의 그림 중에는 너의 출생을 암시하는 '레드'라는 작품도 있단다. 무슨 이유에선지, 그녀는 출산 시 자신이 엄청난 피를 흘렸기 때문에 병실 전체가 붉은 피에 잠겼다고 믿었던 것 같아.

　'레드'는 영어로는 '붉은색'이라는 의미를 지니고 있지만, 덴마크어로는 '두려운'이라는 뜻을 가지고 있지. 그녀는 덴마크의 가장 오래된 강을 붉은색으로 그려내기도 했어. 뿐만 아니라, 규데노엔 화랑에 전시된 그림을 보러

오는 모든 사람들에겐 붉은색 옷을 입고 오라고 제안하기도
했단다. 그로부터 얼마 지나지 않아 그녀는 마지막으로
거대한 꽃그림을 그렸고, 그 그림이 전시된 장소에서
히로키를 만나게 되었어.

그녀의 작품 이야기를 하지 않고선, 그 당시의 일은 물론,
미리암에 관한 이야기를 글로 쓰기가 쉽지 않았다. 나는 그
장을 찢어버릴까 생각도 해보았지만, 생각을 고쳐먹고 썼던
글을 다시 찬찬히 읽어보았다. 수년 전에 있었던 일을 글로
쓰다 보니 구태의연하고 무의미하다는 느낌도 없지 않았다.
하지만 당시 우리가 나누었던 대화는 불과 몇 초 전에 있었던
일처럼 아직도 선명하게 내 기억 속에 남아 있었다.

도쿄-코펜하겐, 1999
미리암

덴마크로 향하는 비행기에 몸을 실었다. 히로키는 이제 찾아볼 수 없다. 내 핏줄 속에서 생겨난 가책을 담은 죄의식은 거품처럼 손가락 끝까지 퍼져 나갔다. 긴 비행기 여행은 참을 수 없을 만큼 지루했다. 나는 비행기 좌석에 꼼짝없이 앉아 열두 시간을 견뎌야만 했다. 신경이 곤두서기 시작했다. 나는 바륨* 한 알, 비행공포증을 경감시키기 위한 알약 하나, 두통약 두 알을 삼켰다. 현실이 안개처럼 뿌옇게 변하기 시작하자 눈앞에 그가 모습을 드러냈다.

히로키: 미리암?
나: 응.
히로키: 진실을 말해봐.
나: 나는 뉴욕현대미술관에 내 그림을 전시하고 세계 예술의 역사에서 나만의 자리를 확보했다는 사실, 그리고 그 때문에 이젠 평생 먹고살 수 있을 만큼 큰 돈을 손에 쥐게 되어

---

* 불안 장애, 불면증 등 다양한 질병 치료에 사용되는 신경안정제

그 어느 누구의 도움도 받지 않아도 된다는 사실을 축하하고 싶었어.

히로키: 아니, 그거 말고 내 죽음에 관한 진실을 말해봐.

나: 펜트하우스를 빌렸던 건 당신이야. 그건 내 잘못이 아니야.

히로키: 양심의 가책을 느껴?

나: 그날은 바람 한 점 없었어. 달은 마치 유리알처럼 반짝였고, 우리는 도시의 꼭대기에 앉아 있었지. 현기증이 날 정도로 높은 곳이었어. 우리 발밑의 도시는 마치 건축 설계도의 모델처럼 보였지. 마치 꿈을 꾸는 것만 같았어.

히로키: 참으로 시적이군… 하지만 당신은 지금 요점을 회피하고 있어.

나: 난 당신과 이야기할 필요성을 느끼지 못해. 당신은 이미 죽었어. 그러니 얼른 내 눈앞에서 사라지라고!

히로키의 얼굴은 사라졌고 비행기는 이륙했다. 하지만 환영은 사라지지 않았다. 마치 반복되는 영화의 한 장면처럼, 나는 그가 아래로 추락하는 모습을 보고 또 보았다. 내 손이 그의 몸에 닿았기 때문에 그가 추락했을지도 모른다는 생각을 머릿속에서 지울 수가 없었다. 눈이 스르르 감기기 시작했다. 마침내 약 기운이 작용했던 것일까. 내 기억은 셀 수 없이 많은 조그마한 구멍으로 가득 차 있다. 모든 것은 마치 레드 커런트의 과일즙처럼 그 구멍을 통해 걸러졌고, 남아 있는 것은 찐득찐득한 빨간 과일 조각뿐이다. 경찰은 내게 혐의가 없다고 말했고, 히로키의 가족들은 눈물을 머금고 나를 보내주었다. 나는 과일 속으로 손가락을 찔러 넣고, 손에 묻은 과일즙을 핥아 먹었다. 달콤한 과일향이 내 입속에 퍼지는 순간, 나는 무의식의 공간으로 떨어져 내렸다.

"일어나세요!" 승무원의 목소리가 들렸다. "곧 착륙할 예정입니다."

내 몸은 여전히 무겁기 그지없었다. 자리에서 일어나 소지품을 챙기고 커다란 선글라스를 낀 후 비행기를 빠져나왔다. 여권 심사대를 거쳐 짐 찾는 곳에서 수트케이스를 집어 들었다. 입국 장소로 향하는 문이 열리자 줄지어 서 있는 신문기자들이 눈에 띄었다. 그중에는 나의 갤러리스트도 보였다. 그녀는 직원 두 명과 함께 나를 삼각형으로 둘러싸고 기자들로부터 보호해주었다. 우리는 공항을 빠져나가 그녀가 대기시켜놓은 차를 향해 걷기 시작했다.

갖가지 질문들이 마치 벌떼처럼 나를 둘러쌌다.

"미리암 방 씨, 다시 고국에 돌아온 감회를 말씀해주세요. 당신의 작품이 경매에서 천만 크로네라는 액수로 팔렸을 때 느낌은 어땠나요? 남편의 죽음에 관해 할 말은 없습니까? 그것은 자살이었나요?"

차가 움직이기 시작하자, 차창 밖의 기자들은 두 팔을 힘없이 축 늘어뜨렸다. 반면, 사진기자들은 마치 검은 눈동자 같은 카메라를 치켜들고 바쁘게 플래시를 터뜨렸다. 차가 속도를 내기 시작하자, 무리들은 점점 작아졌다.

나는 외레스타덴에 새로 개장한 호텔에 체크인했다. 내겐 과거를 찾아볼 수 없는 공간이 필요했다. 내 느낌과 감정들을 누그러뜨리기 위해서였다. 나는 세상의 뒤편에 존재하며, 나와 현실 사이의 거리감은 매일매일 점점 더 커졌다. 나는 수면제를 군것질하듯 삼켰고, 하루하루는 내게 그 어떠한 흔적도 남기지 않은 채 지나쳐 갔다. 수면제가 만들어낸 죽음 같은 상태는 현실적인 잠과는 상관없이 마치 축축한 밀가루 반죽처럼 방 한가운데에 자리한 침대 위에 외로운 섬처럼 자리했다. 그 반죽을 힘겹게 밀쳐내면 눈에 보이는 것은 섬 주위에 여기저기 흩어져 있는 약봉지와 오렌지 껍질, 빈 술병, 깨진 유리컵, 시든 꽃송이, 지저분한 그릇, 비닐 봉지, 더러운 휴지 조각뿐이었다. 청소하는 직원이 들어오면 나는 마지못해 침대에서 일어났다. 그녀는 방을 정리하고 전기 청소기를 돌리고, 여기저기 빡빡 문질러 닦았다. 수이 또래로 보이는 그녀는 침대보를 바꾸어주고 여기저기 남아 있는 더러운 자국들과 냄새를 없애주며 동정과 연민이 가득한 눈빛으로 나를 바라보았다.

코펜하겐, 1999
카이

커피를 끓이고 베그너 Y 의자에 앉아 신문을 펼쳤다. 1면에는 대문자로 '미리암 방의 남편이 한 건물의 30층에서 추락하다'라는 글자가 적혀 있었다. 그 밑에는 '덴마크 출신의 세계적인 예술가 미리암 방은 일본인 갑부 남편을 잃었다. 그녀는 지난 6년간 도쿄에서 생활했으며, 남편의 사고 현장에 있었던 유일한 사람이기도 하다.'

히로키의 극적인 죽음은 전 세계 신문의 1면을 장식했다. 나는 미리암이 덴마크에 있다는 사실을 아침 신문을 통해 알았다는 점에 기쁘기도 하고 화가 나기도 했다. 왜 그녀는 이곳에 돌아왔다는 사실을 우리에게 알리지 않았을까?

수이는 일곱 살이다. 아직 뉴스를 접하기엔 어린 나이다. 하지만 엄마가 현시대를 풍미하는 덴마크 최고의 예술가라는 것쯤은 알고 있다. "우리 엄마는 세계적으로 유명한 사람이야." 수이는 자주 그렇게 말하곤 했다. 때문에 사람들이 갖가지 목적으로 아이의 주변을 에워싸는 것은 시간 문제였다. 수이 방의 벽에는 미리암이 그린 그림 한 점이 걸려 있다. '숲 속의 소녀'. 미리암은 그림 속의 소녀가 낯선 소녀라 주장했지만, 내 눈에는 그림 속의 소녀가 수이와 너무나 닮아 있었다. 침대 옆 작은 책상 위에는 작은 앨범이 있다. 여러 장의 미리암 사진, 그녀와 수이가 병원에서 함께 찍은 사진, 공원에서 수이와 팔짱을 끼고 서 있는 미리암의 사진, 모피 코트를 입고 리무진에서 내리는 미리암의 사진, 1996년 뉴욕 국제여성총회에서 연설을 하는 미리암의 사진, 히로키와 함께 보아보아 해변을 거니는 그녀의 사진. 6년 전 도쿄로 떠난 이후, 그녀는 매년 크리스마스와 수이의 생일날에만 연락을 했고, 선물과 꽃다발과 자신의 사진을 우리에게 보냈다. 그 외에는 우리와 어떤 형식으로라도 접촉하는 것을 기피했다.

"단칼에 끊는 것이 좋아. 그래야 상처가 빨리 아무는 법이거든." 그녀는 항상 그렇게 말했다.

부엌에 서서 선인장에 물을 주고 있으려니 전화벨이 울렸다. 나는 전화를 받기도 전에 그것이 그녀에게서 걸려 온 전화라는 것을 직감했다.

"여보세요, 카이입니다."

"누구신가요?" 그녀의 목소리였다.

"미리암, 당신이야?"

"미안해. 핸드폰을 주머니에 넣어놓았는데 어쩌다 당신의 번호를 눌렀나 봐."

"원하는 게 뭐지?"

"내가 원하는 건 아무것도 없어. 전화가 잘못 걸렸다고 말했잖아. 이왕 당신이랑 통화가 되었으니 기쁜 소식을 전해줄게. 난 갈갈이 찢어졌어."

"취했어?"

"내가 원하는 단 한 가지는 죽는 것뿐이야."

"덴마크에 온 지 일주일이나 되었으면서 왜 이제야 연락하는 거지?"

"난 죽을 거야!"

"내게서 무슨 말을 듣고 싶어?"

"당신은 내가 아는 사람들 중에서 가장 공감력이 뛰어난 사람인데, 왜 지금은 이토록 차갑게 나를 대하는 거지?"

"그건 당신이 수이는 안중에도 없고 자신만 생각하는 것 같아서 그래. 수이는 당신을 너무나 그리워하고 있어."

"걔는 나를 알지도 못해. 조그마한 어린아이가 낯선 사람에게 무슨 감정을 느낀다고 그래? 이해할 수 없어."

"당신은 수이의 엄마야."

"그래, 어쩌면 진작에 전화를 했어야 했는지도 몰라. 난 지금 스카이 호텔에 묵고 있어."

"그리로 갈까?"

"아냐, 오지 마. 수이에게도 내가 여기 있다는 걸 알리지 마."

　나는 미리암을 만나고 싶은 마음이 전혀 없었다. 하지만 그녀에게 남아 있는 사람이라곤 이제 우리밖에 없지 않은가. 비록, 그녀는 우리를 만나고 싶어 하지 않지만 그녀는 여전히 수이의 엄마이기도 하다.

스카이 호텔, 코펜하겐, 1999
미리암

"누구신가요?"

"나야, 카이."

"난 지금 여기 없어."

"미리암, 우린 만나기로 약속했잖아. 얼른 문을 열어."

"꺼져! 꺼지라고!"

"수이가 당신을 찾기 시작했어."

"아이에겐 내가 만나기 싫어한다고 전해줘."

"그런 말은 수이에게 큰 상처로 남을 거야."

"내가 죽었다고 해. 아니, 내가 죽고 싶어 한다고 전해줘. 이젠 살아 있을 이유가 없으니까."

"당신이 잘 지내는지 직접 내 눈으로 확인하기 전에는 돌아가지 않을 거야. 그러니 얼른 문을 열어."

"그렇다면 할 수 없지…."

"다시 만나게 되어 반가워."

"내 몸에 손대지 마. 멀찍이 떨어져 있어."

"여기 이 소파에 앉아 있을게. 그러면 되겠지?"

"당신에겐 5분의 여유가 있어."

"좋아. 그런데 여기 살 생각이야?"

"내가 그런 질문에까지 대답할 필요는 없다고 생각해."

"이야기할 필요성을 느껴?"

"무슨 이야기?"

"히로키의 죽음에 관해서."

"아니. 그런데 당신은 왜 참견을 하는 거야?"

"당신이 걱정돼서 그래."

"진정해. 난 나비의 날개를 찢어내지도 않고 고이 날려줬어. 그러니까 다시 되돌아올 생각은 하지 마."

"당신이 스스로 고립을 자처하는 모습을 보니 안쓰러워."

"난 스스로 고립을 자처한 적이 없어. 단지 명상을 하고 있을 뿐이라고."

"난 예술가로서의 작품 활동이 당신의 삶에서 가장 중요한 것이라고 생각했는데?"

"난 이제 소위 예술이라 불리는 것에 연연하지 않기로 했어."

당신의 등 뒤로 문이 닫히는 소리가 났다. 나는 당신에게 더 머물러달라고, 나를 안아달라고 애원할 수도 있었다. 당신을 떠난 것이 후회된다고, 아이를 사랑해보려 했지만 어떻게 해야 하는지 전혀 몰랐다고 소리칠 수도 있었다. 어쩌면 나는 그때 너무 늙었거나 너무 어렸거나, 또는 너무 이기적인 사람이었을지도 모른다. 나는 왜 내가 아이를 사랑하지 못했는지 이해할 수가 없다. 아이를 가슴에 안고 아이의 따스한 머리를 느꼈을 때, 나는 불안하기만 했다. 젠장, 어린아이의 머리는 왜 그토록 따뜻한 것일까? 세상을 살 만큼 산 성인이 그 무언가와 밀접하게 연결되어 있으면서 동시에 그 연결고리를 잃어버릴까 봐 두려워하는 이유는 무엇일까? 나는 이제 더 이상 빛이 만들어내는 그림자를 알아볼 수 없다.

코펜하겐, 1999
미리암

나는 가끔 날벌레 같은 차림으로 거리를 돌아다닌다. 짙은 선글라스를 끼고 가까운 슈퍼마켓에 가서 일상용품을 사기도 한다. 가판대의 광고지를 보며 그 아마추어 같은 디자인과 문구에 코웃음을 칠 때도 있다. 갖가지 기묘한 테라피 광고, 잃어버린 자전거를 찾는다는 광고, 데이트 광고, 책장이나 여름 별장을 매매한다는 광고. 나는 와인 한 병을 사서 호텔로 돌아간다. 햇살은 따스하고 부드럽다. 나는 죽은 동물의 거죽 속에서 땀을 흘린다.

호텔로 돌아와 문틈에 봉투 하나가 끼워져 있는 것을 발견했다. 나의 갤러리스트가 보낸 것이었다. 봉투를 열어보니 스웨덴의 부동산 매매 광고가 들어 있었다. 광고를 미처 다 살펴보기도 전에 내 머릿속에는 어떤 계획이 자리를 잡기 시작했다. 전율이 몸을 감쌌다. 너무나 오랜만에 생기를 되찾은 것 같았다. 어느새 죽고 싶다는 생각도 사라졌다.

달라르나에 자리한 자연의 천국. 야생 동물과 함께 살 수 있는 환상적인 농장. 이곳에서는 엘크, 노루, 산돼지, 여우, 사슴, 각종 조류와 오리 등을 볼 수 있습니다. 여러 개의 별채와 헛간, 오래된 이층 목재 건물로 이루어진 농장은 자갈길의 끝쪽, 탁 트인 전경과 마주한 채 자리하고 있습니다. 농장 부지에는 2,440헥타르의 숲과 여러 개의 호수도 포함되어 있어 전망이 좋습니다. 농장을 구입할 시, 최신식 뉴 홀랜드 트랙터는 물론 갖가지 농기구를 거저 드리겠습니다. 8천 8백만 스웨덴 크로네 또는 최고 입찰가격에 매매 예정.

"여보세요?"

"달라르나의 농장 매매 광고를 보고 전화 드렸습니다. 아직 매매 전인가요?"

"네, 그렇습니다."

"그곳에서 일 년 내내 생활이 가능한가요?"

"지난번 소유자가 농장에 난방 시설을 잘 해놓았기 때문에 문제 없을 겁니다."

"농장 부지에서 사냥도 허가되는지요?"

"네, 물론입니다. 농장에 딸린 엄청난 크기의 숲에는 놀랄 만큼 많은 종류의 동물들이 살고 있습니다. 하지만 이 농장에는 그보다 더 큰 매력 포인트가 있습니다."

"그게 뭔가요?"

"숲속에 세상에서 가장 오래된 나무 한 그루가 있답니다."

"그런데 왜 광고에는 그런 말이 안 보이나요?"

"판매자가 광고에 싣기를 거부했습니다. 그런 나무가 있다는 소문이 퍼지면 소위 자본주의의 용병들이 몰려들 것이 뻔하기 때문입니다. 하지만 매매 가격이 워낙 비싸니 이상적인 구매자를 찾기도 힘들 것 같습니다."

"그렇겠군요."

"세상에서 가장 오래된 나무가 있다는 사실만 광고에 넣었어도 농장을 팔기는 어렵지 않았을 것입니다. 하지만 판매자가 극구 반대하더군요."

"제가 농장을 한번 둘러봐도 되겠습니까?"

"가격만 괜찮으시다면 언제든 환영입니다. 언제 오실 생각이신지요?"

"내일 가겠습니다. 이 전화번호로 주소를 보내주세요. 그곳에 오후 4시경이면 도착할 수 있을 것 같습니다."

수이를 낳은 후, 나의 여성성은 서서히 사그라들기 시작했다. 히로키가 죽은 후, 나는 내 여성성을 말려버리기로 결심했다. 나는 그 과정을 받아들였고, 이제 나는 시들어가고 있는 중이다. 나는 내 삶의 반을 여성으로 살아오면서, 나의

욕구와 나의 능력을 바탕으로 일에만 매달려왔다. 덕분에 창
조해낸 작품도 수를 셀 수 없이 많다. 이제 나는 자연과 더불
어 남은 생을 보내려 한다. 타인의 사랑을 갈구하지 않는 자
유로운 삶. 보이지 않는 삶. 아니, 어쩌면 바로 그 때문에 나
는 난생처음으로 타인에게 내 존재를 또렷이 드러낼 수 있을
지도 모른다.

　　카이는 시도 때도 없이 전화를 했다. 걱정이 되어서라고
했다. 다시 나를 찾아오겠다고 했지만, 나는 오래 머무는 것
은 안 된다고 잘라 말했다. 나는 수이를 만나는 것에는 관심
이 없다. 그런 일을 할 마음도 없다. 불행히도 나는 카이를 만
나면 기분이 좋아진다. 그는 여전히 너무나 아름답다. 하지만
그는 나이 든 내 모습에 매력을 잃었는지 더 이상 내게 관심
을 보이지 않는다. 그는 자신이 얼마나 아름다운 사람인지 모
른다. 그처럼 지혜롭고 통찰력이 있는 사람이 자신의 아름다
움에 관해선 그토록 무지하다는 것이 이상하기만 하다.

　　커피 한 잔을 들고 소파에 앉으려는 찰나, 그가 방문을
두드렸다. 나는 오늘만큼은 친절하고 사려 깊게 행동하기로
마음먹었다. 그날은 호텔에서 매우 근사한 케이크를 마련해
주었다. 나는 그가 단것을 좋아한다는 것을 기억해냈다.

"오늘은 좀 나아 보이는군." 그가 말을 이었다. "자, 이걸 받아."

"이게 뭐지?"

"수이가 당신을 그림으로 그렸어."

"저 책상 위에 올려놔."

"고맙다는 말 한마디쯤은 해도 되잖아?"

"고마워. 나중에 천천히 볼게."

문득, 생각지도 않은 말이 내 입에서 튀어나왔다.

"스웨덴으로 이사를 가기 전에 마지막으로 수이를 만나 보기로 결심했어."

"이사를 갈 작정이야?"

"응. 호텔에서 평생 살 수는 없잖아. 달라르나의 외딴 숲 과 농장을 구입했어. 어제 그곳에 가서 둘러보고 왔어. 엄청 난 크기의 황폐한 숲을 보니 생기를 되찾을 수 있을 것 같았 어. 마침내 집으로 돌아온 느낌이랄까."

"일은 어떡하고?"

"난 이미 원하는 건 모두 이루었어. 단지 자본주의의 게 임 속에서 얻어낸 것이 없을 뿐. 난 이제 자연 속에서 남은 삶 을 확장시켜보고 싶어."

"언제 이사를 갈 예정이지?"

"다음 주."

"그렇게 빨리?"

"응, 시간은 우리를 기다려주지 않아."

달라르나, 2000
미리암

히로키가 세상을 떠난 것은 다섯 달 전이고, 나는 아직 살아 숨 쉬고 있다.

나는 수이에게 달라르나에서 살 예정이라고 말해주었다. 그녀는 이제 겨우 일곱 살에 불과하지만 마치 어른처럼 말을 했다. 나는 아이를 데리고 하레스코겐 숲으로 갔다. 그녀에게 자연을 느끼게 해주고, 내가 앞으로 어떤 삶을 살 것인지 보여주고 싶었기 때문이다. 우리는 낯선 사람처럼 겉돌았지만, 그녀와 내가 같은 유전자를 지닌 생명체라는 것은 분명했다. 그녀는 나와 마찬가지로 눈썹 사이에 작은 주름이 있었고, 팔다리가 길고 가늘었다. 하지만 그녀의 깊은 눈빛은 아버지를 닮았고, 머리카락은 동양계 아버지와 마찬가지로 매끈매끈하게 쭉 뻗어 있었다. 그녀는 고집이 세고 의지가 강한 아이다. 나와 함께 숲속에서 시간을 보내기를 거부하는 것을 보노라니, 내가 엄마로서 부적절한 인간이라는 것을 새삼 느낄 수 있었다.

나는 외로움을 감쌀 만큼 충분한 공간이 있는 장소에 도착했다. 그곳은 항상 마음속에 그렸던 곳이기도 했다. 나는 깊은 숲과 호수에 빠져들었다. 개개의 건물에는 그것을 설계하고 지은 사람의 물리적 자취가 남아 있기 마련이다. 어떻게 보자면, 건물은 신체의 확장이라고도 볼 수 있다. 농가 옆에는 매우 특별한 헛간이 한 채 있었다. 헛간에는 폐허가 된 지역 교회 건물에서 가져온 높다란 고딕식 창문이 설치되어 있었다. 마당에는 갖가지 잡동사니를 보관하기 위한 창고도 세 채나 있었다. 나는 어제 아침 동틀 무렵, 작은 고슴도치 한 마리가 새끼 한 마리를 데리고 집 앞을 지나치는 것을 보았다. 어렸을 때 고슴도치를 본 이후 처음 있는 일이었다. 어쩌면, 그 옛날의 고슴도치가 시간을 거슬러 나의 새벽으로 들어왔을지도 모르는 일이다.

그곳에서 내 행복감에 방해가 되는 것이라곤 단 하나뿐이었다. 바로 어디에도 쓸모없는 늙은이, 마틸데였다. 자급자족으로 생계를 연명하는 그녀는 우리 집에서 약 5킬로미터 떨어진 별채에 살고 있었다. 그녀는 항상 그곳에 살고 있었지만, 단 한 번도 집세를 낸 적이 없었다고 했다. 매매 계약서에도 그녀가 죽을 때까지 그곳에서 살 권리가 있다고 적혀 있었다. 그나마 다행이었던 것은, 그녀의 외견으로 미루어 보았을 때, 살 날이 얼마 남지 않았다는 것이다. 나는 그녀와 단 한

번 인사를 나누었다. 그녀는 매우 상냥하고 친절해 보였지만, 앞으로 그녀와 다시 만날 일은 없을 것 같다. 물론, 내가 그녀와 만나야겠다고 마음 먹는다면 또 모르지만 말이다.

나는 어제 갤러리에 편지를 보내, 창고에 보관되어 있는 내 그림 42점을 보름 내로 팔아달라고 전했다. 그 기간 내에 팔리지 않는 그림이 있다면 내게 우편으로 보내달라고 덧붙였다. 나는 내게 되돌아온 그림을 모두 불사를 생각이다. 나는 다시는 그림을 그리지 않겠다고 이미 결심했다. 갤러리에 편지를 보낸 지 정확히 24시간이 지난 후, 내 그림은 한 점도 남지 않고 모두 팔렸다. 다음주면 수십 억대의 돈이 내 계좌로 입금될 것이다. 동 틀 무렵, 나는 집 앞에 모닥불을 피우고 붓과 물감, 캔버스와 미처 완성하지 못했던 그림들, 인쇄물들, 사진들, 그리고 연소 가능한 조각품들을 모두 쏟아부었다. 그 위에 기름을 붓고 성냥불을 그었다. 순식간에 불꽃이 생겨나 쏜살처럼 하늘로 치솟아 올랐다.

집 안으로 들어가 찻잔을 들고 낡은 신문을 뒤적였다. 창가로 다가가 밖을 내다보니 불똥을 튀기며 높이 치솟은 불꽃이 사그라들고 있었다. 저 멀리서 고슴도치가 뒤뚱거리며 모습을 드러냈다. 작은 발로 아장아장 걷다가 갑자기 공처럼 동그랗게 몸을 뭉치는 모습을 보니 절로 미소가 나왔다. 창문 앞 거미줄에 벌 한 마리가 걸려 버둥거렸다. 그 벌은 같은 거미줄에 걸려 죽어 있던 나비에게 침을 쏘려 했다. 이제 곧 거미줄의 주인이 모습을 드러낼 것이다. 자연 속에는 소리 없는 죽음이 곳곳에 가득하다. 이처럼 깊은 내면의 안정감을 느꼈던 것이 얼마 만이었던가.

불꽃이 사라진 후, 나는 남은 재를 모아 항아리에 넣고 뚜껑을 닫았다. 그것은 이 숲속에서 창조한 나의 첫 작품이라 할 수 있었다. 나는 이 작품에 '저축'이라는 이름을 붙였다.

달라르나, 2000
미리암

나는 지난 몇 주 동안, 세상에서 가장 오래된 나무 주변을 자주 서성였다. 나뭇가지 사이로는 노랑멧새, 검은방울새, 푸른박새 등이 날아다녔다. 나는 캔버스를 통해 1만 년이나 된 나무의 특별한 기운을 변하는 빛 속에서 서로 다른 각도로 표현해보려 시도했다. 오늘은 마치 비행기에서 내려다보듯 위에서 본 나무의 그림을 그리다가, 나무 주변을 빙 두르는 원을 떠올렸다. 이제 무엇을 해야 할지 알 수 있었다. 그 원은 나무를 둘러싼 담장이 될 것이다. 밖으로 나갈 수 없는 튼튼한 성벽이 될 것이다. 나의 내면에는 이미 성벽이 세워 올려지고 있었다. 나는 이제 그 성벽을 현실에서 만들어낼 것이다.

나는 나무 주변의 땅을 재어보고 성벽을 지어 올릴 자리를 표시하기 위해 빨간 막대기를 촘촘하게 꽂아놓았다. 천국을 의미하는 파라다이스라는 말은 페르시아어의 pairidaeza에서 유래했다. Pairi는 '원'을 의미하고 daeza는 '길'을 의미한다. 그리스어로는 정원, 하늘왕국, 하늘, 닫힌 공간, 낯선 동물들이 사는 공원을 의미한다. 파라다이스는 극도의 아름다움과 행복과 자유를 느끼는 상태, 또는 그러한 것들을 느낄 수 있는 공간을 의미한다. 나는 이것이 나의 마지막이자 가장 큰 작품이 될 것이라 생각했다. 나무를 에워싼 담장은 내가 죽은 뒤에도 남아 있을 것이다. 갖가지 식물들은 담장을 기어오를 것이고, 작은 꽃잎들은 활짝 피어 진주알처럼 반짝일 것이다. 담장 안쪽에는 인간의 손이 전혀 닿지 않는 자연의 천국이 만들어질 것이며, 오랜 세월의 무게를 견뎌내지 못하고 가루가 되듯 담장이 무너지면 그제서야 그 천국은 사람들 앞에 모습을 드러낼 것이다. 그러려면 아마 수백 년은 지나야 될 것이다. 그 전에는 그 어떤 이도 파라다이스 안에 발을 들여놓지 못할 것이다. 시간이 흐름에 따라 그곳에는 또 다른 생태계가 형성될지도 모른다. 새로운 나라. 초대륙. 나의 로디니아. 나는 나만의 파라다이스 안에서 조용히 죽음을 맞이하고 싶다. 내 시신은 분해되어 다른 사람, 다른 동물, 나무, 흙, 갖가지 벌레들과 새로운 관계를 형성하게 될 것이다. 우리의 피부는 세포로 이루어져 있고, 이 세포들은 원자와 분자로 이루어져 있다. 태초에 이들 원자와 분자는 인간의 몸과는 상관없는 것이었다. 그렇게 따진다면, 우리의 발밑을 기어다니는 개미는 오래전 세상을 떠나 땅에 묻힌 낯선 여인의 잔해라고 할 수도 있지 않을까. 만약 내가 죽은 후에 내 몸이 작은 벌레나 다른 동물들이 된다면, 그것은 현실적으로 나의 환생이라 말해도 좋을 것이다.

히로키의 유령은 나를 따라다니지만, 나는 전혀 두렵지 않다. 신체를 벗어난 영혼은 물리적인 힘을 사용하지 못하기 때문이다. '꺼져!' 나는 허공을 향해 쉰 목소리로 외친다. '왔던 곳으로 되돌아가!' 나는 이맛살을 찌푸려보지만, 마음과는 달리 기분 나쁜 척하는 것은 그리 쉽지 않다. 왜냐하면 나는 히로키의 영혼과 함께 있으면 기분이 좋아지기 때문이다. 히로키는 인간의 모습이었을 때보다 유령의 모습일 때 함께 시간을 보내기가 훨씬 쉬운 존재다.

비행기, 코펜하겐-첸나이, 2010
카이

비행기 내의 중앙 통로는 승무원이 몸의 균형을 잡으며 왔다 갔다 하는 가느다란 나뭇가지다. 지정된 좌석인 26열 F석에 이르니, 옆자리에는 이미 한 남자가 자리를 잡고 앉아 있었다. 그는 작은 몸집에 짙은 색의 피부를 지녔으며, 갈색 눈동자 한가운데에는 누런 점이 있었다. 손톱은 두껍고 길었으며, 끝부분이 사각형으로 각진 베이지색 구두는 가죽이라고 하기엔 너무나 반짝였다.

"안녕하세요." 내가 먼저 그에게 인사를 건넸다.

"네, 안녕하세요."

나는 자리에 앉아 안전벨트를 매고 작은 창을 통해 밖을 내다보았다. 그의 눈동자에 박힌 누런 점 때문에 왠지 불안해졌다. 나는 그 누런 점이 금방이라도 자라서 흰자 부분을 덮어버릴 것 같다고 생각했다. 그러면 그의 눈은 마치 좀비처럼 휑하니 변하지 않을까. 만약, 그가 내 여권이나 신용카드를 훔치면 어떡하지? 그러면 내가 나라는 것을 어떻게 증명할 수 있을까? 나는 얼른 여권이 들어 있는 작은 가방을 팔 밑에 꼈다. 만약에라도 그가 훔치고 싶다는 유혹을 느끼는 것을 방지하고 싶었기 때문이다. 하지만 동시에 조그마한 죄의식이 스멀스멀 피어올랐다. 그가 내 여권을 훔칠 이유도 없지 않은가?

"마실 것을 드릴까요?"

승무원의 입술은 불꽃처럼 빨갰고, 그 강렬한 빨간색 때문에 그녀의 얼굴을 잘 볼 수가 없을 정도였다. 그녀는 내 옆자리 남자에게 입국심사서를 건네는 빨간 입술이었다.

"인도로 가시나요?" 빨간 입술이 물었다.

그가 고개를 저었다.

"아닙니다. 나는 인도를 경유해 콜롬보로 갈 예정입니다." 그가 유창한 영어로 대답했다.

"스리랑카에서 오셨습니까?" 나는 그에게 물어보았다.

"네, 그렇습니다. 당신은요?"

"제 아버지는 한국인이고, 어머니는 덴마크인입니다."

"스리랑카에는 사업 목적으로 오는 한국인이 꽤 많습니다. 그들은 자동차 타이어에 관심이 많죠. 당신도 그런가요?"

"아닙니다. 저는 건축가입니다. 당신은요?"

"저는 '야카두라'입니다. 일종의 무속인이지요." 그가 대답했다.

"퇴마의식도 행하십니까?"

"네. 보아하니 당신도 그런 능력을 가지고 있는 것 같군요?"

"아닙니다. 저는 건축가일 뿐입니다. 그건 그렇고, 리코리스를 드시겠습니까?"

그가 고개를 끄덕였다.

나는 가방에서 봉지를 꺼내 그에게 리코리스 사탕 한 줌을 건네주었다. 그는 한 번에 그것들을 모두 입에 털어 넣었다.

"저는 안젤로라고 합니다."

"카이라고 합니다. 그런데 당신은 저보다 영어를 훨씬 유창하게 하는군요."

"저는 캐나다에서 오랫동안 살았습니다." 그가 말을 이었다. "캐나다는 의무감이 아닌 공감과 연민을 바탕으로 이민자들을 받아들이는 지구상의 유일한 나라죠. 당신은 덴마크에서 인종차별을 경험한 적이 있습니까?"

"네, 하지만 악의를 바탕으로 차별하는 사람은 거의 없었습니다."

"그렇겠지요. 누가 당신 신발에 오줌을 갈기고 그것이 당신을 위한 최선의 방법이었다고 말한다면, 조용히 고개를 숙이고 알았다고 말하는 것이 도리일 테니까요." 안젤로가 비꼬듯 말했다.

"그런 사람들을 바로 용서하는 것도 한 방법이겠죠. 용서를 하면 내가 그들보다 우위에 있다는 느낌을 가질 수 있으니까요. 만약, 바로 그런 행동을 지적하게 될 경우 상대방에게 상처를 줄 수도 있어요. 그럴 때는 그들을 위로까지 해야 하는 일이 생기기도 하죠." 내가 말했다.

"저는 당신과는 생각이 다릅니다. 차별에 관한 문제는 즉시 짚고 넘어가야 합니다. 모든 사람들은 동등한 인간적 가치를 지니고 있다는 것을 확실히 해야 한단 말이죠. 이런 이야기를 하면 매우 길어질 것 같군요. 저는 이미 긴 하루를 보냈기 때문에 매우 피곤합니다. 잠을 좀 자야 겠어요." 안젤로는 어딘가 아픈 사람처럼 이맛살을 찌푸렸다.

"어디 불편하신가요?"

"네, 저는 오른쪽 어깨에 만성 통증을 느낍니다. 스스로 치유해보려 했지만 마음처럼 잘 되지 않더군요. 이젠 그러려니 하고 삽니다. 그런데 최근에 통증이 더욱 심해지는 바람에 아버지에게 도움을 청해보려 집에 가는 길이랍니다."

문득, 내면이 바늘에 찔리는 것 같은 느낌이 스쳤다. 바늘에 찔린 자국은 점점 커져 거품처럼 내 몸을 잠식하기 시작했다. 그것은 아버지를 향한 그리움이었다. 아픈 거품은 내 목까지 이른 후에 자취를 감추었다.

안젤로는 금방 잠에 빠졌다. 나는 학창시절 항상 '이방인' 취급을 받았던 옆 반의 여학생을 떠올렸다. 그녀는 동양인의 외모를 감추기 위해 쌍꺼풀 수술을 하고 금발로 머리를 염색했다. 나는 그녀가 정체성을 잃어버렸다고 생각했다. 하지만 나 또한 속으로는 그녀처럼 나 자신을 바꾸고 싶다는 꿈을 꾸었다고 고백할 수밖에 없다.

스스로를 포기하고 싶은 욕구에 관해 생각하다 보니, 불현듯 체스 선수 보비 피셔가 떠올랐다. 현실과 체스의 세계를 왔다 갔다 했던 그는 결국 평범함을 포기하기로 마음먹었다. 그는 물질적인 세상을 떠나 마치 불나방처럼 타오르는 불빛, 즉 체스의 세상 속으로 몸을 던졌고, 다시는 되돌아오지 않았다. 살아 있는 불꽃 속으로 몸을 던지면 금방 온몸이 타버릴 것이라는 것을 알고 있으면서도, 끝내 자신의 재능을 위해 삶을 포기하는 행위를 과연 용감하다 할 수 있을까?

안젤로는 깊은 잠에 빠진 것 같았다. 그는 입을 쩍 벌리고 머리를 가슴께에 비스듬히 축 늘어뜨린 채 자고 있었다. 나는 왼손을 그의 어깨에 올려놓고 온기를 전해주려 노력했다. 그의 딱딱하던 어깨 근육이 천천히 풀어지는 것을 느낄 수 있었다. 내 손의 온기가 사라질 무렵, 나는 일기장을 꺼내 들었다.

안젤로가 움찔하며 잠에서 깼다.

"팔이 간질간질해요." 그가 말했다.

"팔을 좀 움직여보는 건 어때요?"

"참 이상하군요. 팔에서 통증이 사라졌어요."

인터뷰, 달라르나, 2010
예술 매거진 『룩킹 글래스, 뉴욕』에 실린
미리암과 앨리스 쉬어의 인터뷰

내 머리카락은 짙은 갈색과 백발이 반반 섞여 있다. 세월이 흐르면서 머리숱도 눈에 띄게 적어졌지만, 여전히 부스스하기는 마찬가지다. 나는 머리를 묶어 올리고 얼굴에 파우더를 바른 후, 눈 주위에 검은색 아이라이너를 굵게 칠해 눈가의 자잘한 주름을 가렸다. 녹색 눈동자를 강조하기 위해 짙은 녹색의 실크 드레스를 입었다. 그 옷은 구식 군복 디자인에서 영감을 받은 것으로, 높은 목깃에서부터 허리 부분까지 천으로 만든 단추가 일렬로 달려 있었다.

"만남을 허락해주셔서 감사합니다." 쉬어가 말을 이었다. "이곳은 정말 말 그대로 깊은 숲속이군요."

"차를 드릴까요, 커피를 드릴까요?" 내가 물어보았다.

"커피를 주세요. 고맙습니다. 당신은 지난 15년간 미디어와 단 한 번도 접촉을 하지 않았습니다. 나는 당신이 조만간 일흔을 앞두고 있다는 사실을 깨닫고 편지를 보냈지요. 그런데 인터뷰까지 허락해주시다니… 정말 감사합니다."

"네, 당신 말이 맞아요."

"질문할 내용을 많이 가져왔어요. 혹여, 제가 도가 지나친 질문을 한다든지 대답하기 곤란한 질문을 하면 그냥 넘기셔도 됩니다."

그녀가 치마를 손으로 문질러 매끈하게 다듬었다.

"나는 도가 지나친 행위를 멈추는 데 주저하진 않아요." 내가 말을 이었다. "내가 인터뷰를 하겠다고 마음먹었던 이유는 당신 회사의 매거진이 미래에 관한 질문을 담고 있었기 때문이에요. 나는 지금 내가 죽은 후 수백 년이 지난 후에야 사람들의 눈에 띌 작품을 만들고 있는 중이랍니다. 그래서 이번 인터뷰가 제게 안성맞춤이라고 생각했지요."

"당신은 나이보다 훨씬 젊어 보여요. 만약, 제가 미리 나이를 알고 오지 않았더라면 아마 50대 정도로 생각했을 거예요."

"나는 십대 시절 빼빼하고 젖가슴도 없는 소녀였답니다. 그럼에도 어른으로 오해를 산 적이 많았습니다. 왜냐하면 얼굴은 나이에 비해 꽤 많아 보였거든요. 나는 항상 입술을 꼭 다물고 있으려 노력했어요. 하지만 가끔 다른 일에 정신이 팔려 나도 모르게 입을 벌리고 있을 때도 많았지요. 그럴 때면, 내 혀는 두꺼운 꽃잎처럼 입술 밖으로 쑥 빠져나오곤 했답니다."

"호주의 예술가 오코넌의 작품과는 달리, 당신의 꽃 그림

148

은 여성성과는 전혀 관련이 없었다고 기억합니다. 당신이 그렸던 꽃은 항상 커다란 포식동물의 벌린 입을 연상시켰죠. 그렇다면 90년대에 주로 그렸던 꽃 그림은 동물의 입에서 영감을 받았던 것이라 말해도 될까요?"

"그 질문에 좀 더 자세히 대답하기 위해선 조금의 설명이 필요할 것 같군요. 제 얼굴은 열두 살 때부터 쉰이 될 때까지 거의 변하지 않았습니다. 항상 삼십대의 얼굴을 유지하고 있었지요. 나이를 먹으면서 변한 게 있다면 눈빛뿐이었습니다. 세월이 흐름에 따라 제 눈빛은 마치 어린아이였던 저의 과거를 돌아보려 시도하는 것 같았어요. 지난 20년간 제 얼굴에는 주름이 자리를 잡았습니다. 그럼에도 저는 나이보다 훨씬 어려 보였습니다. 제 얼굴은 항상 제 나이로부터 도망치려는 것만 같았어요. 어쩌면 그것은 나이와 함께 서서히 내게 다가오는 죽음을 혼동시키려는 의도였을지도 모릅니다. 그건 그렇고, 이제 제 작품에 관해 이야기를 해볼까요? 당신이 여기까지 온 것도 바로 그 때문일 테니까요."

"먼저 매우 명백한 점부터 먼저 이야기를 해볼까 합니다. 당신은 커리어의 정점에서 모든 것을 그만두고 스웨덴의 외딴 숲속에 스스로를 고립시켰습니다. 그 이유는 무엇인가요?"

"저는 제 남편, 히로키를 잃었습니다. 동시에 제가 꿈꾸어왔던 모든 것을 이루었다는 생각을 하게 되었습니다. 당시, 나는 쉰여덟 살이었습니다. 의식과 사고는 여전히 또렷했지만, 기억은 뿌옇게 흐려지기 시작했습니다. 스트레스로 가득 찬 제 삶의 방식 때문이었을 겁니다. 저는 이 숲에 온 후로 내면의 깊은 안정을 되찾았습니다. 히로키의 죽음은 제게 현실을 직시할 수 있는 기회를 주었습니다. 즉, 저는 부족한 것이 없는 삶을 살았지만, 감정은 너무나 메말라 있다는 사실이었지요. 저는 과거, 빛과 화려한 색, 그리고 걷잡을 수 없는 욕심의 노예가 되어 살았습니다. 그러다 어느 순간 뒷걸음질을 치며 어둡고 깊은 절망의 세계로 빠져들어 갔지요. 생각을 하면 할수록 저의 본모습과 멀어지는 것 같다는 느낌도 가졌습니다. 숲속에서는 저의 존재가 아무런 의미도 지니지 않습니다. 숲속에서는 타인과 비교할 수 있는 기회도 얻을 수 없습니다. 우리는 다른 이들과 어울리지 않을 때 본연의 모습을 더욱 쉽게 찾을 수 있습니다."

"그러한 삶의 방식이 당신의 작품에는 어떤 영향을 미쳤나요?"

"예술 작품을 창조하는 것이 아무런 의미가 없다는 생각을 하게 되었습니다. 우리 인간이 창조하는 것은 거의 모두 이미 잘 알려진 구조와 관념에 근거를 두고 있습니다. 우리는 이를 인식할 수 있기에 그러한 작품들을 예술로서 받아들입니다. 저는 이러한 틀에서 벗어난 예측 불가능한 작품을 창조하고 싶습니다. 유기적이고 독립적인 작품 활동을 통해 저만의 예술을 창조하고, 그것은 다시 저절로 분해되고 해체될 것입니다."

"그렇다면 당신은 왜 그러한 흐름을 주도적으로 이끌어가지 않나요?"

"저는 문명사회에서 벗어난 삶을 살고 있습니다. 저는 환생과 죽음에 바탕을 둔 구조물로서 살아갈 필요가 있다는 것을 느꼈습니다. 제 자신의 죽음에 더 가까이 다가가기 위해서죠. 끊임없이 죽음을 느끼며 살다 보면 진정한 삶의 의미를 더욱 확연히 깨달을 수 있지 않을까요? 이곳에서의 저는 아무것도 아닙니다. 바로 그 때문에 이곳에서의 저는 모든 것이라고도 할 수 있습니다. 숲은 생명체로 가득 차 있습니다. 우리는 발자국을 내디딜 때마다 눈으로 볼 수 없는 수십만 마리의 미세한 생명체를 밟고 지나가게 됩니다. 숲을 산책할 때는 그러한 생명체들이 우리를 받쳐줍니다. 한마디로 눈에 보이지 않을 정도로 작은 생명체들이 우리를 떠받쳐준다고 해야 할까요. 숲속에 산다는 것은 하나의 유기체 속에 사는 것과 마찬가지입니다. 매일 아침 집을 나서서 숲속을 거닐다 보면, 어제와는 달리 숲이 달라져 있다는 것을 느낄 수 있습니다. 그럼에도 숲은 제 모습을 유지하고 있습니다. 재생과 환생을

거듭한다고나 할까요. 나뭇가지에서 자연스레 떨어진 나뭇
잎과, 지붕 위에서 떨어져 깨진 기와는 엄연히 다릅니다. 나
뭇가지에서는 새로운 나뭇잎이 자라지만, 기와가 사라진 지
붕에는 죽음과도 같은 어둑한 구멍이 뚫려 있을 뿐이지요. 차
를 더 드시겠습니까?"

코펜하겐, 2010
수이

"괜찮니? 얼굴이 너무나 창백해 보여."

"내일 병원에 갈 거야. 아직도 배가 더부룩해."

"그래, 진찰을 받아보는 것도 좋을 거야, 판다곰."

"나를 판다곰이라고 부르지 마."

"그러고 보니 이 또한 네가 판다곰으로 변해가는 과정이 아닐까 싶어."

"허튼 소리 하지 마. 웃기지도 않단 말야."

"네 말이 맞아. 내일 병원에 갈 때 내가 같이 가줄까?"

"괜찮아. 아무것도 아닐 거야."

"정말 괜찮겠어?"

"응. 그건 그렇고, 넌 과제 제출 마감이 코앞으로 다가왔다고 하지 않았니?"

"맞아. 바로 그 때문에 좀 정신이 없긴 해."

"파리스와 만나는 시간을 줄이는 것도 한번 생각해봐."

"사실, 나도 그 생각을 해봤어. 하지만 파리스에겐 친구가 많지 않아. 외부인의 입장에선 좋은 친구를 사귀기 힘드는 게 사실이잖아."

안톤에게 병원에 혼자 가겠다고 말하는 순간, 나는 후회하기 시작했다. 나는 소독약 냄새가 풍기는 병원 대기실에 홀로 앉아 있었다. 유리 탁자 위에는 화려한 색의 주간지가 널브러져 있었고, 구석에는 커다란 플라스틱 식물이 서 있었다. 높다란 안내 데스크 뒤에는 병원 직원이 앉아 있었다. 별안간 아버지가 그리워지기 시작했다. 아버지의 온기 가득한 손, 항상 내 마음을 안정시켜주었던 아버지의 온화한 눈빛.

"수이 빈테르." 직원이 내 이름을 소리 높여 불렀다.

나는 진료실 안으로 들어갔다.

"무슨 일로 오셨습니까?" 의사가 내게 물었다.

"배에 가스가 찬 것처럼 속이 더부룩해요."

그가 내 배를 만져보더니 이맛살을 찌푸렸다.

"혹이 생긴 것 같은데… 검사를 더 해보고 치료 여부를 결정하도록 하죠. 더 큰 병원으로 가서 진단을 받을 수 있도록 의뢰서를 써 줄게요. 아마 이번 주 내로 연락이 올 겁니다."

"제가 걱정해야 하는 일인가요?"

"그건 검사를 한 후에 생각해보도록 하죠."

집으로 돌아가는 길에 아버지에게서 문자 메시지가 왔

다. 아버지가 인도로 간 후에 처음으로 받아보는 문자였다.

"방금 도착했어. 공해가 심한 것 같아. 공기가 매캐해. 이곳 사람들은 화려한 색의 옷을 좋아하는 것 같아. 너는 잘 지내고 있니? 안톤은 어떻게 지내니? 인도에서 아빠가."

나는 답문을 쓰기 시작했다. "사랑하는 아버지, 잘 도착했다니 안심이에요. 나는 방금 병원에 다녀왔어요. 배에 혹이 생겼나 봐요. 이번 주에 검사를 더 받아볼 예정이에요. 걱정할 건 없어요. 잘 지내세요."

나는 문자를 한 번 더 읽어본 후 모두 지워버렸다. '병원', '혹', '검사'. 아버지는 이런 단어를 보면 걱정할 게 틀림없었다. 어쩌면 당장 여행을 관두고 집으로 돌아올지도 모른다. 알고 보면 별일 아닐 텐데도 말이다. 나는 다시 문자를 쓰기 시작했다.

"아빠, 저희는 잘 지내고 있어요. 아빠도 인도에서 좋은 시간 보내길 바라요. 하트, 하트. 수이."

전송. 기분이 나쁘지 않았다. 어린아이처럼 칭얼거리지 않고 눈앞에 닥친 일에 홀로 의연히 대처했다는 생각에 마치 어른이 된 것 같았다. 집에 돌아오니 창마다 블라인드가 다

내려져 있었다. 안톤은 낮잠을 자는 것일까. 하긴, 그는 어제 과제를 하느라 밤을 꼬박 샜다. 어젯밤 나는 살짝 열려 있던 침실 문을 통해 그가 컴퓨터 자판기를 두드리는 소리를 들으며 잠에 들었다. 마음이 편안했다. 하지만 지금은 집에 낯선 분위기가 감돌고 있었다. 어젯밤과는 너무나 달랐다. 대문에 열쇠를 꽂는 순간, 무언가 잘못되었다는 느낌이 강하게 스쳤다. 집 안은 쥐죽은 듯 조용했다. 이상하리만큼 고요했다.

달라르나, 2000
미리암

오늘 폴란드 인부들이 도착했다. 그들은 겨울 장화를 신고 방한복을 입고 있었다. 그들은 이미 숲속에 작은 캠핑장을 마련해놓았다. 모닥불 주위에는 열 개의 작은 이동식 컨테이너가 설치되어 있었다. 그들은 높이 4미터, 둘레 15.5킬로미터의 담장을 쌓아 올릴 예정이다. 그 벽은 원형을 이루며 1만 년 된 나무를 에워싼 채 자리할 것이다. 휘어져 축 늘어진 채 땅에 닿은 나뭇가지에는 새로운 뿌리가 생겨났고 새로운 나무가 자라났다. 바로 그 때문에 이 나무는 그토록 오래 죽음을 피할 수 있었던 것이다.

폴란드 인부의 리더 격인 유리를 제외하고선 아무도 영어를 하지 못했으며, 자신의 이름을 내게 소개하지도 않았다. 이름도 없고 소통 가능한 언어도 찾아볼 수 없다 보니 그들 또한 사람이라는 사실을 잊어버리기 일쑤였다. 체격이 매우 좋은 유리는 특별한 온화함을 발산했다. 그의 깊은 하늘색 눈동자는 바다를 연상시켰다. 나는 그를 볼 때마다 숲속에서 바다를 보는 것 같은 느낌에 기쁨에 차올랐다. 그는 매우 매력적인 사람이었지만, 나는 굳이 그와 가까운 친구로 지내고 싶지는 않았다. 이름 없는 폴란드 인부 두 명이 장작을 쌓아 올리고 모닥불을 지폈다. 다른 이들은 나무 사이에서 축구를 하기 시작했다.

"나는 담장을 좋아합니다." 유리가 말을 이었다. "우리는 이처럼 넓고 탁 트인 공간에서 일할 수 있어서 매우 만족합니다."

그가 미소를 지었다. 그의 이는 고르지 않았지만, 체취는 나쁘지 않았다.

"담장을 쌓는 데 시간이 얼마나 걸릴까요?"

"수년은 걸릴 겁니다." 그가 대답했다. "더 많은 인부를 고용하지 않는다면 최소 십 년은 걸릴 거예요."

"그 정도의 시간이라면 내가 죽음을 준비하기까지는 충분할 것 같군요."

"네. 그런 일에 넉넉한 시간적 여유를 두고 준비하는 것은 매우 바람직한 일이지요."

우리는 함께 웃음을 터뜨렸다. 나는 마치 오래된 벗처럼 그의 등을 툭 쳤다. 그가 내 등을 툭 쳤을 때, 나는 거의 균형을 잃고 쓰러질 뻔했다.

"앗, 미안합니다." 그가 당황해 어쩔 줄 모르며 말을 이었다. "나는 당신이 돌처럼 단단할 줄로만 생각했어요."

"예전에는 나도 그랬지요. 지금은 돌이라기보다는 뼈다귀에 더 가까울 거예요."

오로빌, 2010
카이

우리는 어둠이 내리기 직전 공항에 착륙했다. 훈훈한 공기는 느릿느릿 움직이는 동물의 부드러운 꼬리처럼 내 얼굴을 스쳤다. 몇몇 현지인들의 흰색 또는 노란색 전통 복장은 다른 현지인들과 관광객들의 서구적인 옷차림과 섞여 있었다. '어스폴Earth Pole'이라고 적힌 팻말을 들고 있는 한 인도 여성이 눈에 띄었다. 그녀는 매끈하게 다림질 된 튜닉 코트와 색을 맞춘 빨간색 바지를 입고 있었으며, 어깨에는 넓직한 스카프를 두르고 있었다.

"혹시 카이 씨인가요?" 그녀가 물었다.

"네, 그렇습니다."

"저는 어스폴에서 나온 푸쉬파라고 합니다. 당신을 오로빌까지 안내해드리겠습니다."

우리는 서로의 양볼에 가벼운 키스를 교환하며 인사를 했다. 그녀의 크고 부드러운 젖가슴이 내 몸에 살짝 닿았다. 푸쉬파는 50대 정도의 나이로 보였다. 비록 살이 퉁퉁하게 찌긴 했지만, 그녀는 마치 깃털처럼 가볍게 움직였다. 그녀는 서구의 평범한 요가 트레이너처럼 보였다.

"만나서 반갑습니다." 그녀가 정중하게 말했다.

"반갑습니다." 나는 대답을 하며 고개를 숙여 인사했다.

"저를 따라오시죠. 저기 택시를 대기시켜 놓았습니다."

오로빌에서 온 택시 기사는 하얀 차 안에서 우리를 기다리고 있었다.

택시 기사는 짙은 피부색에 매우 뚱뚱했으며, 하얀 반팔 티셔츠를 입고 있었다. 그의 입술은 바깥쪽으로 살짝 뒤집어져 있었기에 마치 입속의 점막이 밖으로 빠져나오려 발버둥치는 것 같았다. 그가 짐을 싣는 것을 도와주기 위해 차에서 내렸다.

"괜찮습니다." 나는 미소를 지으며 말했다.

그는 못 믿겠다는 눈초리로 차 문 옆에 기대어 섰다. 나는 배낭을 트렁크에 넣고 그의 옆자리에 앉았다. 푸쉬파가 내 손을 잡아당겼다. 그녀의 얼굴에 상냥한 표정이 어렸다가 금방 딱딱하게 변했다.

"우리는 뒷좌석에 앉아야 합니다." 그녀가 말을 이었다. "차를 운전하는 사람과 차를 타는 사람들을 구별하는 것은 매우 중요합니다. 그것은 사회의 질서를 유지하는 한 방법이지요."

택시 기사가 백미러를 통해 나를 바라보며 미소를 지었다.

"우리는 약 30분 후에 목적지에 도착할 예정입니다. 혹시 배가 고프신가요?" 그가 물었다.

"아닙니다. 괜찮습니다." 나는 대답과 함께 차창을 내렸다.

우리가 탄 택시는 스쿠터, 모터사이클, 자동차, 그리고 인도 사람들이 '오토'라고 부르는 릭샤 사이를 이리저리 헤치고 앞으로 나아갔다. 나는 집을 떠날 때 설계했던 건물이 내가 다시 돌아갈 때쯤이면 완성되어 있지 않을까 하고 생각했다. 푸쉬파는 커다랗고 부드러운 강아지처럼 몸을 움츠렸다. 그녀는 짤막한 두 팔을 커다란 가슴 위에 모으고, 마치 두 팔이 쿠션이라도 되는 양 그 위에 턱을 얹었다. 나는 택시 기사의 밖으로 살짝 뒤집어진 입술에서 눈을 뗄 수가 없었지만, 억지로 시선을 돌려 창밖을 바라보았다. 문득, 사이드미러가 접혀 있는 것을 깨달았다.

"운전하실 때 사이드미러를 사용하지 않습니까?"

"네, 저는 직관적으로 차를 운전합니다. 사이드미러를 펼치면 충돌사고가 일어날 위험이 크죠." 그가 속도를 올리며 말을 이었다. "자녀분은 있으신가요?"

"네, 딸이 한 명 있습니다."

"제게도 딸이 한 명 있답니다. 당신 딸 이름을 맞춰볼까요? 혹시 수이가 아닙니까?"

"어떻게 아십니까?" 내가 물었다.

"제 딸 이름도 수이랍니다." 그가 말했다.

그의 말에선 논리를 찾아볼 수 없었지만, 나는 그저 고개만 끄덕이며 등을 기댔다. 우리가 탄 차는 해변가의 도로로 접어들었다. 석양이 내려앉은 풍경은 황금색으로 빛을 발했다. 택시 기사의 운전 방식은 매우 효과적이었다. 그는 사람들이 위험을 알아차리고 몸을 피하기 직전까지 경적을 울렸다.

"앗, 조심하세요!" 나도 모르게 소리를 질렀다.

"뭘요?" 그가 무덤덤하게 되물었다.

그와 동시에 소 한 마리가 택시 앞을 어슬렁어슬렁 지나갔다. 그는 재빨리 차머리를 돌렸다. 소도 발을 옮기긴 했지만 택시와 같은 방향이었다. 택시 기사는 맞은편 차선을 침범할 수밖에 없었다. 앞쪽에서 릭샤 한 대가 다가오고 있었다. 택시 기사는 브레이크를 밟았지만 '오토'에 살짝 스치고 말았다. 릭샤는 균형을 잃고 좌우로 흔들거리더니 곧 아무 일도 없었다는 듯 제 갈 길을 갔다. 나는 백미러를 통해 택시 기사와 눈을 마주쳤다. 그의 눈은 웃고 있었다.

"하마터면 큰일 날 뻔했어요." 그가 말했다. "경고를 해주셔서 감사합니다."

"천만에요."

내게 무슨 일이 생긴 걸까. 평소와는 달리 쉴 새 없이 말이 흘러나왔다. 마치 허공에 붕 뜬 것 같은 느낌이었다. 피곤에 지쳐 있었기 때문일까. 적어도 목이 마른 건 확실했다.

"잠시 쉬어 갈까요?" 택시 기사가 제안했다. "차를 한 잔 마시고 가는 것이 좋을 것 같군요."

인터뷰, 달라르나, 2010
예술 매거진『룩킹 글래스, 뉴욕』에 실린
미리암과 앨리스 쉬어의 인터뷰

"언젠가 당신은 매우 특별한 작품을 만들었죠. 죽은 인도
소의 뱃속에 당신이 기어들어 갔던 작품이었던가요?"

"저는 소의 가죽을 제 피부로 만들고 싶었어요."

"왜 하필이면 인도 소였나요?"

"저는 항상 정치적인 면과 예술적인 면을 조합시키려 했
어요. 저는 소의 내부에 들어감으로써 소의 특질을 제 것으로
만들어보고 싶었습니다. 동시에 저는 소를 신성시해서 그 고
기를 먹지 않는 힌두인들의 보수적인 관념에 도전해보고 싶
었지요. 베다*에는 소고기를 먹는 사람들에 관한 이야기가 나
와 있어요. 심지어는 라마들도 소고기가 상에 올라왔을 때는
거부하지 않는다고 하더군요."

"당신은 최근 특히 동물에 큰 관심을 보였는데 그 까닭은
무엇인지요?"

"숲속에 들어와 살기 시작하면서부터는 동물이 인간의

---

* 베다 시대 브라만교의 신화적, 종교적, 철학적 경전이자 문헌

역할을 대신하게 되었습니다. 제가 가장 자주 접촉을 하는 것도 바로 동물입니다. 나는 그들에게서 많은 것을 배우고 있어요. 동물의 의식 세계는 인간의 의식 세계보다 훨씬 단순합니다. 나는 그들을 일종의 작품 모델로 관찰해요. 그들에게선 정신적, 심리적 문제를 찾아볼 수 없습니다. 그들은 거대한 자연 속에서 살아가는 이상적인 모델의 전형이지요."

"인간이 생각을 너무 많이 한다는 뜻인가요?"

"인간은 문자와 상징을 이용해 의사 소통을 합니다. 우리는 한계를 찾아볼 수 없을 정도로 수많은 말과 단어를 만들어내고, 새로운 법규와 사회적 관계 또는 기술을 창조하기 위해 갖가지 지식을 적용하지요. 우리는 과거, 현재, 미래를 인지하고, 상상의 세계와 현실을 구별할 수 있습니다. 바로 그 때문에 바로 지금 이 순간, 현재에 안주하는 것이 쉽지 않아요. 반면, 동물은 인간과는 달리 항상 현재에 존재하는 생명체입니다."

"가장 마지막으로 제작했던 비디오 작품은 무엇에 관한 것인가요?"

"저는 제가 직접 사냥한 동물의 고기만 먹습니다. 어느 날 저는 지붕 아래에 서서 사슴을 앞에 두고 있었지요. 방금 죽은 사슴의 가죽을 벗기고 매끈매끈한 살점을 도려내던 중이었습니다. 살점의 겉면에는 붉은 핏줄이 마치 실처럼 얽혀 있었어요. 나는 평소와 마찬가지로 톱을 이용해 몸통을 잘라내기 시작했습니다. 그때, 별안간 제 앞에 있는 것은 죽은 동물이 아니라 건축 재료라는 생각이 스쳤습니다. 동물의 신체부분을 여러가지 방법으로 조합해 새로운 동물을 창조해낼 수 있겠다는 생각도 들었습니다. 그것은 일종의 건축 설계와 관련된 기술이라고도 할 수 있지요."

"그런데 당신은 왜 그 후에도 여러 마리의 동물을 이용해 같은 일을 되풀이하셨나요? 물론, 사슴의 몸통을 재조합한다는 당신의 요점은 충분히 이해합니다만, 한 마리로는 부족했던가요?"

"저는 작품을 창조할 때 항상 직관적으로 일을 합니다. 작품을 만드는 도중에는 절대 평가를 내리지 않습니다. 나는 단지 작품을 완성할 때까지 그 일을 계속할 뿐이죠. 이 경우엔 제가 숲속의 가장 평범한 동물들을 새로운 형태로 재창조하는 방법을 조사하고 습득할 때까지 일을 계속했을 뿐입니다."

"최종 결과로 '250마리의 동물들'이라는 비디오가 250편 창조되었습니다. 비디오에서는 산 동물, 죽은 동물, 해체되고 분해되거나 새로운 형태로 재창조된 동물들을 볼 수 있습니다. 이 작품을 끝으로 더는 새로운 작품을 만들지 않았던 것으로 아는데, 맞습니까?"

"그것은 이동과 전시가 가능한 작품 중에서는 마지막이라 해도 틀린 말은 아닙니다. 저는 현재 고정된 공간을 바탕으로 거대한 작품을 만들고 있는 중입니다."

"들리는 말에 의하면 소위 천국을 창조 중이라고 하던데요?"

"저는 그것을 '로디니아'라고 부릅니다."

"로디니아가 무엇인지 좀 더 자세하게 설명해주시겠습니까?"

"그것은 사람의 손이 닿지 않은 거대한 원시적 숲속의 공간으로서, 저는 거기에 자라고 있는 세상에서 가장 오래된 나무를 에워쌀 높은 담장을 제작하고 있습니다. 그 담장은 앞으로 다가올 2, 3백 년 동안 내외부의 동식물 교류를 제한하는 수단이 될 것입니다. 담장 내의 자연은 담장이 세월을 머금고 스스로 무너지기 전까지 그 내부 공간을 사람들의 손으로부터 보호할 것입니다. 사람들은 장벽이 무너지면 그제서야 내부 공간을 볼 수 있을 것입니다. 일종의 자연실험이라고나 할까요. 날벌레와 새, 박쥐와 해충, 바람과 새들의 깃털에 묻어 실려온 동식물의 씨앗들은 장벽을 넘어올 수 있을까요? 고립된 공간 속에서의 동식물은 이렇듯 자연적인 방식으로 스스로 번식을 해나갈까요, 아니면 폐쇄된 공간에서 사는 인간들처럼 멸망의 길을 걷게 될까요?"

"그 작품의 제목은 무엇입니까?"

"로디니아입니다. 약 10억 년 전 존재했던 초대륙의 이름을 딴 것이지요. '로디니아'는 러시아어로 '조국'이라는 뜻입니다. '로디트'라는 단어에서 유래한 것으로 '탄생하다' 또는 '출산하다'라는 의미를 지니고 있습니다. 같은 계열의 단어로는 '어딘가에 속하다' 또는 '소유한 것 중에서 가장 중요한 것'이라는 의미의 '로드노이'가 있습니다. 또 다른 슬라브계 언어에서는 '로디니아'가 '가족' 또는 '고향', 그리고 '풍성한 과일'을 의미하기도 하지요. 저는 저절로 서서히 완성되어가는 작품을 후세에 남기고 싶었습니다. 물론, 저는 완성된 작품을 살아서 보기 어렵겠지요. 저는 그 작품의 기초와 바탕만 마련할 뿐입니다. 제가 죽은 후 수백 년이 지나서 마침내 제가 만든 천국을 사람들이 볼 수 있다는 생각을 하면 무언가에서 해방된 듯한 홀가분한 느낌에 사로잡힐 때도 있습니다. 그것은 자본주의화되어가는 예술계를 향한 저의 저항이자 타협안이기도 하지요. 사람들의 흥미를 끄는 새로운 작품을 창조하기 위해선 무의미한 결과물을 만들어내거나 실패할지도 모른다는 생각을 이겨내야 합니다. 그러한 의미에서, 예술가의 사후에야 그 참다운 가치를 보여줄 수 있는 작품을 창조하는 것도 받아들여져야 한다고 생각합니다."

코펜하겐, 2010
수이

집 안은 이상하리만큼 조용했다. 너무나 고요했다. 나는
귀를 쫑긋 세우고 살금살금 안으로 들어가 보았다. 거실을 지
나 조심스레 침실 문을 열어보았다. 이불 밑에 누군가가 누워
있었다.

"안톤?"

그가 이불 밖으로 머리를 쑥 내밀었다. 이불은 그를 감싸
는 부드러운 보호막이었다. 그의 머리는 부스스했고, 발갛게
상기된 얼굴에는 땀이 흥건했다.

"안녕, 판다곰. 벌써 왔어?"

"응, 의사가 내 배를 꾹꾹 눌러보더니 검사를 더 해봐야
겠다며 집으로 돌려보냈어. 그런데… 지금 욕실에 누가 있
어?"

"손님이 왔어."

"…안녕, 수이."

"파리스! 여긴 어쩐 일이야?"

"그냥 지나가는 길에 잠깐 들렀어. 지금 나가는 중이었
어."

"알았어. 그런데 다른 사람 집을 방문할 때는 옷을 입어야 한다는 걸 잊었니?"

"난 이만 가볼게. 안녕!"

"안톤, 도대체 이게 무슨 일이야?"

"무슨 뜻이니?"

"우리 침대에선 다른 사람과 섹스를 하지 않겠다고 약속했잖아."

파리스는 사라졌고, 우리는 쏟아지는 말의 소용돌이 한가운데에 서 있었다. 나는 그때 무슨 말을 했는지 기억할 수 없다. 나는 삶과 죽음의 갈림길에서 몸부림치는 사람처럼 두 눈을 번쩍 치켜떴다. 분노가 치밀어 올랐다. 나의 내면은 산산조각이 났다. 나는 생고기를 잘게 칼질하는 요리사의 앞에 서 있었다. 나는 내 심장이 난도질당하는 악몽의 한가운데에 서 있었던 것이다.

오로빌, 2010
카이

  택시는 주도로를 벗어나 비좁은 자갈길로 차머리를 돌렸
다. 택시의 전조등 불빛 속에는 길 위에서 펄럭이는 붉은 먼
지와 길가에 나란히 자리한 녹색 식물들이 보였다. 갖가지 열
대 식물들이 빽빽하게 들어서 있었기에 언뜻 덤불과 나무를
구별할 수도 없을 정도였다. 우리는 오로빌의 한가운데에 당
도했지만, 집도 보이지 않았고 아스팔트로 포장된 길은 더더
욱 찾아볼 수 없었다. 그녀가 목적지에 도착했다고 말했다.

  택시 기사가 차를 세웠다. 나무 팻말에는 '유니티 요가센
터', '어스폴'이라고 적혀 있었다. 비좁은 오솔길을 걸어 들어
가니 정글을 연상시키는 정원이 모습을 드러냈다. 오로빌은
평범한 도시라고 할 수 없었다. 그곳은 자갈길과 꾸미지 않은
자연 그대로의 공간 속에 작은 집들이 숨어 있는 도시였다.
  비좁고 어둑어둑한 오솔길의 끝에는 '안내실'이라는 팻말
이 문에 걸린 작은 집 한 채가 서 있었다. 전구 불빛 아래 한
젊은 여인이 책상 앞에 앉아 있었다. 그녀는 녹색 튜닉 코트
와 같은 색의 헐렁한 바지를 입고 있었으며, 묶어 올린 긴 꽁

지 머리에는 노란 꽃 두 송이가 꽂혀 있었다.

"제 딸, '디'입니다. 앞으로 묵게 될 숙소로 안내해드릴 거예요. 우리는 내일 아침 식사 시간에 다시 만나기로 해요." 말을 마친 푸쉬파는 문 밖으로 사라졌다.

"6호 오두막으로 안내하겠습니다." 문을 열고 어둠 속으로 나간 디는 오른쪽 오솔길로 발을 옮겼다. 나는 그녀의 뒤를 따라 숙소에 이르렀다. 대문은 나무로 만들어져 있었고, 유리 대신 방충망을 달아놓은 쇠창살이 유리창을 대신하고 있었다. 벽에는 흰색 페인트가 칠해져 있었고, 천장에는 종이 갓을 씌운 램프가 매달려 있었다. 콘크리트 바닥에는 불그스름한 색의 반짝반짝 광이 나는 페인트 칠이 되어 있었다. 한쪽 구석에는 목재로 만든 튼튼한 침대가 있었고, 벽장문을 닮은 조그마한 문을 사이에 두고 욕실이 자리하고 있었다. 욕실에는 변기와 세면대, 그리고 간단한 샤워 시설이 마련되어 있었다.

"날벌레 때문에 신경이 거슬린다면 이걸 사용하세요." 디는 조그마한 라켓을 닮은 물건을 내게 건네주었다.

온몸이 가려워 견딜 수가 없었다. 옷으로 가리지 않은 부분은 벌레에 물린 자국으로 가득했다. 짐을 풀기 시작했다. 거대한 쥐며느리를 닮은 갈색 벌레가 숙소의 쇠창틀을 기어

다니고 있었다. 전자 모기채를 사용해볼까 생각해보았지만, 그 커다란 벌레가 불똥을 튀기며 섬광으로 사라질 리는 만무했다. 게다가 커다란 쥐며느리의 찢어진 살점이 방바닥의 여기저기에 내려앉을 생각을 하니 소름이 끼쳤다. 나는 살아 있는 동물을 죽인다는 생각만 해도 속이 메슥거릴 정도로 비위가 약하다. 우리는 동물의 감정과 느낌을 알아채지 못할 뿐, 그들에게도 분명 감정과 느낌이 있을 것이 분명하다.

세면대 위의 벽에 고정되어 있는 거울에 내 얼굴을 비추어 보았다. 넓고 각진 턱을 보니 내 외모가 꽤 남자답다는 생각이 스쳤다. 두 눈은 너무나 짙은 색을 머금고 있었기에, 홍채와 동공을 구별할 수 없을 정도였다. 눈꺼풀은 세월을 머금고 축 처지기 시작했고 얼굴에는 여기저기 조그마한 저승 반점이 생겨나고 있었지만, 피부는 여전히 매끄럽고 입술은 도톰했다. 비록 지쳐 보이긴 했지만, 다른 사람의 눈에는 내가 마흔네 살로 보이지 않을 것이다. 동양인의 유전자는 세월을 머금고 내리막길에 접어든 신체의 변화를 겉으로 뚜렷하게 보여주지 않는다.

나는 하얀 모기장 아래에 자리한 침대 속으로 기어들어가, 셔츠와 바지를 벗고 가이드북을 펼쳤다. 야생 동물의 이국적인 소리와 이웃 오두막에 머무르는 사람들의 시끄러운 소리 때문에 잠을 이룰 수가 없었다. 어둠 속의 창은 외부인의 시선과 날벌레를 막아줄 뿐, 아무 도움이 되지 않았다. 문득, 이곳에 사는 우리는 실질적으로 자연 속에서 잠을 자고 먹고 싸며 씻을 뿐이라는 생각이 스쳤다. 두 눈을 감았다. 귓전을 스치는 갖가지 소리 중에는 '옴~'이라는 소리도 섞여 있었다. 그것은 저 멀리 자리한 외딴 공장에서 만들다 남은 소리이리라. 하지만 나는 그 소리가 우주의 소리라 생각하며 스스로를 위로했다.

코펜하겐, 2010
수이

나는 안톤에게 이틀 동안 집에 들어오지 말라고 경고했다. 내겐 홀로 마음을 다잡고 생각을 정리할 시간이 필요했다. 일기예보를 보니 인도에는 기상이 악화되어 홍수가 일어나는 지역도 있다고 했다. 아버지가 걱정되었다. 태풍은 멀리서 보면 매우 아름답다. 태풍은 인간이 만든 무의미하고 우스꽝스러운 국경선을 전적으로 무시해버리고 그저 지구 표면을 춤추듯 돌아다닐 뿐이다. 걸리적거리는 것이 있으면 허공으로 들어 올렸다가 다시 내려놓기도 한다. 내가 자살을 하면 아버지는 크게 상심할 것이다. 하지만 더 크게 생각해본다면 그 또한 무의미한 일이다. 인간은 원래 냉담하고 무관심한 존재이며, 자연은 그런 인간을 바닷물로 씻어버리려 한다. 내가 미리암의 몸에서 나왔듯, 인간은 러시아의 바부시카 인형처럼 끊임없이 창조된다. 갑자기 안톤에게 미리암의 편지를 버리라고 말했던 것이 후회되기 시작했다. 열쇠를 집어 들고 계단을 뛰어 내려가 뒷마당으로 갔다. 세 개의 쓰레기통은 나지막한 울타리 뒤에 나란히 서 있었다. 첫 번째 쓰레기통을 열어보았다. 쓰레기 봉지로 가득했다. 첫 번째 봉지를 열어보니 포장지와 음식 찌꺼기, 깡통뿐이었다. 구석에 있는 검은색 봉지 위에 자리한 노란색 쓰레기 봉지를 열어보니, 미리암의 편지가 눈에 띄었다.

봉투를 열자, 『룩킹 글래스』 매거진의 인터뷰 자료를 복사한 종이와 손으로 쓴 편지 한 장이 떨어져 내렸다.

2010년 8월 27일, 달라르나
사랑하는 수이
네게 편지를 쓴 지 참 오래되었구나. 네게서 편지를 받아 본
것도 몇 년 전이야. 나는 가끔 네 아버지를 통해 네 소식을
듣고 있단다. 너도 알다시피 네 아버지와 나는 일 년에
한 번 정도 편지를 교환해서 안부를 묻곤 하지. 나는 올해
일흔이 되었고, 너는 열여덟 살이 되었어. 들리는 바로는
네가 성인이 되어 독립했다고 하더구나. 지금 카이는 인도에
있으니, 네가 우리 집에 한 번 오는 것도 괜찮을 것 같아.
물론, 너의 여행 경비는 내가 부담할게.
　　사랑을 담아, 미리암으로부터

주소는 편지 아래쪽에 도장으로 찍혀 있었다. 나는 미리암의 작품 활동에 관한 인터뷰 기사를 대충 읽은 후, 편지와

함께 구깃구깃 접어 구석에 팽개쳐버렸다. 울고 싶을 뿐이었다. 침대에 누워 이불을 머리 끝까지 덮어썼다. 잠시 후, 이불을 박차고 벌떡 일어나 다시 편지를 집어 들었다. 구겨진 부분을 잘 펼친 후 반듯하게 접어 배낭 속에 넣었다. 인터뷰 기사는 여전히 구석에서 제자리를 지켰다. 욕조에 들어가 뜨거운 물에 오랫동안 몸을 담갔다. 젖은 몸을 채 말리지도 않고 옷을 입은 나는 짐을 싸기 시작했다. 축축한 머리카락에서 떨어져 내리는 물방울이 등을 타고 옷을 적셨다. 거울을 보았다. 목 양 옆에 가느다란 주름 다섯 개가 대칭을 이루며 자리한 것이 눈에 띄었다. 주름일까? 아니, 어쩌면 내 몸에 아가미가 생겨난 것을 아닐까? 나는 손끝으로 주름을 만져보았다. 너무나 가느다란 주름은 손이 닿자 금방 사라져버렸다. 그곳에 오며 가져왔던 다섯 개의 상자 중에서 세 개는 풀지도 않았기에, 짐을 싸는 데는 한 시간도 채 걸리지 않았다. 나는 이삿짐 센터에 전화해서 트럭을 예약한 후, 옌센에게 전화를 했다.

"상자 몇 개를 아버지 집에 가져다 놓을 거예요."

"그러렴. 그런데 나는 지금 집에 없단다. 방금 베를린에 도착했어. 네 방은 여전히 그대로니까, 상자는 그곳에 넣어두렴. 그런데 무슨 일이라도 있었니?"

"안톤과 헤어졌어요. 하지만 지금 당장은 그 얘기를 하고 싶지 않아요. 걱정할 필요는 없어요. 그런데 지금 베를린에 있다면, 앞으로 며칠 동안 차를 사용하지 않으시겠네요?"

"응. 나는 베를린에서 약 한 달 동안 머무를 예정이야. 자동차 열쇠는 부엌 서랍 속에 있으니까 필요하면 사용해도 돼. 참, 집에 들르면 선인장에 물을 주겠니?"

"네, 그렇게 할게요."

"만약 네 아버지랑 통화를 하게 되면, 내가 베를린에 있다는 건 비밀로 해줘. 네 아버지가 인도에 있는 동안, 나는 항상 네게서 가까운 곳에 머무르겠다고 약속했거든. 네 아버지는 만약 네게 무슨 일이 생길까 봐 항상 걱정 속에서 살고 있어. 하긴, 내가 베를린에 있다 하더라도 실질적으로는 네게서 멀리 떨어져 있다 할 수는 없어. 비행기만 타면 두 시간 만에 네가 있는 곳으로 갈 수 있으니까."

"비밀을 지킬게요. 걱정 마세요."

"고마워. 넌 보물이야. 만약에라도 문제가 생기면 내게 전화해, 알았지?"

아버지였다면 내 목소리를 듣고 무언가 잘못되었다는 것을 직감적으로 알아챘으리라. 만약 옌센이 내 어머니였다면, 그녀도 내 목소리를 통해 알아챌 수 있었을까?

몇 시간 후, 나는 병원에 도착했다. 내 뱃속에 있는 혹에 대해선 아무도 명확하게 설명해주지 못했다. 그들은 혈액검사를 하고 정밀검사실로 나를 보냈다. 검사 결과는 보름 후에 나온다고 했다. 보름 동안 어떻게 기다릴까. 나는 검사 결과를 받아 보기 위해 다시 홀로 병원에 가기는 싫었다. 하지만 누구에게 같이 가달라고 말할 수 있을까? 옌센이 같이 가준다면 좋겠지만, 그녀는 베를린에서 한 달 후에나 돌아올 예정이다. 나는 단 한 번도 내 가슴속에 있는 모든 것을 함께 나눌 만큼 가까운 친구를 사귄 적이 없었다. 물론, 친구는 많지만 이처럼 심각한 이야기를 털어놓고 싶은 친구는 없었던 것이다.

회색 블럭처럼 보이는 병원 건물은 등 뒤에서 점점 작아졌다. 나는 카페에 들렀다. 바 앞에 서서 일을 하고 있던 사람은 바로 나의 상사인 안네였다. 그녀는 나를 보자 미소를 지으며 반겼다.

"고양이는 좀 어떤가요?"

"많이 나아졌어. 나는 동물도 털이 다 빠질 만큼 심각한 우울증에 걸릴 수 있다는 건 전혀 몰랐단다. 그런데 넌 오늘 쉬는 날이잖아? 여긴 웬일이니?"

"네, 사직서를 내려고 잠시 들렀어요."

"수이, 일을 그만두려면 한 달 전에 통보해야 돼. 지금 갑

자기 일을 그만두면 대신 일을 해줄 사람을 구하기가 쉽지 않
아. 이번 달은 일을 해야 돼."

"죄송하지만 그건 불가능해요."

"그렇다면 너 대신 일할 수 있는 사람을 구해놓고 그만두
렴."

"파리스가 저 대신 일을 하겠다고 약속했어요."

"그렇다면 좋아. 그런데 왜 갑자기 그만두겠다는 거지?
중요한 일이라도 생겼어?"

"어머니를 만나러 달라르나로 갈 거예요. 어머니의 배에
종양이 생겼대요."

운전석에 앉으니 너무나 홀가분했다. 물론, 거짓말을 하
긴 했지만, 어쨌거나 좋았다. 라디오의 볼륨을 높이고 액셀러
레이터를 끝까지 밟았다. 나는 스웨덴 국경선의 다리를 건너
자마자 차를 세우고 주유를 한 후, 근처 편의점에 들러 커피
한 잔과 담배 한 갑을 샀다. 야외 벤치에 앉아 담배에 불을 붙
이고 안톤에게 전화를 걸었다. 그는 전화를 받지 않았다.

"안톤입니다. 하실 말씀이 있으면 음성 사서함에 남겨주
세요. 삐."

"안톤, 우리 인연은 여기까지인가 봐. 나는 이미 짐을 옮
겼어. 내게 전화하지 마. 전화해도 안 받을 거니까."

나는 피우던 담배를 발로 비벼서 끄고 새 담배를 꺼내 불을 붙였다.

문자가 도착했다. "나의 판다곰, 얼른 돌아와. 나를 사랑해줘. 지난 일은 다시 생각해보자." 젠장, 꼴도 보기 싫은 이기적인 놈 같으니라고. '나를 사랑해달라고?' 웃기는 소리! '너를 사랑해'라는 말은 죽어도 할 수 없는 걸까? 치솟는 분노가 아픔을 불살라버리는 것 같았다. 나는 그의 문자를 삭제했다. 지난 문자까지 모두 삭제하고 그의 이름을 연락처에서 지워버렸다. 나는 자동차에 올라타 시동을 걸고 달라르나로 달리기 시작했다.

코펜하겐, 2010
수이의 메모

혹 또는 낭포

가스, 머리카락, 공기, 물, 또는 걸쭉한 반고체 물질을 담은 주머니 형태의 비정상적인 구조물. 이것은 선천적으로 타고날 수도 있으며, 배아 기간에 생겨나 태아로 발전할 때 자취를 감추기도 한다. 낭포 그 자체가 하나의 유기체로 발전하는 경우도 있다. 새로운 낭포는 신체 내부의 관이 닫혔을 때 발생할 수도 있으며, 기생충 때문에 생겨나는 경우도 있다. 낭포는 때로 종양으로 발전할 때도 있다. 일반적으로 낭포 내에서 기생충이 발견되는 경우는 드물다.

포대 또는 자루

가죽 또는 합성섬유로 만들어진 넉넉한 크기의 주머니 형태. 물건을 옮기거나 보관할 때 사용되며 일반적으로 위쪽에 열고 닫을 수 있는 장치가 되어 있다. 헐렁한 원피스나 못생긴 여자, 또는 인간이나 짐승의 신체에서 가끔 볼 수 있는 우묵한 공간 또는 체강 등을 비하적으로 이를 때 사용하는 말이다. 무언가를 손에 넣었을 때 포대에 꽉꽉 채워 얻었다고 한다면, 원래의 가치보다 더 많은 것을 얻었다는 의미이며, 자루 속의 고양이를 내보냈다고 한다면, 비밀을 발설했다는 의미다. 자루와 재로 몸을 덮었다는 것은 슬픔 속에 있다는 뜻이다. 이때, 자루 속에서 찾아볼 수 있는 것은 공기와 머리카락, 가스와 액체 또는 반고체의 물질이 아닐까.

오로빌, 2010
카이

이른 아침에 눈을 떴다. '옴~' 소리는 여전히 다른 소리에 섞여 귓전에 다가왔다. 숙소 밖에는 공작 떼들이 마치 방금 합창단에 합류한 아마추어 성악가들처럼 기괴한 소리를 지르며 어슬렁어슬렁 걸어다니고 있었다. 나는 옷을 벗고 욕실에 들어가 세수를 하고 양치를 했다. 타일 벽의 시멘트 이음새가 사라진 곳에는 조그마한 개미들이 줄을 지어 들고나며 알을 옮기는 모습을 볼 수 있었다. 나는 헐렁한 바지를 걸치고 흰색 반팔 티셔츠를 입은 후, 숙소 밖으로 나가 대문을 닫고 자물쇠를 채웠다. 옆 오두막 앞의 의자 위에는 대머리 남자가 앉아 있었고, 그의 뒤에는 작고 호리호리한 남자가 서 있었다. 두 사람 모두 두 눈을 지긋이 감고 있었다. 작고 호리호리한 남자는 앞쪽에 앉아 있는 남자의 머리에 손을 대지 않은 채 감싸 쥐는 듯한 태도를 취했다. 앉아 있는 남자는 매우 평안한 표정을 짓고 있었다. 햇살은 그들의 윤곽을 그림자로 만들어냈다. 키가 작은 남자가 갑자기 눈을 뜨고 마치 오래전부터 알아왔던 사람처럼 미소를 지으며 내게 인사를 건넸다. 나는 정중하게 목례를 하며 인사를 되돌려주었다.

유니티 요가센터의 식사 공간은 타일이 깔린 베란다였다. 그곳에는 긴 테이블 위에 뷔페처럼 온갖 음식들이 가득 자리하고 있었다. 베란다와 베란다 사이에는 수영장이 있었다. 수영장이라고 해 봤자 실질적으로는 조금 크기가 큰 욕조에 불과했다. 식탁 앞에 앉아 아이패드를 보고 있던 금발의 남자를 지나치는 순간, 그가 고개를 들었다.

"안녕하세요, 저는 크리스토프라고 합니다." 그가 자리에서 일어나며 내게 말을 걸었다.

푸른 눈동자의 크리스토프의 몸에는 근육이 울퉁불퉁 솟아 있었다. 그는 두 눈을 원래보다 크게 보이려 애쓰는 것 같았다.

"카이라고 합니다. 아침 식사는 어땠나요?"

"매우 근사했습니다." 크리스토프가 대답했다.

뷔페 테이블 옆에는 바틱 기법으로 염색한 기다란 튜닉 코트를 입은 여인이 서 있었다. 짧게 자른 그녀의 회색 머리는 마치 헬멧처럼 얼굴을 두르고 있었다. 나는 스펀지를 연상시키는 하얀 이들리, 코코스 소스, 팬케이크, 토스트, 요거트, 싱싱한 파파야를 접시에 담았다.

"저는 그레타라고 합니다." 회색 헬멧이 손을 가슴 위로 가져가며 내게 인사를 건넸다. "당신은 전에도 여기 온 적이 있죠?"

"그렇지 않습니다."

"작년에도 여기서 봤던 기억이 있는데요?" 회색 헬멧이 말했다.

"아닙니다. 저는 이번에 인도에 처음 왔습니다." 말을 마치자마자 나는 리-메이가 했던 말을 떠올렸다. 모든 것에 '예스'라고 말하는 훈련을 하라고 했던가.

"아, 네… 맞습니다. 작년에 왔던 기억이 있네요." 나는 미소를 지으며 말했다.

"그렇다니까요. 당신의 얼굴을 봤던 기억이 아직도 선명하거든요." 그녀가 손가락을 들어 자신의 얼굴 주변에 원을 그리며 말했다.

"당신도 요가를 위해 여기에 왔나요?" 이번에는 내가 그녀에게 물어보았다.

"네, 저는 요가를 하며 틈틈이 행위예술 공연도 한답니다. 저는 예술가예요. 갱년기에 이른 여성들을 위해 주로 공연을 펼치죠."

"저도 갱년기에 접어든 것 같아요."

"갱년기라는 것은 여성 호르몬인 에스트로겐이 감소하며 생기는 것입니다. 당신은 여자가 아니니 갱년기에 접어들었다고는 할 수 없어요." 그녀가 말했다.

"저는 삶의 위기를 경험하고 있습니다. 네, 그렇게 말하는 것이 더 정확하겠군요."

"삶의 위기는 누구나 다 경험하는 것입니다. 하지만 여성의 경우엔 나이가 들면서 여성으로서의 매력과 생식 기능을 잃어버린다는 점에서 더 심각하다고 할 수 있죠. 그렇게 생각하지 않으세요? 서구의 여성들은 갱년기가 오면 사람들의 시선을 피합니다. 한쪽 구석으로 물러나 통통하고 풍성한 입술이 말라가는 것, 팔뚝 살이 축 처지는 것, 흰머리가 여기저기 생겨나는 것 등 자신의 외모를 수치스러워하죠."

"저는 그렇게 생각하지 않습니다. 저는 항상 여자들은 나이가 들수록 더 아름다워진다고 생각해왔습니다."

"물론, 어떤 문화권에서는 여성의 나이가 많아질수록 그 입지도 높아지는 것을 경험할 수도 있습니다. 지혜와 연륜을 갖춘 여인들에게선 성적 매력도 느낄 수 있는 경우가 많죠."

"그건 그렇고 당신은 어떤 식으로 행위 예술을 하시는지요?"

"저는 사람들이 모인 곳에 알몸으로 다가가 기다란 흰 천을 온몸에 둘둘 감는 것으로 시작합니다. 발끝에서 머리끝까지 흰 천을 다 감고 나면 다시 천천히 천을 벗겨 내리죠."

"그러한 행위는 환생을 의미합니까?"

"저는 서로 다른 일련의 행위 예술을 선보입니다. 그것을 어떻게 해석하느냐 하는 것은 사람들마다 다르겠지요."

숙소로 돌아오는 길에 보라색 스쿠터를 타고 오는 디와 마주쳤다. 어제와는 달리 그녀의 머리에는 노란 꽃이 보이지 않았다.

"안녕하세요. 자전거는 어디에서 빌릴 수 있나요?"

"안내실 뒤쪽에 자전거가 있어요." 그녀가 대답했다.

나는 오두막의 반대편으로 돌아가 보았다. 그곳에는 디가 말했던 대로 자전거가 여러 대 서 있었다. 하지만 타이어에 바람이 없거나 핸들이 떨어져 있는 등 하나같이 사용하기에 쉽지 않은 자전거들뿐이었다.

발갛게 달아오른 얼굴에 모자를 쓴 뚱뚱한 남자가 프랑스어 억양으로 내게 말을 걸어왔다.

"도움이 필요하십니까?"

"네, 그렇습니다."

"저는 모리스라고 합니다." 그가 내게 다가와 양볼에 입을 맞추는 시늉을 했다.

"저는 카이라고 합니다. 혹시, 당신이 이곳의 책임자인가요?"

"그렇습니다. 저는 이 마을이 생길 때부터 이곳에 살았습니다. 보아하니, 자전거 타이어에 바람을 넣어야 할 것 같군요. 저를 따라 오시죠. 펌프를 찾으러 함께 가는 건 어때요?"

모리스와 나는 보라색 꽃잎이 흐드러지게 떨어져 내린 비좁은 오솔길을 함께 걸었다. 어둑어둑한 웅덩이를 지나니 탁 트인 공간이 눈앞에 펼쳐졌다. 그곳에는 기다란 줄에 방금 빨래를 마친 듯 젖은 옷들이 나란히 걸려 있었다. 우리는 금방이라도 쓰러질 것 같은 낡은 파빌리온 앞에서 걸음을 멈추었다. 그가 안에 들어가 펌프 하나를 들고 나왔다.

"제가 더 도와드릴 일은 없습니까? 맥주는 어떤가요?"

"이곳에서 술을 마시는 것은 금지된 것으로 알고 있는데요?"

"술을 마시는 것은 괜찮습니다. 하지만 술을 구입하는 것은 금지되어 있습니다." 모리스는 창고로 보이는 건물 안으로 들어가 맥주 두 병을 들고 나왔다.

우리는 각자 맥주를 들고 벤치에 앉았다. 시원한 맥주를 마시니 더위가 좀 가시는 것 같았다.

"건축가라고 하셨나요? 초창기에는 오로빌에 꽤 많은 건축가들이 찾아왔답니다."

그가 맥주병을 비우고 손등으로 입가를 닦았다.

"연락처가 필요하시면 제게 말해주세요." 모리스가 말했다.

나는 나란히 세워져 있던 자전거들 중에서 가장 큰 것을 골라 타고 그곳을 한 바퀴 돌았다. 방향을 꺾으니 핸들이 무릎에 부딪쳤다. 나는 다시 안내실로 되돌아갔다.

"자전거 말고 스쿠터를 대여하고 싶은데, 어떻게 하면 되나요?"

"제가 한 대를 대여해놓을게요. 오늘 오후에 찾아가실 수 있습니다. 이 참에 아우로 카드도 하나 마련해놓으시는 게 좋을 거예요." 디가 말했다.

"아우로 카드라고요?"

"오로빌에서 물건을 사고팔 때 사용하는 카드입니다. 이곳에서는 독자적인 화폐 시스템을 사용한답니다."

그녀가 내 앞에 지도 한 장을 펼쳐 보였다.

"지금 당신이 서 있는 곳은 여기입니다." 그녀가 지도 위에 가위표를 그렸다. "은행은 여기 있어요. 은행에 가서 아우로 카드에 현금을 채워 넣으시면 됩니다."

그녀가 말을 이어가는 동안, 나는 재빨리 지도를 살펴보았다. 위에서 본 오로빌은 조그마한 집들이 띄엄띄엄 자리한 거대한 지역이었다. 어떤 건물은 시내 중심인 마트리만디르에서 수 킬로미터나 떨어진 곳에 있었다. 갖가지 지명들은 도시가 설립될 때 바탕으로 삼았던 철학적 의도를 담고 있었다. 하나를 위한 파빌리온, 햇살 가득한 식당, 존재, 최후의 학교,

세계기구, 변화, 젊은이들의 센터, 붉은 흙 승마학교, 방문 센터, 언어 실험실, 동화, 식물 정원, 아우로 농장, 자유의 땅 서점, 치유, 망고 정원, 아름다운 종이, 영속 기구, 진실, 힐링, 평생 교육원, 도서관, 감사, 연금술, 새 나라, 진보, 영원, 후추 정원, 두 그루 반얀나무*, 혁신, 치과, 가이아의 정원, 야자수 아홉 그루, 칼리 사원, 감흥, 번영의 숲, 전통, 축복, 전망, 자유. 자유의 건물은 원형의 도시 북쪽 끝에 자리하고 있었다. 번영의 숲과 영원의 건물에서 그리 멀지 않은 곳이었다.

"매우 고귀하고 아름다운 빛이 당신을 감싸고 있어요."
뜬금없이 디가 말했다. 그녀의 눈빛은 나를 바라보는 수이의 눈빛을 연상시켰다.

"빛이라고요?"

그녀는 정말 여분의 피부처럼 사람들을 에워싸고 있는 빛을 볼 수 있단 말인가?

"네." 디가 말을 이었다. "당신의 아우라는 흰색이에요. 하지만 매우 강렬한 힘을 지니고 있어요."

얼굴이 화끈거리기 시작했다. 마치 누가 내 얼굴 근처에 불을 지펴놓은 것만 같았다. 문득, 스무 살짜리 소녀 앞에서

---

* 무화과나무속의 일종

어린아이처럼 얼굴을 붉히고 있는 내 모습이 부끄러워졌다. 나는 얼른 등을 쭉 펴고 큰 숨을 들이쉬었다. 상체가 쭉쭉 자라났고, 나는 다시 어른이 되었다.

"저는 잠시 후에 은행에 갈 예정이에요. 원하신다면 그때 함께 가도록 해요." 디가 말했다.

나는 인도에 온 후, 수이로부터 짧은 문자 한 통만 받았을 뿐이다. 하지만 걱정은 되지 않았다. 수이가 미리암에게 연락했다는 사실도 이미 알고 있었고, 혹여 무슨 일이 생기면 옌센이 도와줄 테니까. 나는 방금 수이에게 장문의 편지를 써서 부쳤다. 내가 집에 돌아가기 전에 수이가 그 편지를 받아 볼 수 있다면 좋을 텐데.

오로빌, 2010
카이

"쿠윱에 함께 가시겠어요?" 디가 물었다.

"슈퍼마켓인가요?"

"네."

"그렇다면 거기서 아우로 카드를 사용해볼 수 있겠군요."

"죄송하지만 그건 불가능해요. 쿠윱에서는 오로빌에 사는 현지인만 물건을 구입할 수 있답니다."

"그래도 일단 따라가 볼게요. 이곳 슈퍼마켓이 어떻게 생겼는지 보고 싶군요. 당신은 이곳에서 태어났나요?"

"네. 제 아버지, 모리스 씨는 60년대 말에 인도 철학자인 스리 아우로빈도에게서 명상을 배우기 위해 이곳에 왔답니다. 아우로빈도는 700여 페이지에 달하는 시,「사비트리」의 저자이기도 해요. 사람들은 그를 '인도의 괴테'라고 칭하기도 하죠."

"오로빌은 시를 바탕으로 생겨난 마을인가요?"

"그렇게 말할 수도 있어요. 이 도시를 이루는 근본적인 철학은 바로 아우로빈도의 시에서 나왔으니까요. 하지만 도

194

시가 실질적으로 형태를 갖추는 데 힘을 보태었던 사람은 바로 '모후'예요. 도시가 모습을 갖추기 시작했을 때, 아우로빈도는 거의 활동을 하지 않았어요. 고립된 생활을 하며 홀로 명상에만 전념했답니다."

"'모후'라고 일컫는 그분은 매우 특별한 여인이라는 생각이 드는군요."

"그분은 신성한 힘에 의해 인간의 형태로 이 세상에 모습을 드러낸 샤크티*랍니다. 그분은 죽고 없지만, 아직 이곳에 남아 있죠. 이곳에 사는 사람들에게 모습을 내보인 적도 있다고 들었어요. 그럼에도, 그분이 인간의 신체를 벗어난 후에 우리가 느끼는 물리적 공허감은 어쩔 수가 없어요. 현재 우리에겐 그분의 힘을 물리적으로 재생시킬 수 있는 사람이 필요해요. 오로빌의 초기 주민 중의 한 명인 레오노라는 최근에 예시를 받았답니다. '모후'가 남기고 간 물리적 공허감을 채우기 위해 한 사람이 이곳으로 오고 있는 중이라고 했어요. 그 사람은 제3의 눈을 가지고 있다고 하더군요."

나는 내게 제3의 눈이 있다고 상상해보았다. 갑자기 손바

---

* 신성한 권능을 뜻하는 산스크리트어 '샥'에서 유래된 말로 힌두교에서 우주 전체를 관통해 흐른다고 여기는 우주의 에너지를 지칭함. 우주적 원초 에너지라고도 함

닥이 감전된 것처럼 간질간질했다. 모반이 있는 바로 그 자리였다. 나는 두 손을 맞잡고 마구 비볐다.

우리는 잔디밭을 지나 신발을 벗고 슈퍼마켓 안으로 들어갔다. 슈퍼마켓은 두 개의 커다란 냉동실로 이루어져 있었다. 그곳에서는 가장 필수적인 물건만 팔고 있었다. 아유르베다* 치약, 뚜껑이 달린 커다란 양동이 속에 들어 있는 직접 구운 유기농 과자, 갓 구운 신선한 빵, 갖가지 건조 식품, 비누, 천으로 만든 재활용 가능한 생리대, 채소와 과일을 담은 나무 상자.

"이곳에서는 꼭 필요한 물건만 구입해야 돼요. 그렇지 않으면 다음에 오는 사람들이 필요한 것을 살 수 없는 경우도 생기니까요." 디가 설명해주었다.

분위기는 차분하고 좋았다. 덴마크에서 장을 볼 때는 불쾌감을 느낄 때가 자주 있었다. 사람들은 슈퍼마켓 안을 돌아다니며 진열된 물건들을 이것저것 생각없이 장바구니에 담기 일쑤였으나, 이곳은 달랐다. 차분하고 조용했으며, 비닐 봉지도 눈에 띄지 않았다. 대량 판매를 위한 현혹적인 세일 문구도 보이지 않았다. 우유, 요거트, 잼과 같은 제품은 뚜껑이 달린 유리병에 담겨 있었기에, 내용물을 소비한 후엔 병을 깨끗

* 고대 힌두교의 대체 의학 체계

이 씻어 다시 슈퍼마켓에 돌려줌으로써 재활용을 할 수 있었다.

디가 계산을 하는 동안 나는 밖으로 나가 그늘 아래 벤치에 앉아 기다렸다. 그곳에서는 마트리만디르를 한눈에 볼 수 있었다. 그곳에서 보니 건물은 황금색의 둥그런 벌집 같았다. 자세가 꼿꼿한 나이 지긋한 여인이 내 옆에 앉았다. 나는 그녀에게 눈을 돌리지 않을 수 없었다. 그녀에게선 금욕적인 분위기와 가공하지 않은 원시성을 느낄 수 있었다. 우리의 눈이 마주치는 순간, 나는 고개를 끄덕여 그녀에게 인사를 건넸다. 그녀는 내게 미소를 지었다. 짙은 눈동자가 자아내는 깊은 눈빛이 나를 사로잡았다. 내가 그녀에게 무슨 말을 더 하려는 순간, 시야의 경계선 부근에서 칼날이 번뜩이는 것을 느낄 수 있었다. 나는 본능적으로 그녀를 보호하기 위해 재빨리 몸을 일으켜 그녀 앞에 섰다. 너무나 순식간에 일어났던 일이라 내가 어떤 행동을 하고 있는지 나 자신도 이해할 수 없을 정도였다. 나는 굵은 검정색 칠을 한 두 눈을 정면으로 뚫어지게 바라보았다. 그 눈은 순간적으로 미리암의 녹색 눈을 연상시켰다. 남자가 목에서 가래 끓는 듯한 소리를 만들어냈다. 그의 입가에는 하얀 거품이 묻어 있었다.

"비켜!" 그가 화난 목소리로 외쳤다. 그는 반짝이는 옥색의 비단옷을 입고 있었으며 머리에는 터번을 두르고 있었다. 그의 칼끝이 내 턱 아래를 깊게 눌러 왔다. 이게 도대체 무슨 일일까? 뜨거운 핏방울이 방울방울 목으로 흘러내리는 것을 느낄 수 있었다. 나는 너무나 놀라고 당황했지만, 내 목소리는 차분하기 그지없었다.

"비킬 수 없습니다."

"정말 그렇단 말이지." 그가 가래 끓는 듯한 목소리로 말했다.

"한 발자국도 움직이지 않겠습니다."

그가 갑자기 눈에 먼지가 들어간 듯 두 눈을 깜박였다. 나는 그 순간을 놓치지 않고 그의 손목을 잡아 비틀었다. 그가 손에 쥐고 있던 칼을 떨어트렸다. 나는 그의 팔을 비틀어 옭아매었다. 그가 저항을 했지만, 나는 그의 팔을 잡고 놓아주지 않았다. 그의 얼굴에 놀란 빛이 떠올랐다.

"놓아줘!" 그가 소리쳤다.

"절대 놓아줄 수 없어."

"당신을 죽일 거야." 그가 소리치며 내게 발길질을 하더니, 갑자기 뱀장어처럼 몸을 비비 꼬기 시작했다. 나는 여전히 그를 꽉 잡고 놓아주지 않았다. 그가 숨을 헐떡거렸다. 그가 숨을 들이쉬고 내쉴 때마다 그의 몸이 화살처럼 굽어졌다 펴졌다를 반복했다. 순간적으로 그의 표정이 변했다. 마치 꿈을 꾸다 깨어난 사람 같았다.

"어머니?" 그가 나직히 속삭였다.

"나는 당신 어머니가 아냐!"

"꺼져! 당신은 이미 죽었어!" 그가 내 얼굴에 침을 뱉으며 소리쳤다.

별안간 그가 털썩 쓰러져 내 무릎에 얼굴을 묻고 마구 흐느끼기 시작했다. 그의 입에선 침이 가느다란 실처럼 흘러나왔다.

나는 순간적으로 그의 머리를 쓰다듬어주고 싶은 충동을 느꼈다. 내 곁에 있던 나이 지긋한 여인이 몸을 일으켰다.

"저를 보호해주셔서 감사합니다." 그녀가 말을 이었다. "순찰대원이 이리로 오고 있습니다."

그녀가 우리를 향해 뛰어오는 두 명의 남자를 가리켰다.

남자는 흐느낌을 멈추었다. 하지만 그가 흘린 침은 내 옷에 젖은 자국을 남겼다. 그것은 마치 나를 향해 기어 올라오는 커다란 달팽이 같았다.

"제 이름은 레오노라라고 합니다." 그녀가 내게 자신을 소개했다.

"칼을 든 남자를 아십니까?"

"아닙니다. 하지만 어디서 본 것 같긴 하군요."

순찰대원들은 남자를 어디론가 끌고 갔다. 축 늘어진 몸으로 발을 옮기는 남자의 머리에는 터번이 비스듬히 얹혀 있었다.

디가 슈퍼마켓에서 나왔을 때, 나의 맥박은 정상으로 돌아온 후였다. 나는 벤치에 홀로 앉아 있었다. 모든 것은 이전과 마찬가지로 평화롭기만 했다.

"셔츠에 묻은 게 피인가요?" 디가 물었다.

"그런가 보군요."

문득, 방금 있었던 일이 꿈처럼 여겨졌다. 내 상상 속에서 일어났던 일일까? 아니, 그것은 실제로 있었던 일이 분명했다. 그렇지 않고서야 내 목에서 여전히 피가 흐를 리는 없을 테니까.

달라르나, 2010
미리암

그녀를 알아볼 수가 없었다. 그녀는 나의 숲속에 들어와 아직도 열기가 가시지 않은 피아트 자동차 옆에 낯선 젊은 여인처럼 서 있었다. 그녀에게 포옹을 하는 순간, 그녀의 체취가 기억났다. 나는 달라르나로 이사를 온 후, 무려 7년 동안이나 그녀를 만나지 못했다. 나는 눈으로 그림을 그리듯 그녀를 찬찬히 살펴보았다. 점프 수트로 감싼 몸 중에서 특히 배가 불룩 튀어나온 것이 눈에 띄었다. 호리호리한 몸, 작은 얼굴과는 균형이 맞지 않는다고 생각했다. 임신을 한 것일까? 그 때문에 여기 온 것일까? 목에 무언가 걸린 것 같아 기침을 했다.

"잘 지내셨어요?" 수이가 물었다.

"응, 하지만 난 지금 술 한 잔이 필요해. 목감기 약보다는 술이 훨씬 효과가 좋으니까. 너도 한 잔 할래?"

벽장 문을 열고 벽장문 안쪽에 달린 거울에 내 얼굴을 비추어보았다. 내 나이는 일흔이지만, 제3자의 눈으로 나를 볼 때마다 놀라지 않을 수 없었다. 거울과 만난 내 얼굴은 항상 내가 생각하는 내 모습과는 다른 모습을 만들어냈다. 문득, 현실 속의 내 모습을 깨달은 나는 수치심을 느꼈다. 손질하지 않은 백발의 머리카락은 동물의 털처럼 여기저기 뭉쳐 있었다. 꽃잎처럼 도톰하고 아름답던 입술은 가느다란 실처럼 변해버렸다. 얼굴은 홀쭉했으며, 코는 각을 이루며 구부정하게 자랐다. 주름은 매끈한 대지 위에 드러난 나무 뿌리처럼 온 얼굴에 퍼져 있었다. 하지만 두 눈은 여전히 생기를 담고 반짝반짝 빛을 발했다. 술병 옆에는 수이의 사진이 들어 있는 앨범이 있었다. 나는 얼른 앨범을 뒷쪽으로 밀어 넣고, 술병을 끄집어낸 후 벽장 문을 닫았다.

"저를 만나고 싶다고 하셨죠?" 수이가 말했다.

"하지만 네가 정말 나를 찾아올 줄은 몰랐어. 그건 그렇고, 커피 마실래? 어차피 물을 끓일 참이었어."

"네, 고맙습니다."

"우리가 만난 것도 벌써 12년 전이구나."

"그 후에 저를 생각해보신 적은 있나요?" 그녀가 물었다.

"가끔."

나는 그녀의 한쪽 귀에 달랑거리는 장식물을 가리켰다.

"너는 아직도 해마를 가지고 있구나."

그녀가 시선을 피하더니, 갑자기 내 눈을 정면으로 뚫어지게 바라보았다.

"제가 이곳에 이틀 정도 머물러도 될까요? 갈 곳이 없어요."

나는 그제서야 그녀의 눈화장이 번져 있는 것을 발견했다. 울었던 것일까. 눈 주위의 번진 검은 마스카라는 그녀의 절망을 한층 강조하는 것 같았다.

"내가 거절한다면 이상하겠지." 나는 혼잣말처럼 중얼거렸다.

"침낭과 깔개도 가져왔어요. 도움이 필요하다면 청소든 뭐든 다 할게요."

"그건 내가 원하는 게 아니야…."

"나도 이런 상황이 아니었다면 아예 물어보지도 않았을 거예요. 나는 당신이 사람들과 떨어져 고립된 삶을 살고 싶어했기에 이곳으로 왔다는 것을 잘 알고 있어요. 원하신다면 내가 여기 있는 동안 서로 대화를 나누지 않아도 돼요. 지금 내게 필요한 건 안정뿐이니까요." 그녀가 말했다.

"알았어. 여기 이틀 정도는 머물러도 좋아."

나는 그녀에게 우리 집에 며칠 머물러도 좋다고 승낙할 생각은 추호도 없었다. 하지만 그녀가 너무나 단도직입적으로 물어 오는 바람에 당황한 나머지 승낙을 해버렸던 것이다. 어쩌면, 그녀의 이상하리만큼 불쑥 튀어나온 배 때문은 아니었을까. 별안간 낯선 책임의식이 나를 사로잡았다. 나는 그녀가 임신했다고 생각했다. 하지만 나는 손자를 볼 생각은 전혀 없었다.

벽난로 앞에 섰다. 불꽃은 난로 밑부분에 검댕을 남기고 위쪽으로 스멀스멀 기어 올라가고 있었다. 주전자 바닥에 이른 불꽃이 창문 쪽으로 튀었다. 혜성처럼 빛의 꼬리를 달고 허공을 가로지르는 불꽃이 마치 느린 영화의 한 장면처럼 내 눈 속에 들어왔다. 나는 마침내 이 세상에서 마지막으로 안주할 신체의 형태를 찾았다. 내가 이 늙은 여인의 신체 속으로 기어들어 오는 데는 12년이나 걸렸다.

"차에서 와인을 가져올게요." 수이가 말했다. "정신을 잃을 때까지 술을 마시고 싶어요."

"너도 잘 알고 있겠지만, 임신했을 때는 술을 마시면 안 돼."

"미리암! 나는 임신을 하지 않았어요. 게다가 지금은 생리 중이에요. 어쩌면 그 때문에 이처럼 피곤한지도 몰라요."

수이는 내 침대에 누워 있었다. 그녀는 내 이불 밑에서 잠들었다. 덕분에 나는 소파에 누워 그녀의 침낭 속에서 잠을 자야만 했다. 여기저기 몸이 쑤셨다. 나는 지난 밤, 수차례나 수이를 들여다보았다. 그녀는 깊은 잠에 빠져 있었고, 가끔 눈을 뜰 때도 있었지만 제정신이 아닌 것 같았다. 다음 날 아침 눈을 뜨니, 해는 이미 중천에 떠 있었다. 허리가 뻐근했다. 몸을 쭉 펴는 데 꽤 시간이 걸렸다.

"젠장, 아무 짝에도 쓸모없는 몸 같으니…." 나는 혼잣말로 중얼거렸다.

난로 위의 양동이를 들어 올렸다. 난롯불에 데워진 따스한 물에 민트 잎을 띄우고 쐐기풀에 쏘인 것처럼 따끔따끔한 몸 위로 부어 내렸다. 상큼한 민트 향이 코를 찔렀다. 수이의 타바코 봉지가 탁자 위에 널브러져 있었다. 언제 마지막으로 담배를 피웠는지 기억이 나지 않았다. 나는 얇은 담배종이를 한 장 뽑아 타바코를 얹었다. 양손의 엄지손가락을 이용해 종이를 말고, 그 끝을 혀로 핥은 다음 동그랗게 붙였다. 완성된 담배를 입술 사이에 끼워 넣고 불을 붙였다. 허파 깊은 곳까지 숨을 빨아들인 후, 용처럼 코로 연기를 내뿜었다. 담배 효과는 금방 나타나 달콤한 안개처럼 나의 뇌 속에 번져 나갔다.

"제기랄, 이렇게 좋을 수가…."

문득, 목욕한 지 꽤 오래되었다는 생각이 스쳤다. 내 몸에서 나는 퀴퀴한 냄새를 맡을 수 있었다. 수이가 온 후, 나는 내 몸에서 나는 냄새가 동물에게서 나는 냄새 같다고 생각했다. 양동이에 물을 채우고, 끓는 물을 부어 넣은 후, 옷을 벗었다. 나는 벌거벗은 채 미지근한 물이 든 양동이를 들고 문을 열었다.

오로빌, 2010
카이

"몸을 떨고 있군요." 디가 내게 말했다.

"그런가요?" 말을 하는 순간, 내가 떨고 있다는 것을 깨달았다. 마치 충격에서 벗어나려는 듯.

"이제 다시 집으로 돌아갈까요?" 그녀가 말했다.

기름 냄새가 코를 찔렀다. 나는 디의 보라색 스쿠터 뒷자리에 앉았다. 슈퍼마켓에서 구입한 물건을 담은 그녀의 배낭은 그녀와 나 사이에서 좌우로 흔들렸다. 바람을 실은 그녀의 머리카락은 가끔 내 얼굴을 때리기도 했다. 문득, 그리움이 솟구쳤다. 수이는 보라색 스쿠터를 타고 인도의 거리를 달리는 것을 좋아할 것이다. 수이를 떠올려보았다. 그녀의 갸름한 얼굴, 윤기 나는 긴 머리, 아몬드를 닮은 갈색 눈동자. 다른 사람을 바라보는 그녀의 눈동자에는 항상 놀라움과 연민이 담겨 있었다. 디와 수이는 동갑이지만, 디는 일을 하고 책임을 지는 성인의 삶을 살고 있다. 그럼에도 그녀는 항상 기쁨과 조화로움을 발산했다. 누군가에게 필요한 일을 하고 책임을 지며 사는 것은, 책임감 없이 자유롭게 사는 삶보다 더 행복한 것일까?

내 몸을 감쌌던 아드레날린이 사라질 때쯤 되자 피곤함
이 몰려왔다.

"집에 가기 전에 박물관에 들러서 안내서를 가져와야 해
요." 디가 소리쳤다. 바람은 그녀의 말을 갈기갈기 찢어놓고
선 어디론가 사라졌다.

"알았어요." 나는 그녀에게 소리를 쳤다.

박물관은 부드러운 곡선으로 이루어진 거대한 흰색 건물
이었다. 박물관 내부의 바닥은 밝은 색의 서늘한 화강암 타일
로 덮여 있었다.

"전시물을 둘러보고 싶으신가요?" 디가 물었다.

"네."

우리는 박물관의 꼭대기 층으로 올라갔다. 거기에서는
스리 아우로빈도의 탄생과 죽음까지의 삶을 담은 역사를 볼
수 있었다. 반대편에는 바닥이 움푹 패인 공간에 '모후'의 삶
이 갖가지 형태로 전시되어 있었다. 한쪽 벽에는 그녀의 사진
이 수백 장이나 걸려 있었다. 어떤 사진에서는 그녀가 악인처
럼 보이기도 했고, 또 다른 사진들은 그녀가 등을 돌린 모습
이나 눈을 감고 있는 모습을 담고 있기도 했다. 나는 잘못 나
온 사진조차도 박물관 벽에 걸어놓았던 사람들을 이해할 수
없었다. 하지만 어떤 면에서 보자면, 바로 그런 사진들 때문

에 그녀를 인간적으로 받아들일 수 있었다. 나는 사진과 사진 사이에 걸려 있는 텍스트에 호기심이 생겼다. '모후'는 1878년 파리에서 출생했으며, 미라 알파사라는 이름으로 세례를 받았다. 그녀의 어머니는 이집트계 유대인이었고, 아버지는 터키인이었다. 그녀는 네 살 때 이미 명상을 시작했고, 일련의 예시를 하기도 했다. 1897년, 그녀는 앙리 모리제와 결혼했고, 다음 해에 아들을 낳았다. 그녀는 아들에게 '인간'이라는 의미의 '앙드레'라는 이름을 붙여주었다.

나는 그녀의 단 하나뿐인 아들, 앙드레의 사진을 오랫동안 바라보았다. 사진은 우표만 한 크기였다. 그의 짙은 색 눈동자는 심각한 빛을 띠고 있었다.

"당신도 홀로 앉아 있을 때면 저분의 눈과 똑같아요." 디가 말을 이었다. "마치 평범한 사람들은 발을 디딜 수 없는 또 다른 세상을 들여다보는 것 같아요."

"나는 저 사람과 전혀 닮은 구석이 없는데요. 저 사람은 좀 무서워 보여요. 두 눈은 깊고 어두운 우물 속을 보는 것 같아요. 저 눈을 오래도록 바라보면, 그 속에 빠져서 다시는 올라오지 못할 것 같기도 해요."

"피부색과 눈 외에도 두 분 사이엔 닮은 점이 많아요. 몸가짐이라든가, 표정 등은 물론, 눈으로 볼 수 없는 감정과 느낌 등…."

"사진을 통해서 감정과 느낌을 알아보는 것은 쉽지 않을 것 같은데요?"

"그렇지 않아요. 그건 아주 쉽답니다." 디가 말했다.

나는 박물관 벽에 걸린 텍스트를 더 읽어보았다.

미라는 앙드레를 출산한 후 병에 걸렸다. 그 때문에 앙드레는 조부모와 앙리의 두 누이의 손에서 자라야만 했다. 미라와 앙리는 도시에서 삶을 계속했다. 미라는 영성 생활을 계속했고, 앙리는 자신의 아틀리에에서 그림을 그렸다. 1908년, 두 사람은 이혼을 했고, 미라는 폴 리처드와 재혼을 했다. 리처드는 영성 생활에 헌신하는 젊고 유망한 정치가였다. 앙드레가 열세 살이 되던 해, 미라와 폴은 퐁디셰리로 삶의 터전을 옮겼고, 그곳에서 스리 아우로빈도와 처음 만나게 되었다. 미라는 그가 어렸을 때 받았던 예시 속에서 접했던 크리슈나*와 그가 너무나 닮았다는 것을 깨달았다. 미라와 폴은 일본으로 옮겨 몇 년 살다가 다시 퐁디셰리로 돌아왔고, 얼마 지나지 않아 이혼을 했다. 스리 아우로빈도를 헌신적으로 따르던 미라는 결국 인도에 눌러살기로 결심했다. 1926년, 스리 아우로빈도는 퐁디셰리에 아슈람을 건립했다. 미라는 1968년

---

*힌두교의 유지신 비슈누의 주요 아바타라 중 1명

오래된 반얀나무로 둘러싸인 황무지와도 같았던 땅에 오로빌을 개척했다.

"그로부터 얼마 후, 나무들이 마트리만디르를 향해 자라기 시작했죠." 디가 설명해주었다. "도시 기술자들은 나무 뿌리가 건물의 지반을 파괴할까 봐 노심초사했답니다. 그때, '모후'가 나무에게 다가가 조곤조곤 이야기를 했지요. 그 이후로는 나무들이 건물과 반대 방향으로 자라기 시작했답니다."

"이야기를 듣고 보니 그분은 물리적으로도 매우 강인한 여성 같군요."

"그렇지도 않아요. 그분은 체격이 작고 호리호리한 사람이었어요. 그럼에도 여든 살의 나이에 젊고 건강한 남자들과 테니스 시합을 해서 이기기도 했죠." 디가 말을 이었다. "모후는 마을 사람들에게 칭찬도 하고 꾸중도 하는 평범한 사람이기도 했어요."

마라도, 2010
수이의 메모

담장

그것은 장애물일까 보호막일까? 그것을 통과하거나 지나쳐 갈 수는 없다. 그것은 위기를 의미하는 것일까, 독립을 의미하는 것일까? 그것의 부정적인 형태는 심연과 동일하다 할 수 있다. 담장은 외부로부터의 영향력을 피하기 위해 특정 공간을 빙 둘러 지어 올린 것이다. 원. 무언가 신성한 것? 담장 밖의 세상과 담장 안의 세상은 공생한다. 담장 내부 세계의 근원적 핵심은 외부 세상과 이어져 있다. 세상의 모든 규칙에는 예외가 필수적이듯 말이다. 담장은 반짝이는 진주알의 형태를 지닌 거짓말이다.

어머니

그것은 장애물일까 보호막일까? 그것을 통과하거나 지나쳐 갈 수는 없다. 그것은 위기를 의미하는 것일까, 독립을 의미하는 것일까? 그것의 부정적인 형태는 심연과 동일하다 할 수 있다. 어머니는 외부로부터의 영향력을 피하기 위해 빙 둘러 지어 올린 존재다. 원. 무언가 신성한 것? 어머니의 바깥

212

세상과 어머니의 안쪽 세상은 공생한다. 어머니의 내부에 존재하는 근원적 핵심은 외부 세상과 이어져 있다. 세상의 모든 규칙에는 예외가 필수적이듯 말이다. 어머니는 반짝이는 진주알의 형태를 지닌 거짓말이다.

달라르나, 2010
수이

해가 지기 전임에도 불구하고 공기는 살을 에는 듯 차갑기만 했다. 나는 석양 아래 벌거벗은 몸으로 서 있는 그녀를 바라보았다. 그녀의 몸은 거뭇거뭇한 점이 여기저기 박힌 늙은 레오파드의 몸을 연상시켰다. 거뭇거뭇한 반점은 그녀의 피부에서 자라는 버섯처럼 보였다. 그녀의 양미간에 보이는 주름은 내 양미간의 주름과 다르지 않았다. 내가 마지막으로 그녀를 보았을 때 나는 어린아이에 불과했다. 그때 그녀는 꿈속의 한 장면처럼 내게 다가왔다. 하얀 옷을 입고 커다란 선글라스를 꼈던 그녀. 지금 그녀의 벗은 몸은 뼈가 앙상하게 드러나 있고, 피부는 그녀 또한 뼈와 살로 이루어진 평범한 인간이라는 사실을 감추기라도 하듯 커튼처럼 축 처져 있다. 물을 쏟아부으니 그녀의 몸에서 하얀 구름처럼 수증기가 피어올랐다. 두 다리 사이를 씻을 때는 덜렁거리는 음순이 보였다. 수건은 여전히 대문 앞 의자 등걸이에 걸쳐져 있었다. 나는 수건을 들고 코트를 입은 후 대문을 열었다.

"수건, 여기 있어요." 나는 그녀에게 수건을 내밀었다.

울퉁불퉁한 뼈다귀처럼 툭 튀어나온 코. 그 밑에서 피어오르는 하얀 숨결.

"여기저기 뼈마디가 쑤셔." 그녀가 말했다.

"나이가 들어서 그래요."

"이처럼 빨리 세월이 흐를 줄은 몰랐어."

"내가 어렸을 때, 나는 당신을 마구 간질인 적이 있어요."

"두 살 때의 일을 기억하는 사람은 아무도 없어. 게다가 갓난아이가 누군가를 간질인다는 것은 실질적으로 불가능해."

"나는 당신이 죽은 척했던 것도 기억해요. 그럴 때면 나는 순간적으로 당신이 정말 죽은 건 아닐까 두려워했죠. 그러던 어느 날, 당신은 정말 죽어버렸어요."

"내가 죽어버렸다고?"

"네, 한참 후의 일이었죠. 어느 날, 당신의 눈동자가 갑자기 칠흑처럼 까맣게 변했어요. 당신은 그 검게 변한 눈동자로 나를 바라보다가 죽었어요. 그 이후로, 나는 당신 없이 사는 법을 홀로 배웠어요. 당신은 이제 찾아볼 수 없어요."

"지금까지는 그랬겠지."

"네, 지금까지는."

"내 등의 물기를 닦아줄래?"

미리암은 한낮에도 음식을 따스하게 데워서 먹었다. 그

녀는 난로불을 지펴 쌀죽을 만든 후, 쉴 새 없이 냄비를 내게 밀어주었다. 마치 사육하는 동물의 배를 채워주려 안달하는 사람처럼. 그녀는 내가 임신하지 않았다고 잡아뗀 후부터는 같은 질문을 되풀이하지 않았다.

미리암은 총을 어깨에 메고 저녁거리를 사냥하기 위해 숲 속으로 들어갔다. 나는 차를 끓인 후 지난 신문을 뒤적거렸다. 장작을 가져왔다. 집 안이 더워지기 시작할 무렵, 나는 양말을 벗고 발에 부채질을 했다. 천장 아래 비좁은 선반 위에는 미리암의 책들이 꽂혀 있었다. 나는 의자를 가져와 그 위에 올라선 후, 책 표지를 훑어 보았다. 블릭센*, 장 콕토, 브론테, 스트린베리, 카프카. 제일 오른쪽에는 제목이 없는 낡은 책이 한 권 꽂혀 있었다. 나는 그 책을 집어 들고 의자에서 뛰어내린 후 탁자 앞에 앉았다. 그것은 책이 아니라 상자였다. 미리암은 상자 겉면에 책 표지를 입혀놓았던 것이다. 상자 속에는 편지로 가득했다. 나는 비스듬한 글씨체에서 눈을 뗄 수가 없었다. '카이에게'

사랑하는 카이,

---

* 덴마크의 여류작가

216

당신과 사귀기 시작했던 건 당신이 나를 너무나 사랑하는
것 같아서였어. 게다가 당신에겐 주변인을 치유할 수 있는
특별한 능력이 있는 것도 같았어. 당신이 그 따스한 손을 내
목에 얹을 때면 내 편두통은 감쪽같이 사라졌지. 나는 당신을
만난 후, 난생처음으로 조건 없는 사랑을 받아보는 것 같았어.
나는 당신의 영혼이 너무나 진실하고 깨끗해서 감명을 받지
않을 수 없었어. 당신은 오직 내가 잘되기만을 바랐지. 나는
당신의 눈빛에 중독되기 시작했어. 바로 그 때문에, 나는
당신을 진작 떠났어야 했지만 계속 당신 곁에 머무를 수밖에
없었어.

어느 날 밤, 나는 당신을 그림 속에 가두어두려
시도해보았어. 스케치를 하는 동안, 당신은 내 앞에 누워
있었어. 담요 아래 자리한 당신의 가슴은 숨결과 함께
아래위로 움직였지. 당신 발은 담요 밖으로 나와 있었어.
달빛이 당신의 얼굴과 몸을 비추어 내렸을 때, 당신은 마치
대리석 조각처럼 밝게 빛을 발했어. 밤이 되어 우리가 함께
누워 있을 때면, 우리 사이의 나이 차는 사라져버렸지.
하지만 해가 뜨고 당신이 가버린 후엔 그 차이가 모습을
드러내곤 했어. 그럴 때면 나는 당신을 잃어버린 것 같은
절망감에 휩싸이곤 했지. 나는 빛을 견딜 수 없었어. 수이를
낳은 후, 내 외로움은 견딜 수 없을 정도로 커졌어.

나는 당신을 떠났어. 처음 며칠 동안은 오직 당신을
떠났다는 느낌이 나를 지배했지만, 시간이 흐르면서 나는
당신과 수이에게서 함께 떠났다는 사실을 깨닫게 되었지.
　　하지만 나는 아무런 슬픔도 느끼지 못했어. 수이가
그립지도 않았어. 내가 그리워했던 사람은 오직 당신뿐이야.
당신은 나를 행복하게 해주었던 유일한 사람이었거든.
심리학적으로 설명을 해볼까… 나는 단 한 번도 사랑을
받아보지 못했던 사람이었어. 바로 그 때문에 나는 내가 낳은
자식에게도 사랑을 줄 수 없었던 거야. 당신은 이것을 이해할
수 없을 거야. 수이도 마찬가지겠지. 하긴, 당신과 수이가
이해할 필요도 없어. 나도 나 자신을 이해할 수 없으니까.
　　나는 새롭게 만난 그를 참으로 좋아했어. 그는 내가
상상할 수 없을 정도로 큰 영향력을 예술계에 행사할 수
있는 사람이었거든. 나는 그의 제안을 거부하는 대가로
가난하게 살고 싶진 않았어. 게다가 그는 당신처럼 아름다운
남자였으니까. 물론, 그는 당신과 비교했을 때 부족한 점이
많았지만, 그 정도는 참고 살 수 있다고 생각했어. 내게도
살아가는 방식이 있었거든. 나는 한 인간에게서 내가 원하는
것을 모두 얻을 수는 없다고 생각했어. 당신에게 용서를
구하고 싶지는 않아. 왜냐하면 우리는 서로를 용서하고
용서받을 수 있는 위치에 있지 않으니까. 나는 우리가 스스로

선택한 삶의 방식을 받아들이며 살아야 한다고 생각해.

영원히 당신의 곁에서

미리암.

편지에는 내가 알고 싶어 하는 것보다 더 많은 내용이 들어 있었다. 퍼즐이 맞아떨어지는 것 같은 느낌이 스쳤다. 그녀를 향한 연민이 피어오름과 동시에 끓어오르는 듯한 분노가 솟구쳤다. 나는 부엌으로 가서 포도주 병을 따고, 잔을 넘치도록 채웠다. 단숨에 잔을 비운 나는 침실로 향하는 복도를 걷기 시작했다. 잠긴 문이 보였다. 손잡이를 돌려보았지만 꼼짝도 하지 않았다. 나는 발뒤꿈치를 들고 문 위쪽의 가장자리를 손끝으로 더듬어보았다. 열쇠가 손에 닿았다.

문을 열고 방 안으로 들어갔다. 칠흑 같은 어둠 속에서 벽을 더듬으며 불을 켰다. 순간, 예상치도 못했던 눈앞의 광경에 숨이 막힐 듯 놀랐다. 나는 홀의 한가운데에 서 있었다. 천장의 한가운데에는 거대한 크리스털 샹들리에가 달려 있었다. 천장까지의 높이는 언뜻 보기에도 2미터는 족히 되는 것 같았다. 사방 벽에는 묵직한 검은색 벨벳 커튼이 내려져 있었다. 그 커튼 때문에 털이 북실북실한 상자 속에 서 있는 것 같은 느낌이 스쳤다. 나는 커튼을 차례차례 걷어냈다. 커튼 뒤에는 창문이 아니라 바닥에서 천장까지 이르는 거울이 자리하고 있었다. 한쪽 벽에는 파티 드레스, 모피 코트, 점프 수트, 스커트, 블라우스, 셀 수 없이 많은 구두와 액세서리로 채워져 있었다. 홀 안의 모습은 내가 보았던 그 어떤 가게와도 비교할 수 없을 정도였다. 나는 마치 책장에 꽂힌 책을 살펴보듯 옷걸이에 걸린 옷을 하나하나 살펴보았다.

"패션 감각이 나쁘진 않군." 나는 혼잣말로 중얼거렸다.

거울 속에 비친 나를 바라보았다. 그녀는 나의 어머니였고, 나는 그녀와 너무나 닮아 있었다. 키는 내가 조금 더 컸지만, 그녀와 나는 몸매도 같았고, 구두 사이즈도 같았다. 나는 입고 있던 옷을 벗고 짙은 푸른색의 파티 드레스를 입어보았다. 마치 내 옷인 양 꼭 맞았다. 나는 한 바퀴 빙그르르 돈 다음, 마치 오목한 접시를 뒤집어 엎듯 치맛자락을 허공으로 휙 치켜들었다.

오로빌, 2010
카이

옌센이 그리워졌다. 옌센과 함께 나누었던 대화도 그리워지기 시작했다. 하지만 나는 그녀를 발견하기 전까지 나의 외로움에 관해 단 한 마디도 입 밖에 내지 않았다. 그녀는 뿌리가 뽑힌 한 그루 나무처럼 정글 정원 내의 오솔길을 걷고 있었다. 그녀의 양팔에 새겨진 호랑이 문신은 그녀의 어깨를 거쳐 목의 윗부분까지 새겨진 나뭇잎과 덩굴식물의 문신을 향해 뛰어가고 있었다. 그녀는 헐렁한 노란색 반짝이 셔츠와 오색의 화려한 바지를 입고 있었다. 짙은 색의 머리카락은 정수리 위로 모아 한데 묶은 모습이었다. 그녀가 내게 가까이 다가왔을 때, 나는 그제서야 그녀의 갈색 눈동자 위에 자리한 두 눈썹이 거의 맞닿아 있으며, 입술은 피처럼 붉은색이라는 것을 볼 수 있었다. 그녀는 한 손에 담배를 들고 있었으며, 다른 쪽 어깨에는 천가방을 메고 있었다. 나는 그녀가 프리다 칼로를 닮았다고 생각했다.

"안녕하세요." 그녀가 인사를 건넸다.

"안녕하세요."

저녁 식사 시간이 되자, 쌀밥과 새우, 향이 그윽한 소스, 버터빵과 야채 등이 식탁에 올랐다. 나는 흰색 티셔츠와 카키색 린넨 바지를 입고 자리에 앉았다. 노란색 반짝이 셔츠와 붉은 입술의 프리다 칼로는 나의 맞은편에 앉았다. 그녀와 눈이 마주쳤을 때, 욕망이 솟구쳤다. 그 욕망은 나의 발가락과 손가락, 성기로 퍼져나갔다. 그녀에게 시선을 두지 않을 때면, 내 머릿속에는 어떻게 하면 식사 후에 그녀를 다시 만날 수 있을까 하는 생각뿐이었다. 모리스는 나의 오른쪽에 앉아 있었고, 그의 옆에는 디와 푸쉬파가 나란히 앉아 있었다. 그레타와 크리스토프는 그들의 맞은편에 자리를 잡았다. 모리스는 몸에 딱 달라붙는 데이비드 보위 티셔츠를 입고 있었다. 그 때문에 그의 커다랗고 둥그런 배가 더욱 눈에 띄었다.

"우리의 벗 레오노라가 말하기를, 오늘 덴마크에서 오신 분 덕분에 목숨을 구할 수 있었다고 하더군요." 모리스가 말했다.

외모와는 달리 프랑스 억양이 섞인 다소 여성스러운 말투 때문에 그는 매우 세련되고 교양 있는 사람처럼 여겨졌다.

"카이를 말씀하시는 건가요?" 크리스토프가 물었다.

"괜한 말로 당황스럽게 만들었던 것 같군요. 죄송합니다." 모리스가 미소를 지으며 말을 이었다. "그건 그렇고, 저는 아직 오늘 새로 오신 분과 인사를 나누지 못했습니다."

모리스가 프리다 칼로를 향해 몸을 돌렸다. 그의 시선은 그녀의 호랑이 문신과 가슴에서 한동안 머물렀다. 그녀가 모리스를 향해 상체를 굽혔다. 순간, 나는 이해할 수 없는 질투심에 사로잡혔다.

"모리스라고 합니다. 저는 이곳의 책임자이기도 합니다."

"프리다 카디널이라고 합니다." 그녀가 대답했다.

나는 그녀의 이름을 듣는 순간, 묘한 우연의 일치에 놀라지 않을 수 없었다.

"오늘 저녁 식사는 카디널 씨가 준비했답니다." 모리스가 우리를 향해 말했다.

"저는 오랫동안 여행을 해왔습니다. 직접 음식을 만드는 일이 그리워지더군요. 이곳의 커다란 부엌을 보는 순간, 여기 있는 동안만이라도 음식을 만들어보고 싶어졌어요. 그래서 부엌에 계신 분들에게 허락을 받고 음식을 만들었답니다."

"오늘 저녁의 요리사를 위해 건배!" 모리스가 물컵을 들어 올리며 말했다.

식사를 마친 후, 사람들은 하나 둘 자리를 떴다. 여전히 자리에 남아 있던 프리다는 담배를 꺼내 들고 불을 붙였다.

프리다의 옷은 인도인들의 평범한 옷차림과 그리 다르지 않았다. 허리 아래까지 내려오는 긴 셔츠와 헐렁한 바지. 그녀가 내게 몸을 바짝 붙여 왔다. 그녀의 젖가슴이 얇은 반짝이 셔츠 속에서 자유롭게 움직였다. 그녀의 향기로운 체취가 코끝을 간질였다. 나는 순간적으로 눈을 지긋이 감았다.

"커피 드시겠어요?" 내가 그녀에게 물어보았다.

"네, 고맙습니다." 그녀가 허공으로 담배 연기를 내뿜으며 대답했다.

나는 커피잔 두 개를 가져왔다.

"요리사인가요?" 나는 다시 그녀에게 질문을 던졌다.

"저는 발명가예요. 음식을 만들 때도 직관을 이용하죠." 프리다가 대답했다.

우리 사이를 맴도는 에너지는 파도를 만들어냈다. 나는 그 파도에 몸을 실은 채 기분 좋은 현기증을 느꼈다. 눈을 감고 상상 속으로 시선을 돌려보았다. 심장이 걷잡을 수 없이 뛰기 시작했다. 피가 끓어올라 온몸이 떨리기까지 했다. 나는 그녀의 부드러운 손에 깍지를 꼈다. 가느다란 그녀의 손가락은 나뭇가지처럼 강했다. 감았던 눈을 떴다.

"무슨 생각을 하셨나요?"

그녀의 목소리가 갑자기 묵직해졌다. 눈빛도 조금 전보다 훨씬 짙게 변했다. 우리는 동시에 몸을 일으켰다.

"당신을 보니, 두 척의 배가 만난 것 같은 느낌이 들어요." 나는 양손을 들어 올려 미끄러지듯 맞잡았다.

'두 척의 배가 만난 듯'. 나는 초조함과 안달 속에서 혀를 깨문 채 침묵을 지킬 수도 있었다. 하지만 말과 단어들은 이미 나도 모르는 사이에 내 입술 사이로 흘러 나간 후였다.

"결혼은 하셨나요?" 프리다가 물었다.

"아닙니다. 당신은요?"

"현재 애인이 세 명 있어요. 이탈리아에 사는 여자 한 명, 마요르카에 사는 여자 한 명, 그리고 스페인에 사는 남자 한 명이죠."

프리다가 한 발자국 다가와 내 목을 움켜쥐었다. 우리의 키스는 너무나 강렬해서 나는 숨을 쉬는 것도 잊어버릴 지경이었다.

달라르나, 2010
미리암

"나는 담장을 쌓아 올리고 있어."

"신문을 통해 알고 있어요." 수이가 대답했다.

"일손이 필요한데, 오늘 나와 폴란드 인부를 도와서 일을 좀 도와주겠니?"

"싫어요. 글을 써야 해요."

"글을 쓴다고?"

"네, 저는 작가가 될 거예요."

"무엇에 관한 글을 쓰고 있니?"

"어머니 없이 홀로 자라는 여자아이에 관한 이야기예요."

"우리에 관한 이야기니?"

"아니에요."

"너도 나 없이 자랐잖아."

"네, 하지만 제가 쓰는 글은 우리 이야기와는 달라요. 어머니가 있었더라면 충분히 피할 수 있었던 불행에 직면한 여자아이에 관한 이야기죠."

"그렇구나. 꽤 흥미롭게 들리는걸. 네 글을 출간해줄 출판사는 있니?"

"아직 글을 다 쓰지도 않은걸요."

"그렇다면 마감도 없다는 이야기구나?"

"네…"

"그러면 나를 도와줘도 되잖아?"

"담장은 당신의 프로젝트예요. 그러니 당신이 알아서 하세요."

"쳇. 나는 네가 내 딸인 줄로만 알았는데?"

"나는 당신이 내 어머니인 줄로만 알았어요."

나는 사슴가죽 옷을 입고 뿔이 달린 모자를 썼다. 문을 연 후, 몸을 돌렸다.

"네가 와줘서 고마워."

그녀가 고개를 들고 미소를 지었다. 하지만 나는 그녀가 무슨 말을 하기도 전에 재빨리 문을 닫아버렸다.

오로빌, 2010
카이

나는 아침식사를 하며 낡은 『내셔널 지오그래픽』 잡지를 뒤적였다. 나무 한 그루는 매년 약 20만 개의 나뭇잎을 잃는 다고 했다. 이 세상에 존재하는 모든 나무에서 떨어지는 나뭇 잎의 개수를 생각하니 현기증이 날 지경이었다.

"카이, 이걸 한번 보세요." 디가 내 앞에 신문을 펼쳐 보 였다.

그녀가 가리키는 1면에는 어제 보았던 남자의 사진이 실 려 있었다. 다른 점이 있다면 어제와는 달리 잘 정돈된 머리 에 생기 있는 모습이었다. 아래쪽 오른편 구석에는 그가 무릎 을 베고 있는 내 사진이 조그맣게 실려 있었다.

"이게 어떻게 신문에 났지?"

"칼을 든 남자는 굉장히 유명한 사람이에요. 기사를 직접 읽어보세요." 그녀가 말했다.

"영화배우, 체포되다."

"터번을 두르고 칼을 휘두른 남성은 인도의 가장 인기 있 는 발리우드 스타랍니다. 그는 영화를 찍기 위해 퐁디셰리에 들렀다고 하더군요." 디가 열성적으로 말을 이었다. "그런데 아무도 그를 알아보지 못했다니, 참 이상하죠."

"그가 그토록 유명한 사람이었나요?"

"신문 기사를 읽어보면, 그는 낮잠을 자고 있었대요. 그런데 눈을 뜨니 퐁디셰리에서 12킬로미터나 떨어진 곳에 와서, 낯선 동양인 남자의 무릎을 베고 누워 있었다고 했어요. 그는 도대체 무슨 연유로 그 먼 곳까지 가게 되었는지 자신도 이해할 수 없다고 말했어요. 어쩌면 누군가가 그의 음식이나 물에 약을 탔을지도 몰라요. 어쨌든, 그는 자기가 들고 있던 칼도 알아보지 못했어요. 단지 세상을 떠난 어머니의 유령이 자기를 따라다녔다는 기억은 난다고 했죠. 무릎을 베고 누워 있었던 동양인 남자는 자기를 위로해주면서 다시는 그를 떠나지 않고 보호해주겠다고 위로해주었대요. 그 말을 듣는 순간 가슴에 뭉쳐 있던 것이 사라지듯 홀가분해졌다고 말했어요."

"참 이상하죠. 신문에 난 사진을 보면 당신의 몸을 에워싼 빛을 선명히 볼 수 있어요." 디가 말했다.

"그건 카메라 렌즈에 빛이 새어 들어갔기 때문이 아닐까요?"

"그렇지 않아요. 그건 당신도 잘 알잖아요." 디가 말했다.

"정말 그런 빛이 보인단 말인가요?"

"당신은 참 정직한 사람 같아요. 하지만 당신은 스스로를 믿는 것 같진 않군요."

"내 몸을 에워싼 빛은 무슨 이유에선지 사진에서 더 선명하게 보여요. 그건 틀림없이 비정상적인 현상일 거예요. 집중해서 노력하면 그 빛을 없앨 수도 있을까요?"

"그건 단지 빛일 뿐이에요! 사람과 동식물 모두에게서 볼 수 있답니다. 그 빛은 당신 삶의 에너지예요."

인도의 햇살은 북유럽보다 훨씬 더 지표면에 가까이 자리하고 있는 것 같았다. 따스한 햇살에 몸은 나른했지만 기분은 좋았다. 나는 스쿠터를 타고 오로빌을 질주했다. 스쿠터로 낼 수 있는 최고 속도는 시속 30~40킬로미터에 불과했지만 말이다. 덴마크, 건축설계 사무소, 옌센, 수이. 이 모든 것들은 바람에 흔들리는 깃발처럼 나를 지나쳐 갔고, 나는 오랜만에 자유와 해방감을 느낄 수 있었다. 낮에는 이처럼 기분이 좋았지만, 밤이 되면 자주 불안감이 엄습했다. 잠을 자려 눈을 감으면 낯선 소리들이 귓전을 스쳤다. 눈을 뜨면 지난 밤에 누군가가 나의 내면에 들어오려 했다는 느낌을 지울 수가 없었다.

나는 작은 헛간 같은 건물 앞에서 스쿠터를 멈추었다. 그곳은 일종의 편의점으로, 껌과 비누, 비누와 비스킷, 주유용

기름을 파는 곳이었다. 한 젊은 인도 청년이 플라스틱 물통에 들어 있던 액체를 스쿠터에 부어 넣었다.

"혹시… 당신은 신문에 나왔던 바로 그 사람이 아닌가요?" 청년이 내게 물었다.

"네, 맞습니다."

"대번에 알아볼 수 있었어요." 그가 말했다.

"네…." 나는 얼굴 앞을 맴도는 파리 한 마리를 손으로 쫓으며 말했다.

그가 갑자기 내 손을 덥석 잡아 쥐더니 손바닥을 들여다보았다.

"이건 무엇입니까?" 그가 내 손바닥에 보이는 모반을 가리키며 물었다.

"마치 눈처럼 보이는군요." 그가 생각에 잠긴 표정으로 말했다.

"그건 저의 제3의 눈이랍니다." 나는 미소를 지으며 농담을 했다.

"문신입니까?" 그가 내게 다시 물었다.

"아닙니다. 이건 태어날 때부터 가지고 있던 모반입니다."

"모반이라…." 그는 내가 했던 말을 되풀이했다. "그렇다면 저와 함께 지금 어디 가실 수 있나요? 그녀에게 이 모반을 보여주고 싶습니다. 우리는 이 상징을 오랫동안 기다려왔습니다."

"지금은 바쁘니 다음 기회로 미루면 안 될까요?"

"매우 중요한 일입니다!" 그의 눈이 젖어 오기 시작했다.

"그토록 중요한 일이라면, 어쩔 수 없죠. 같이 가십시다."

"그녀는 여기서 멀지 않은 곳에 살아요." 그가 손등으로 젖은 눈을 닦으며 말했다. 그가 스쿠터에 올라타고 열쇠를 돌려 시동을 걸었다. 나는 그의 뒤를 따랐다. 그는 내가 왔던 길을 따라가더니, 갑자기 방향을 돌려 덤불이 빽빽한 작은 오솔길로 향했다. 우리는 오솔길을 따라 달리다가 울타리 앞에서 스쿠터를 멈추었다.

"그건 그렇고, 제 이름은 조입니다." 그가 말했다.

"저는 카이라고 합니다." 나는 그의 뒤를 따라 울타리 안쪽으로 발을 옮겼다.

집도, 사람도 보이지 않았다. 햇살은 키 큰 나무들 사이로 내리쬐고 있었다. 그 때문에 숲은 어둡진 않았지만 그늘로 가득했다.

"당신이 먼저 올라가시죠." 조가 말했다.

"어딜 말씀하시는 건가요?"

"위로 올라가시면 됩니다." 그가 억센 나무 둥치 위로 이어진 나무 사다리를 가리키며 말했다. 나는 그제서야 나무 위에 자리한 조그마한 오두막을 볼 수 있었다. 오두막은 허공을 날아다니다가 방금 나무 꼭대기에 내려앉은 한 척의 배를 연상시켰다. 나는 아래쪽을 내려다보지 않으려 조심하며 사다리를 올랐다. 사다리 끝에 이른 나는 나무로 만든 플랫폼의 구멍 속으로 고개를 쑥 집어넣고, 두 팔에 몸을 의지한 후 플랫폼 위로 올라갔다. 몸을 일으키니, 발치의 플랫폼 구멍에서 조의 얼굴이 쑥 올라왔다. 나무 위의 오두막은 3층짜리 건물이었다. 나는 꼭대기 층에 보이는 사람의 그림자를 발견했다.

"조, 당신인가요?" 그림자가 물었다.

"네, 손님을 모시고 왔습니다." 그가 대답했다.

우리는 부엌처럼 보이는 작은 공간에 함께 섰다. 바닥은 매끈한 대나무로 마무리가 되어 있었다. 우리는 함께 나선형의 계단을 올라 꼭대기층에 이르렀다.

"이분은 카이라고 합니다."

우리 앞에 앉아 있는 사람은 바로 어제 보았던 꼿꼿한 노부인, 레오노라였다. 그녀는 긴 흰색 원피스를 입고 작은 걸상 위에 앉아 있었다. 그녀의 머리는 하얀 수건으로 둘러져 있었고, 목에는 월장석을 꿴 긴 목걸이가 드리워져 있었다. 창틀에 앉아 나뭇가지에서 나뭇잎을 하나하나 떼어내던 작은 원숭이가 호기심 어린 눈으로 우리를 바라보았다.

"안녕하세요. 우리는 이미 만난 적이 있는 것 같은데요?"

나는 그녀에게 먼저 말을 걸었다.

"두 분이 아는 사이인가요?" 조가 놀란 표정으로 물었다.

"네, 그렇습니다." 레오노라는 말은 그렇게 했지만, 나를 보고서도 전혀 반가워하는 것 같지 않았다.

"우리는 이걸 보여드리려고 왔습니다." 조가 내 손을 잡아 펼쳐 보이며 말했다.

"흥미롭군요." 그녀가 말을 이었다. "당신일 수도 있겠어요." 그녀가 날카로운 눈빛으로 나를 찬찬히 살펴보며 말했다. "매우 특별한 기운이 당신을 감싸고 있군요. 흰색의 빛이 구름처럼 빽빽하게 당신을 에워싸고 있어요. 나는 어제 이미 그 기운을 알아차렸답니다. 이곳에는 특별한 현상을 매우 많이 발견할 수 있어요. 해마다 전 세계에서 모여드는 수천의 영들이 이곳 오로빌을 지나쳐 간답니다. 당신의 손바닥을 다시 한 번 보여주시겠습니까?"

나는 손을 펼치고 손바닥을 보여주었다. 마음 같아선 얼른 손을 빼내고 싶었지만, 꾹 참고 제자리에 가만히 서 있었다.

"무엇이 보입니까?" 나는 그녀에게 물어보았다.

"시간이 지나면 알 수 있겠지요. 어쨌든 이곳까지 발걸음을 해주셔서 감사합니다." 그녀는 메마르고 주름진 손으로 내 손을 힘껏 움켜쥐었다. 그녀가 눈을 감자, 내 손바닥의 모반에서 참을 수 없는 통증이 느껴졌다. 마치 무언가 뾰족한 것에 찔리는 듯한 느낌이었다. 그녀를 감싸고 있던 빛이 변하기 시작하더니, 나를 에워싸고 있는 빛과 똑같이 변했다. 그것은 가끔 수이에게서 볼 수 있는 빛과도 비슷했다. 우리의 만남은 어느새 끝이 났다. 원숭이는 어디론가 사라지고 없었다. 창틀에는 나뭇잎들이 차곡차곡 쌓여 있었고, 나뭇잎 주위에는 나뭇가지들이 나란히 놓여 있었다.

우리는 사다리를 내려가기 시작했다. 스쿠터 옆에 선 나는 손바닥의 모반을 자세히 살펴보았다. 모반에서 시작된 예리한 통증은 온몸으로 퍼져가고 있었다. 하지만 모반에서 특별히 달라진 점은 발견할 수 없었다.

나무 위를 올려다보았다. 갑자기 무언가가 내 등 위에 풀썩 뛰어내렸다. 나는 깜짝 놀라 소리를 질렀다. 내 등에 뛰어내렸던 원숭이는 어깨 위로 기어 올라가 근처의 굵은 나뭇가지 위로 몸을 날린 후, 나를 내려다보았다.

"원숭이가 당신을 좋아하나 봐요." 조가 말했다.

"카이?" 나뭇잎 사이로 레오노라의 목소리가 들렸다. "다시 여기로 올라올 수 있나요?"

"나는 당장 가게로 되돌아가야 하는데 어떡하죠?" 조가 미안한 표정을 지으며 말했다.

"괜찮아요. 이젠 혼자서도 길을 찾을 수 있어요."

달라르나, 2010
수이

스노우볼을 흔들면 유리구슬 안에 눈이 내린다. 숲에 간 미리암은 아직 돌아오지 않았다. 나는 대문 앞에 앉아 춤추듯 흩날리는 눈송이를 바라보았다. 눈이 쌓이면 이 세상의 소리도 서서히 사라지고, 호수의 표면은 얼음으로 변할 것이다. 아버지와 나는 겨울방학이 되면 항상 할란소센에 있는 옌센의 별장에 갔다. 호수에 얼음이 얼면 나도 아버지처럼 물 위를 걸을 수 있었다. 나는 아버지에게 얼음이 얼지 않은 호수에서 걸을 수 있는 방법을 가르쳐달라고 졸랐다.

"난 어렸을 때 물 위를 걸을 수 있었어. 하지만 그 후론 단 한 번도 걸어보지 않았어. 내가 다른 사람들과 다르다는 것을 받아들이기 힘들었기 때문이지."

문득, 언젠가 아버지의 비밀을 안톤에게 발설했다는 사실 때문에 양심의 가책을 느꼈다. 그 전까지만 하더라도 우리 가족의 비밀을 아는 사람은 나와 옌센뿐이었다.

"가끔은 아무것도 아닌 일로 감옥에 갈 수도 있어. 때문에 평범하고 조용히 사는 게 제일 좋아." 아버지는 내게 이렇게 설명해주었다.

236

"하지만 그걸로 큰돈을 벌 수도 있지 않겠어요?"

"타인을 위해 광대 노릇을 하며 돈을 버는 사람치고 진실로 행복한 사람은 못 봤어."

안톤 생각에 괴로워하는 것도 시간이 흐를수록 점점 뜸해졌다. 나는 그의 전화번호를 차단했기 때문에 그의 소식도 들을 수 없었다. 나는 그와 헤어지면 슬퍼서 죽을 것이라 생각했었다. 하지만 난 지금 안톤 없이도 잘 살고 있다. 이 숲속에 있으니 아픈 심장도 빨리 치유되는 것 같았다. 미리암과의 만남으로 가슴 속에 피어오른 새로운 싹은 내 아픔을 완화시켜주었다. 몸을 일으켜 집 건물을 빙 둘러보았다. 그늘진 곳에 자리한 비스듬한 언덕은 햇살을 향해 나무들을 밀어 올리는 것처럼 보였다. 저 위에 올라가 볼까? 신발끈을 동여매고 나니 전화벨이 울렸다. '발신인 불명'. 불안해졌다. 전화를 받은 나는 아무 말도 하지 않았다.

"수이?"

그였다.

"수이? 너, 수이 맞지?"

나는 전화를 끊었다. 사지를 잃어버린 것 같은 느낌이 스쳤다. 나는 쌓인 눈 위에 딱딱하게 굳은 토르소처럼 서 있었다. 마음을 가다듬었다. 핸드폰을 손에 쥐고 호숫가로 내려갔다. 그 핸드폰은 오래전에 아버지가 사용하던 구형이었다. 내가 무의미한 소통의 세계에서 벗어나고 싶어 가지고 있던 스마트폰을 팔았을 때, 아버지는 자신이 옛날에 사용했던 구형 핸드폰을 내게 주었다.

"아무리 그래도 너와 내가 소통할 수 있는 방법이 하나쯤은 있어야 할 게 아니니."

핸드폰의 배터리는 거의 바닥이 나 앞으로 약 30분 정도 사용할 수밖에 없었다.

나는 아버지에게 문자를 보냈다.

'핸드폰 수명이 다 되었나 봐요. 혹시 무슨 일이 있으면 옌센에게 연락하세요. 그녀는 내가 어디에 있는지 아니까요. 성스러운 소들에게 안부 전해주세요. 수이.'

핸드폰이 호수의 수면에 닿는 순간, 살얼음이 산산조각 나며 사방으로 튀었다.

오로빌, 2010
카이

유니티 센터의 요가 홀로 들어갔다. 한쪽 벽은 거울로 덮여 있었고, 반대쪽 벽은 커다란 유리창이 설치되어 있어서 바깥쪽의 정글 정원을 한눈에 볼 수 있었다. 마치 수백 개의 숲을 그린 벽화를 보는 것만 같았다. 숲 위에 겹쳐 그린 또 다른 숲. 그것을 보노라니 숲이 기억하는 태초의 원시적 세상, 인간의 손이 닿지 않은 그 과거의 시간 속으로 뻗어가는 다차원적인 세상을 보는 것 같았다.

푸쉬파와 크리스토프는 이미 요가매트를 펼쳐놓고 기다리고 있었다. 나는 그들의 옆에 자리를 잡았다. 잠시 후, 커다란 가방을 든 호리호리한 여인이 들어왔다.

"늦어서 미안해요. 늦잠을 자버렸어요." 그녀가 말했다.

나머지 사람들도 하나둘 모습을 드러냈다. 프랑크, 젊은 인도 여자, 프랑스에서 온 여섯 명의 대학생들, 체첸 출신의 의사, 노르웨이 여인, 키 큰 영국인 남자와 그의 이란인 친구, 회색 헬멧처럼 반짝이는 백발을 지닌 그레타.

"저는 클로틸드라고 합니다." 프랑스인 요가 선생이 자신을 소개했다.

"환영합니다."

그녀는 손바닥을 위로 한 채 양손의 새끼손가락을 맞붙여 오목한 접시 모양을 만들어냈다.

"이것은 '파타냐린 무드라'라고 합니다. 무언가를 얻기 전에 항상 먼저 주라는 것을 의미하죠." 그녀가 말을 이었다. "이것이 바로 요가의 핵심입니다."

우리는 먼저 기도를 한 후, 콧속을 정결하게 하고 숨을 내쉬고 들이쉬는 일을 시작했다. 모두들 숨을 내쉴 때는 '훔'이라는 소리를 만들어냈다.

클로틸드는 우리에게 호흡에 집중해야 한다고 말했다. 호흡을 통제할 수 있다면 마음도 통제할 수 있다고 덧붙였다.

그녀는 천천히 숨을 들이쉬며 두 팔을 머리 위로 올린 후, 발뒤꿈치를 들어 올렸다.

"발가락을 쫙 펴세요. 그래야 균형을 잡을 수 있습니다. 그 후엔 팔을 천천히 내리면서 코로 숨을 내쉬세요."

어깻죽지와 사타구니가 뻐근했다. 무릎과 한쪽 팔꿈치에도 통증이 느껴졌다. 하지만 나는 끝까지 요가를 계속했다.

점심 식사 후, 우리는 '질문과 대답'을 하는 시간을 가졌다. 클로틸드는 시작을 알리는 종을 쳤다. 정결하고 또

렷한 종소리가 홀 안과 내 몸을 채우자 마음이 정화되는 것 같았다.

"제가 먼저 시작하겠습니다. 여러분들이 질문을 해주시기 바랍니다." 그녀가 다시 말을 이었다. "과거 사람들은 몸과 마음 그리고 말, 이 세 가지 요소의 상관성을 잘 이해하지 못했습니다. 반은 뱀이고 반은 인간이었던 힌두교의 신, 비슈누는 이를 위한 해결책을 제시해주었습니다. 그것은 바로, 몸을 위한 아유르베다, 마음을 위한 요가, 그리고 베다를 읽을 수 있는 산스크리트어였습니다. 베다 경전에는 우리 인간이 알아야 할 모든 것들이 적혀 있었지요. 서구 사회에서는 요가를 오직 신체를 위한 도구로 이용하는 경향이 있습니다. 자, 이제 스스로 한번 자문해보시기 바랍니다. 이 경우, 요가가 마음을 다스리는 데 도움이 되는지 말입니다."

"통합 요가는 무엇인가요?" 크리스토프가 질문을 던졌다.

"오래전의 사람들은 단 한 가지 체계만을 따랐습니다. 그것은 명상 또는 철학을 의미하는 아사나*였습니다. 수년 동안 아사나를 통해 몸과 마음을 갈고 닦으면 신성한 경지에 이르러 이 세상에서 벗어날 수 있다고 믿었습니다. 반면, 스리 아

---

* 요가 수트라의 8단계 중 세 번째 단계 수행법. 요가의 자세 또는 좌법을 의미함

우로빈도는 인간이 굳이 이 세상을 떠날 필요는 없다고 주장했습니다. 하지만 통합 요가를 통해 물리적인 인간 세계와 영적인 신의 세계를 동시에 경험하는 것은 가능하다고 했습니다. 바로 요가와 명상과 철학을 통합하는 것이죠. 그는 우리 인간이 원숭이에서 진화했듯, 인간이 초인간으로 진화할 수도 있다고 믿었습니다."

클로틸드가 가부좌 자세를 취했다.

"또 다른 질문은 없나요?"

"아우로빈도는 영혼에 관해서 어떤 말을 했습니까?" 그레타가 물었다.

"그는 인간의 내면에 더 높은 신성한 경지의 의식이 존재한다고 믿었습니다. 우리 모두의 내면에는 신성한 불꽃이 잠재하고 있습니다. 이 불꽃은 우리의 경험은 물론, 개인의 능력을 발전시키는 힘과 관계가 있습니다. 우리는 바로 이 불꽃을 영혼이라고 말합니다."

"우리가 죽으면 어떤 일이 생기나요?" 그레타가 다시 질문을 던졌다.

"우리는 사후에 매우 특별한 장소에 도달하게 됩니다. 그곳에서 우리의 영혼은 맑게 정화됩니다. 하지만 살아생전에 이룩하고 경험했던 것들은 모두 각자의 내면의 불꽃과 함께 남아 있기 마련입니다. 영혼이 정화되면 우리는 환생을 하게 됩니다. 바로 환생이 이루어질 때도 있고, 수천 년이 지나 환생이 이루어질 때도 있습니다. 환생은 우리가 원하든 원하지 않든 받아들여야 하는 것입니다." 클로틸드가 대답했다.

달라르나, 2010
수이의 메모

심장

심장은 뻑뻑하고 뜨거운 시럽 같은 피를 이동시키는 기계다. 그것은 사람과 동물의 몸 속에 피를 전달하기 위해 펌프질을 하는 생물학적 기관이다. 사람의 심장은 주먹 크기에 불과하다. 심장에는 네 개의 방이 있다. 심장은 신체적, 종교적의미에서 핵심적 역할을 하며, 사랑을 상징하기도 한다. 심장에 아모르의 화살을 맞은 사람은 사랑에 빠지게 된다. 사람은심장이 찢어질 것 같은 느낌을 동반하는 상심증후군 때문에죽기도 한다. 이것은 물리적으로 측정 가능한 상태로서, 심장의 활동이 비정상적으로 이루어지는 것을 의미한다. 이때, 체강 내에 위치한 심장은 마비된 듯 축 늘어지고, 피를 공급하기 위한 활발한 운동을 하지 못한다.

심낭

심낭은 동물과 인간의 체내에 있는 심장을 둘러싼 주머니이다. 어떤 생명체의 경우, 심장은 벽으로 이루어진 제한된공간 즉, 표피 내의 체강 속에 존재한다.

피

피는 원기와 사랑을 상징하며, 때로는 불순한 것을 의미할 때도 있다. 예를 들어, 생리혈은 불순한 것으로 인식될 때가 많다. 과거, 생리를 하는 여인들은 불순한 것을 전염시킨다는 인식 때문에 무리에서 배척되기도 했다. 사람들은 동물의 힘과 생명력을 얻기 위해 동물의 피를 마시거나, 그 심장을 먹기도 한다. 동화 속에서는 마법의 힘을 얻기 위해 용의 심장을 먹었다는 이야기도 접할 수 있다. 푸른 피는 붉은 피보다 아름답다. 사람들은 서로의 피를 섞어 영원을 약속하기도 한다. 피는 세포의 형태로 마치 사방팔방으로 뻗어난 거리를 걷듯 혈관 속을 돌아다닌다. 가족은 혈연관계 즉, 피로 엮인 사람들이다. 피는 물보다 진하다는 말도 있지 않은가. 피는 끈이나 넥타이처럼 꼭 조여 맬 수도 있고 느슨하게 풀어헤칠 수도 있다. 피에는 기억이 존재하지 않는다. 그럼에도 우리는 모든 것을 기억하고, 심장을 찾아 의지하려 한다. 마치 심낭 속에 존재하는 반짝이는 빨간 진주 같은 심장이 슬픔과는 무관한 개체인 것처럼.

인터뷰, 달라르나, 2010
예술 매거진 『룩킹 글래스, 뉴욕』에 실린
미리암과 앨리스 쉬어의 인터뷰

"로디니아가 천국이라고 하셨는데, 그건 무슨 의미인가
요?"

"저는 천국에 관한 신화에 관심이 많았습니다. 어느 날
우연한 기회에 이탈리아 과학자가 쓴 기록을 읽었죠. 그는 천
국의 정원이 이 땅에 실제로 존재했다는 증거를 찾았다고 했
습니다. 그 이야기를 다 하자면 시간이 많이 걸릴 거예요."

"시간은 충분히 있습니다."

"성경에서 볼 수 있는 에덴 정원은 신이 에덴의 동쪽에
만든 정원이라고 합니다. 신은 정원의 한가운데에 생명수
와 지혜의 나무를 심었죠. 어느 날 뱀 한 마리가 금지된 과일
을 먹어보라며 에바를 유혹했습니다. 그녀는 그 과일을 남편
인 아담에게도 권했습니다. 신은 자신의 말을 거역한 이들을
정원 밖으로 추방하고, 훗날 대홍수로 에덴을 파괴시켰습니
다."

"네, 그것은 매우 잘 알려진 상징적인 이야기이기도 하
죠."

"천국과 관련된 가설은 여러 가지가 있습니다. 훗날, 에덴은 지도상에서 실제로 찾아볼 수 있는 지역이라 해석되기도 했습니다. 1987년, 고고학자 주리스 자린스는 천국을 찾았다며 관련 책을 출간하기도 했습니다. 성경에 의하면 이 천국은 티그리스, 유프라테스, 피손, 기혼 등 네 개의 강줄기가 만나는 곳에 있다고 합니다. 티그리스와 유프라테스 강은 오늘날에도 찾아볼 수 있지만, 피손과 기혼 강은 그 흔적이 남아 있지 않습니다. 그는 길가메시 서사시에도 천국과 노아의 대홍수를 연상시키는 이야기를 찾아볼 수 있다고 했습니다. 수메르 신화를 통해 전해 내려오는 대홍수 이야기 속에는 노아 대신 우트나피쉬팀이 등장합니다. 신은 인류를 구한 그에게 상으로 영원한 생명을 내려주었습니다. 하지만 그가 영원한 생명을 얻기 위해선 스스로 생명의 나무를 찾아 그 과일을 먹어야만 했습니다. 그 생명의 나무는 수메르 신화에 나오는 천국 즉, '딜문'이라는 곳에 자라고 있었습니다. 그곳은 바다와 강이 만나는 곳으로 태초의 생명이 기원한 곳이며, 바로 그곳에서 세상의 모든 강과 호수가 생겨났다고 했습니다. 80년대에 NASA에서는 지구 전체를 찍을 수 있는 위성을 우주로 보냈습니다. 자린은 NASA의 위성사진을 살펴보던 중, 딜문이라 여겨지는 곳을 발견했습니다. 사우디아라비아의 동쪽에서 오래전에 강이 흘렀던 자국을 찾아냈던 것입니다. 그는 그것이 바로 피손 강이라 확신했습니다. 그렇다면 기혼 강은 어디에 있을까요? 과학자들은 기혼 강이 오늘날 쿠쉬 지역의 자그로스 산맥에서 흘러내리는 카룬 강이라 짐작했습니다. 이것은 피손 강과 비슷한 지역에 위치하며 티그리스 강과 유프라테스 강과 만납니다. 이렇게 만난 네 개의 강줄기는 거대한 물줄기를 이루며 남쪽으로 흘러 내려갔습니다.

자린스는 딜문이 천국적 요소를 충분히 갖추었던 장소라 주장했습니다. 그곳에 살았던 사람들은 사냥을 하거나 과일을 따 먹으며 전적으로 자연에 의존한 삶을 살았습니다. 하지만 빙하가 녹아내리고 바다의 수면이 높아지면서 딜문 또한 물속에 잠기게 되었습니다. 딜문에 살던 사람들은 북쪽의 메소포타미아 지역으로 이주했습니다. 그들은 신이 내려준 자연 속에서 유유자적하며 사는 대신, 땅을 경작하고 가축을 키우는 등 일을 하며 생계를 이어가야만 했습니다."

"그것은 당신의 천국과 어떤 관계가 있나요?"

"자린은 에덴 동산의 실질적 존재 여부를 알아내기 위해 많은 노력을 기울였습니다. 제가 창조하는 천국도 어떤 특정한 장소에서 시작한다는 점에선 그 맥락을 같이한다고 볼 수 있겠죠. 하지만 저의 천국에 내재하는 이야기는 전혀 다릅니다. 저는 인간이 영향력을 행사할 수 없는 고립된 천국을 만들 것입니다. 로디니아는 아우슈비츠 강제수용소의 보존 방식을 두고 미국의 건축가 러셀 N. 톰슨이 제안했던 의견에 영감을 얻은 것입니다. 그는 강제수용소를 둘러본 후, 그곳을 보수하고 개선해서 기아와 고통에 허덕였던 사람들의 끔찍한 사진들을 전시하는 것보다 오히려 손을 대지 않고 있는 그대로 보존하는 것이 후세인들에게 더욱 강력한 의미를 전해줄 수 있을 것이라 주장했습니다. 그곳의 황폐함과 텅 빈 공허감은 관광객들을 위해 시끄럽게 이런저런 설명을 하는 것보다 심리적으로 훨씬 크고 강렬하게 작용할 것이라 했죠. 바로 그 때문에, 그는 강제수용소 둘레에 담장을 쌓고 있는 그대로 보존하자고 주장했습니다. 그곳을 방문하는 관광객들조차 담장 주변을 거닐 수 있을 뿐 입장을 금지하자고 말하기도 했죠."

"매우 의미 있고 감동적이기까지 한 이야기군요." 앨리스가 말했다.

"그러한 개념은 현재 남한과 북한 사이에 자리한 4킬로미터 너비의 비무장지대에서도 찾아볼 수 있습니다. 그곳은 지난 60여 년 동안 사람들의 접근이 금지되었기 때문에, 현재 매우 독특한 자연지대로 거듭났습니다. 역설적으로 말하자면, 그곳이 바로 천국 즉, 로디니아가 되어버린 셈이죠."

달라르나, 2010
수이

창을 통해 그녀를 보았다. 나는 처음에 그녀가 사냥에서 막 돌아온 미리암이라 생각했다. 자세히 보니, 그녀는 미리암이 아니라 농가에 딸린 별채에 홀로 사는 노부인 마틸데였다. 그녀는 나이가 좀 더 든 미리암이라 해도 과언이 아닐 정도였다. 자세와 걷는 모습이 미리암과 똑같았기 때문이다. 갓난아기와 노인의 움직임이 자주 비슷하게 보이는 것과 마찬가지리라. 노부인은 별채 주변에 쌓인 눈을 치우고 있었다. 눈을 다 치운 그녀는 미리암의 헛간에 들어가 비닐 봉지에 무언가 잔뜩 채워 나왔다. 잠시 후 그녀는 나무 사이로 자취를 감추었다.

저녁 무렵, 우리는 난로 앞에 함께 앉아 카드게임을 했다.
"마틸데는 매우 나이가 많지만 오솔길의 눈을 치울 수 있을 정도로 정정하더군요." 내가 미리암에게 말했다.
"그녀는 내게서 음식을 훔쳐간단다." 미리암이 말을 이었다. "일주일에 한 번씩 우리 집에 와서 마당일을 도와줘. 우린 그런 약속을 한 적도 없는데 말야. 그러고는 마치 일한 대가

250

를 받아 가기라도 하듯 당당하게 헛간으로 들어가 냉동고에
들어 있는 고기를 가져가곤 해.”

 “어머, 정신 나간 사람 아닌가요?”

 “맞아, 나도 처음엔 그렇게 생각했어. 하지만 지금은 익
숙해졌어. 사람들과 떨어져 고립된 삶을 살다 보면 생각지도
않았던 갖가지 이상한 규칙들이 성립되기 마련이지.”

 밤이 되자 나는 날개에 묻은 어둠을 털어버리기라도 하
듯 가냘픈 날개를 창틀에 쉴 새 없이 부딪치는 나방들의 꿈
을 꾸었다. 미리암과 나는 호수에서 함께 보트를 탔다. 바람
이 세차게 불어 보트가 뒤집혔다. 그녀는 마치 묵직한 돌멩이
처럼 호수 아래로 가라앉았다. 나는 그녀를 구하기 위해 진흙
소용돌이가 치는 거친 호숫물 속으로 들어갔지만, 그녀는 온
데간데없이 사라져 찾을 수 없었다. 바람은 보트를 절벽 쪽으
로 몰고 갔고, 보트는 날카로운 바위에 쿵쿵 부딪쳤다. 창문
밖의 나방이 유리창에 쉴 새 없이 부딪치듯.

오로빌, 2010
카이

유니티 요가센터에서 돌아오자 저녁 식사가 준비되어 있었다. 식탁 위에는 속을 채워 구운 녹색 파프리카 요리, 직접 만든 코티지 치즈와 불그스름한 마살라 커리 소스, 쌀밥과 갓 구운 빵이 자리하고 있었다. 디저트로 생크림을 얹은 초콜릿 무스가 나올 무렵, 모리스가 터덜터덜 식당으로 들어왔다. 그는 나와 크리스토프 사이에 앉은 후, 식탁 위에 위스키 한 병을 올려놓았다.

"미안합니다. 술에 많이 취했어요. 오늘은 아주 기분 좋은 날이랍니다. 내 아들이 스물네 살이 되는 날이지요."

"전혀 미안해하실 필요 없습니다. 우리를 당신의 천국으로 초대해준 사람은 바로 당신이니까요." 크리스토프가 말했다.

"이곳이 천국인가요?" 모리스가 미소를 지으며 물었다.

"네, 여긴 당신이 키우는 공작새가 적어도 스무 마리는 되니까 천국이 틀림없지요." 내가 농담을 했다.

"처음에는 두 마리뿐이었는데, 지금은 스물다섯 마리로 늘었어요. 우리 집에 가면 열 마리가 더 있어요." 모리스가 말했다.

"서른다섯 마리! 저는 아직 두 마리밖에 못 봤는데…." 크리스토프가 말했다.

"나는 나이 먹는 걸 그다지 좋아하지 않습니다." 모리스가 말을 이었다. "당신들은 모두 젊지 않습니까. 나는 평생 아이키도*를 해왔습니다. 하지만 예순 살이 되던 해에 그만두었답니다. 벌써 5년 전 일입니다. 즉, 내가 인생의 내리막길로 접어든 지 5년이나 되었다는 말이지요."

"당신은 비록 이곳에서 가장 나이가 많다고는 하나, 우리들에게 항상 기쁨을 나누어주지 않습니까." 내가 말을 이었다. "당신을 위해 건배하는 건 어떨까요."

"지금 우리 집에서 나를 위해 건배하자고 말하는 건가요?" 모리스가 말했다. "나쁠 것도 없군요. 건배! 젊음과 지혜와 아름다움을 위하여!"

"건배!" 크리스토프가 외쳤다.

"건배!" 나도 지지 않고 소리를 높였다.

"우리 모두를 위하여!" 모리스가 말했다.

---

* 일본의 대표적인 현대 무술

달라르나, 2010
미리암

차가운 날씨 속에는 이빨이 있다. 그 이빨은 모든 것에 자국을 남긴다. 특히 코와 양볼에는 눈에 띌 만한 자국을 남긴다. 난로 속에는 장작이 남아 있는 한, 어둠이 내려도 불꽃이 소멸되지 않는다. 나는 물을 데우기 위해 난로 속에 장작 두 개를 집어넣고 입으로 후후 불어 불꽃을 키웠다. 관절염으로 마디마디 쑤시는 손가락을 따스하게 하기 위해 찻잔을 움켜쥐고, 대문 앞에 앉아 호수를 바라보았다. 수면에는 얇고 트실트실한 피부처럼 살얼음이 끼어 있었다. 나뭇잎이 떨어져 벌거벗은 듯한 나무는 거뭇거뭇한 몸통을 드러내고 있었다. 내가 그리워하는 것은 아무것도 없다. 오늘 저녁에는 버섯 수프를 먹을 생각이다. 나는 여름이 되면 숲에서 버섯을 채취해 잘 말린 다음, 통에 넣어 헛간에 보관해둔다. 버섯을 채취할 때는 항상 세세히 관찰하고 조심스레 잘라 올린다.

오늘은 한겨울임에도 불구하고 햇살이 매우 강렬했다. 햇살은 잠자던 파리들을 깨웠고, 하얀 눈이 쌓인 땅 위에 점점이 흙과 잔디를 드러냈다. 외로운 파리 한 마리가 내 목을 간질였다. 나는 손을 휘저어 그것을 쫓았다. 파리는 탁자 가장자리에 떨어졌지만 균형을 잡지 못하고 바닥으로 떨어졌다. 파리는 두 손을 싹싹 비비며 새로운 이륙을 준비했다.

담장 쌓는 작업에 나도 일손을 보태야만 한다는 생각이 스쳤다. 물론, 폴란드 인부들이 대부분의 일을 하지만 나 또한 매일 집 밖으로 나가 몸을 움직여야 마음을 안정시킬 수 있기 때문이다. 어쩌면 나는 천성적으로 단순 노동에 적합한 사람일지도 모른다. 나는 다른 이들과 함께 앉아 말없이 일하는 것을 좋아한다. 무슨 이유에선지 오늘은 밖에 나가 움직일 수가 없었다. 나는 아침에 눈을 뜨고 식사 대신 초콜릿 반 개를 먹었다. 수이는 여전히 자고 있었다. 지붕 홈통 위에 앉아 있던 부엉이 한 마리가 하늘로 날아올랐다. 아니, 그것은 부엉이가 아니라 비둘기였던가? 최근 들어 점점 상상의 세계와 현실의 세계를 구별하는 것이 쉽지 않아졌다. 지난 몇 년 동안은 더욱 심해졌다. 처음엔 너무나 두려웠지만, 시간이 흐를수록 이 또한 익숙해지게 되었다. 심지어는 가끔 재미있다는 생각마저 들 때도 있었다. 내겐 조력자가 필요하다. 실질적인 일을 도와줄 사람. 집 청소를 하고, 이메일을 확인해줄 사람. 앞이 보이지 않게 되어도 내가 신뢰할 수 있는 사람. 수이는 적절한 때에 나를 찾아왔다.

나는 그녀를 깨우기 위해 방문을 열었다.

오로빌, 2010
카이

　일상은 규칙적으로 흘렀다. 새벽에는 한 시간 동안 명상을 했고, 오전에는 요가 두 시간, 해부학 공부를 한 시간 한 후, 아침 식사를 했다. 매일 명상과 요가를 하다 보니 서서히 몸이 부드러워지고 머리가 맑아지는 것을 느낄 수 있었다. 마치 내 몸이 오랜 잠에서 깨어난 것만 같았다. 클로틸드는 오로빌과 '모후'에 관한 이야기를 듣기 위해 모리스를 초청했다. 이곳에 온 후, '모후'에 관한 나의 호기심은 점점 커졌다. 도대체 그녀는 누구일까. 도대체 어떤 여자이기에 새로운 사회 전체를 건립할 정도로 엄청난 힘을 지니게 되었을까. 나는 녹음기를 들고 갔다.

　　나는 1960년, 스리 아우로빈도의 아슈람을 찾아
　　퐁디셰리로 갔습니다. 나는 그곳의 리더 격인 '모후'를
　　만났지만, 그녀에게는 전혀 관심이 없었습니다. 나는
　　오직 스리 아우로빈도의 가르침에만 관심을 가지고
　　있었기 때문이었습니다. 나는 나의 스승이자 구루였던
　　아우로빈도가 서구 여인에게 물들었다는 생각 때문에 참을

수가 없었습니다. 나는 그녀에게 전혀 관심도 없었지만,
그럼에도 매일 아침 베란다에 서 있는 그녀를 바라보곤
했습니다. 그곳을 떠날 때, 나는 그녀를 찾아가 정식으로
작별인사를 건네야겠다고 마음먹었습니다. 그것을 기회로
그녀와 대화를 나눌 수 있었지요. 나는 그녀에게 매우 현명한
질문을 해보리라 결심했습니다: 이 세상의 모든 좋은 것과
나쁜 것, 남성적인 것과 여성적인 것, 음과 양, 플러스와
마이너스 등이 아우르고 화합해서 서로 간의 차이점이나
상반성이 사라진다면, 우리는 사랑을 어떻게 표현할 수
있을까요? 나는 문을 열고 그녀의 방으로 들어갔습니다.
그녀는 의자 위에 구부정한 자세로 앉아 있었습니다.
그녀의 발밑에 무릎을 꿇고 앉으니, 그녀가 내 손을 꼭 잡아
쥐었습니다. 그 순간, 나는 그녀의 시선으로 나 자신을
바라볼 수 있었습니다. 그녀는 나의 깊은 내면까지도 모두
꿰뚫어보았기에 그동안 감추어두었던 모든 비밀도 한꺼번에
드러나는 것 같았습니다. 그 순간, 이 드넓은 세상에 내가
누구인지 정확히 아는 사람이 단 한 명이나마 있다는
사실을 깨달았고, 이유를 알 수 없는 자유와 해방감이 나를
감쌌습니다. 그로부터 얼마 후, 그녀는 새로운 사회에 관한
비전을 예시받았고, 퐁디셰리 외곽에 위치한 조그마한
부지를 구입했습니다. 그 땅은 붉은 흙으로 뒤덮인 사막과

다를 바 없는 메마른 곳이었습니다. 우리는 그곳에 커다란 구덩이를 파고 함께 모여 착수 의식을 치렀습니다.

전 세계 124개국에서 모인 사람들이 저마다 자신의 나라에서 흙 한 줌씩 가져와 오로빌을 상징하는 항아리에 넣어두었지요. 그녀는 우리에게 아무것도 지어 올리지 말라고 당부했습니다. 단지 방해가 되는 것들을 치우기만 하면 된다고 말했지요. 그녀가 오로빌에 남긴 마지막 말은 바로 이것이었습니다. '어떤 일이 있어도 거짓말을 하면 안 됩니다. 우리는 신성함이라곤 찾아볼 수 없는, 거만하고 고집 센 인간일 뿐입니다.'

숙소에 돌아온 나는 구석에 있는 책상 앞에 앉아 모리스의 이야기를 녹화한 필름을 재생시켰다. 타인의 눈으로 스스로를 바라보는 것이 얼마나 중요한지 모른다는 모리스의 말은 나를 감동시켰다. 나는 모리스가 했던 말을 종이에 받아 적기 시작했다. 수이에게도 전해주기 위해서였다. 밤이 내린 어둠 속에서 빛을 발하는 것은 사각형의 화면뿐이었다. 방충망 밖에 있던 크고 작은 날벌레들이 그 빛을 보고 다가오기 위해 몸부림을 치고 있었다. 문득, 오로빌에 도착한 후 수이 생각을 하지 않았던 시간이 꽤 많았다는 생각에 양심의 가책을 느꼈다. 수이 생각을 더 많이 했어야 하지 않을까?

달라르나, 2010
수이

"미리암?"

"응?"

"우리가 최근에 더 가까워진 것 같지 않아요?"

"그런 것 같구나."

"이참에 우리가 잃어버렸던 시간, 함께하지 못했던 시간을 보충해보는 건 어떨까요?"

"네겐 아버지가 있었잖아. 아버지에게서 지극한 사랑도 받아왔고⋯."

"저는 지금 제가 잃어버렸던 곳으로 자꾸만 되돌아가려고 하는 것 같아요."

"그곳이 나와 관계가 있다는 말이니?"

"잘 모르겠어요. 그럴지도 모르죠."

"수이, 난 너를 낳았어. 그리고 너를 좋아해. 하지만 난 한 번도 너를 진심으로 사랑해본 적은 없단다. 그럼에도, 나는 이 세상에서 내가 책임져야 할 단 한 사람이 있다면 그건 너라는 생각을 지울 수가 없어. 그렇게 따진다면 넌 항상 나와 함께 있었다고도 말할 수 있겠지. 먼 훗날, 너는 네가 찾으려 하는 그런 어머니의 모습으로 살아갈지도 몰라. 어쩌면 나와 같은 모습으로 살지도 모르고… 난 이 질문에는 대답을 해줄 수가 없구나."

"그건 저도 알아요."

"원한다면 여기 오래도록 머물러도 좋아. 나도 로디니아를 완성하기 위해 네 도움이 필요하니까. 사실, 내겐 조력자가 필요해. 이젠 내 몸도 예전 같지가 않구나. 시력도 나빠지고 감정도 불안정해. 네가 여기 머무르는 대신 나를 도와줘. 그게 바로 내가 요구하는 조건이란다. 지금 울고 있니? 방금 네가 여기 더 머물러도 좋다고 말했는데도?"

나는 어둠 속으로 나갔다. 집 밖으로. 숲은 모든 것을 갉아먹는다. 그것은 나의 어머니도 산 채로 갉아먹고 있는 중이다. 나는 그녀의 현실 속으로 빠져들기를 거부한다. 만약, 그렇게 된다면 나라는 사람은 이 세상에서 사라져버릴 것이다. 그녀는 나를 삼켜버릴 것이 뻔하다. 숲이 그녀를 삼켜버리듯.

달라르나, 2010
수이

미리암은 이미 잠자리에 들었지만, 나는 잠을 이룰 수가 없었다. 두 손을 배 위에 살짝 얹어보았다. 뱃속의 혹은 며칠 전보다 훨씬 커진 것 같았다. 검사 결과를 확인하기 위해 병원에 가지 않았던 것이 후회되다. 아버지가 그리웠다. 그의 따스한 배려와 미소가 말할 수 없이 그리워졌다. 바람에 흔들리는 나뭇가지들이 창문을 두드리는 소리에 이유 없이 불안해지기 시작했다. 미리암의 차가운 면이 겉으로 드러난 것을 본 것 같았다. 그녀는 타인을 향한 연민과 동정, 배려심이라곤 전혀 없는 사람 같다. 거실로 살금살금 나가 탁자 위에 걸터앉은 후 담배에 불을 붙였다. 깊숙히 들이마신 연기를 한참 머금고 있다가 입술 사이로 내뿜었다. 문득, 책장에 꽂혀 있는 작은 책 한 권이 눈에 띄었다. '한국에 관한 정보'. 나는 항상 한국이라는 나라에 큰 관심을 가지고 있었기에, 언젠가는 아버지와 함께 꼭 가보고 싶다고 생각해왔다. 그곳에 가면 가족과 친척도 만날 수 있을 것이다. 그들은 아버지를 제외한 유일한 나의 가족이자, 한 번도 만난 적이 없는 사람들이다. 한국인 할아버지는 아직도 살아 계신다. 비록, 아버지가 마음에 내켜하진 않지만, 한국에 가서 할아버지를 만나보지 않을 이유는 없다. 책을 펼쳐 보았다. 『한국 해외정보 서비스』. 1974년에 출간된 책이었다. 나는 서둘러 눈으로 훑어 내렸다.

한국은 삼면이 바다로 이루어진 반도국가이다.

한국의 해안선은 17,269킬로미터이다.

산이 많은 지형이며, 강은 얕고 짧으며 물살이 세다.

북쪽으로는 압록강과 두만강, 백두산을 사이에 두고 만주와 시베리아와 맞닿아 있다. 서쪽으로는 중국 국경 쪽으로 흐르는 황해를 접할 수 있으며, 동쪽으로는 동해를 사이에 두고 일본 열도와 마주보고 있다. 기후는 온화하며 사계절이 뚜렷하다. 1년 중 가장 무더운 달은 7월이며, 가장 추운 달은 1월이다. 6월에서 8월은 비가 많이 내리는 우기이다. 한국인은 현재의 만주 지역에 터전을 잡고 있는 몽골족에 그 뿌리를 두고 있다.

건축 형식은 중국과 비교했을 때 훨씬 정교하고 섬세하며, 특히 양끝이 살짝 올라간 지붕 처마는 한국 건물만의 특징이라고도 할 수 있다. 단청은 한국식 아라베스크 장식이라 볼 수 있으며, 건물의 천장 쪽 또는 대들보 안쪽에 그림을 그리거나 채색하는 매우 독특하고 아름다운 기술이다.

한국의 수묵화는 먹물 또는 수채 물감으로 한지나 비단에 그리는 그림을 말한다. 주요 소재는 매, 란, 국, 죽 등의 네 가지 식물이다. 그 외의 소재로서는 주막, 가을 풍경, 강가에서 빨래하는 여인 등이 있다.

책장 뒷쪽에는 몇 장의 메모와 사진이 끼워져 있었다. 가장자리에는 미리암의 필체로 '프로젝트?'라고 적혀 있었다.

해녀: 19세기까지만 하더라도 바다에 들어가 해산물을 채취하는 작업은 주로 남자들의 일이었지만, 가혹한 공납 때문에 그 수는 점점 줄어들었다. 반면, 당시 여자들은 공납이 면제되었기 때문에 여자들이 그 일을 대신하기 시작했다. 특히, 잠수를 해서 해산물을 채취하는 것이 유일한 소득 수단이었던 마라도는 여자들이 가장의 역할을 하고 남자들이 육아를 하고 집안일을 하는 등 전통적인 남녀의 역할이 바뀌게 되었다. 이러한 상황은 유교의 영향으로 남녀차별이 빈번했던 한국의 사회 문화와 대립되는 것이기도 했다. 때문에 한때는 정부에서 여자들의 잠수를 금지하기도 했다. 그 이유는 여자들이 바다에서 잠수를 할 경우 벗은 몸을 보여야 한다는 것이었다. 1970년대 말이 되자 해산물 수출이 늘기 시작했다. 특히, 전복과 조가비 등의 수출이 늘면서 해녀들은 그 어느 때

보다 더 부유해졌다. 그들은 제주도에 집과 땅을 사고 자식들을 대학에 보냈다. 하지만 이러한 부와 번영은 해녀들의 앞날을 위협했다. 대도시에서 학업을 마친 그들의 자녀들은 계속 대도시에 머물거나, 고향으로 돌아온다 하더라도 부모들의 일을 이어받으려 하지 않고 관광업 등에 종사하길 원했던 것이다. 때문에 얼마 가지 않아 해녀들을 볼 수 없을지도 모른다. 1950년대에는 약 3만 명의 해녀들이 있었지만, 2003년에는 5,650명밖에 남아 있지 않았다. 그중 85퍼센트는 50세 이상의 여성들이었다. 해녀들의 수가 감소하고 관광업이 부흥을 일으키자, 섬에 사는 남자들이 경제 활동에 참여할 수 있는 기회는 더 많아졌다. 해녀들이 사라지면 사회 내의 여성의 지위가 어떻게 변할지 예상하기 쉽지 않다. 하지만 해녀들을 바탕으로 이루어졌던 일부 모권 사회체제가 현재의 시간을 따라잡지 않는 이상, 미래로 이어질 것 같지는 않다.

과거의 어떤 일이 현재를 간과한다면 미래로 이어질 수 없다는 것은 어찌 보면 좀 이상하기도 하다. 나는 진주조개를 채취하는 해녀들의 사진을 보았다. 칼과 그물, 갖가지 장비를 소지한 여자들이 잠수 마스크를 쓰고 마치 현대의 인어처럼 바닷속을 헤엄치며 진주알을 채취하고 있었다. 검은색 잠수복을 입고 마스크를 이마에 올린 채 서 있는 나이 많은 해녀의 사진을 보는 순간 가슴이 먹먹해졌다. 비록, 그녀의 얼굴에는 주름이 가득했지만, 자부심으로 가득찬 눈빛은 그녀의 나이를 감추기에 충분했다. 그녀가 발산하는 힘은 강렬한 원시성을 연상시켰고, 그것은 내 가슴 속에 잠자고 있던 그 무언가를 깨웠다.

그곳을 떠나야겠다는 생각이 스쳤다. 나는 방으로 들어가 짐을 싼 후, 미리암에게 메모를 썼다. 메모와 함께 집 열쇠를 부엌 식탁 위에 올려놓고, 대문 밖으로 나섰다. 밖에는 한기를 머금은 청아한 날씨가 나를 기다리고 있었다. 하늘은 별빛으로 가득했다. 나는 침낭과 깔개, 배낭을 자동차 뒷좌석에 밀어 넣고, 양쪽에 나무들이 줄지어 선 오솔길 위 자동차 바퀴자국을 따라 차를 몰았다. 미리암의 집은 등 뒤에서 점점 멀어졌다.

오로빌, 2010
카이

숙소인 6호 오두막 앞에 앉아 있으려니 크리스토프가 지나갔다.

"어디 가는 중인가요?" 나는 그에게 말을 걸었다.

"한국식 정자에서 식당을 운영하는 친구를 만나러 가는 길이랍니다. 같이 가시겠어요?" 크리스토프가 내게 제안했다.

약 30분 후, 우리는 나무 아래 앉아 함께 녹차를 마셨다. 작은 도자기 찻잔의 바닥에는 물고기가 그려져 있었다. 그 것을 보니 찻물 속에서 물고기가 헤엄치고 있다는 생각이 스쳤다.

"어서 오세요." 샐리라는 한국인 여자가 우리에게 인사를 건넸다. 그녀는 쉴 새 없이 내게 미소를 지어 보였다. 마치, 그녀와 내가 다른 사람들에게선 찾아볼 수 없는 특별한 연으로 이어져 있는 것처럼. 나는 이전까지만 해도 다른 동양인들이 나와 그들 사이에 마치 암묵적인 이해관계가 있다는 표정을 지어오면 모른 척하기 일쑤였다. 내가 그들에게서 고개를 돌렸던 것은, 나의 내면에 잔재하는 낯선 감정을 피하고 싶었기 때문이다. 하지만 샐리와의 만남은 달랐다. 나는 그녀가 내게 보이는 특별한 관심 속에서 자유롭게 헤엄을 치고 있었다.

탁자 위에는 청자 도자기들로 가득했다. 연녹색의 도자기 색깔은 나뭇잎 모양의 그릇을 더욱 돋보이게 했다. 탁자 한가운데의 꽃병에는 옅은 노란색 꽃이 활짝 핀 잔가지들이 가득 꽂혀 있었다. 샐리는 석류씨를 띄운 신선한 라임 주스와, 해바라기씨를 넣은 보라색 찹쌀밥, 면으로 만든 음식, 정원에서 직접 키운 하얀 연근, 간을 한 감자 음식, 겉절이 김치 등을 내왔다. 디저트로는 캐슈너트를 넣은 달콤한 찹쌀떡과 신선한 죽순이 나왔는데, 그 맛은 사탕수수처럼 달콤했다. 접시는 식용 가능한 푸른색 꽃잎으로 장식되어 있었다. 그녀는 우리가 음식을 다 먹으면 곧장 접시를 내어가 바로 씻곤 했다. 설거지를 하는 그녀의 모습은 매우 신중했다. 설거지를 끝낸 그녀가 문 옆에 서서 종을 쳤다. 그와 동시에 문이 열리면서 레오노라가 모습을 드러냈고, 정적이 감돌았다.

"오늘 우리는 이곳에서 간단한 회의를 할 예정입니다."

레오노라가 그녀의 말을 이어받았다.

"오늘 이 자리에는 매우 귀한 분들이 함께 자리하고 있습니다. 우리는 이미 당신이 매우 특별한 기운을 소지하고 있다는 것을 보았습니다." 레오노라가 나를 향해 고개를 끄덕이며 말을 이었다. "당신은 손에 제3의 눈을 가지고 있습니다. 뿐만 아니라 당신에게는 매우 특별한 아우라가 있습니다. 이제 당신에게 한 가지 물어보고자 합니다. 당신은 이성에 얽매이지 않고 영적인 능력을 펼칠 준비가 되어 있습니까?"

"그레타, 당신은 지금 두통으로 고생하고 있죠? 한번 실험을 해보십시다." 프랑크가 나를 돌아보며 말을 이었다. "당신은 그레타의 두통을 치료할 수 있습니까?"

"네."

"정말 괜찮겠습니까?" 레오노라가 나를 보며 되물었다.

"네, 그렇습니다."

나는 의자에 앉아 있는 그레타에게 다가가 그녀의 머리 위에 두 손을 올려놓았다. 두 눈을 감으니 얇고 거뭇거뭇한 장막이 그녀의 목에서 연기처럼 스멀스멀 피어오르는 것이 보였다.

"두통이 감쪽같이 사라졌어요!" 그레타가 소리쳤다. "이젠 아무렇지도 않아요."

"이런 일을 전에도 해본 적이 있나요?" 레오노라가 내게 물었다.

"제 딸과 아내, 제 어머니, 그리고 여자 친구에게 해본 적이 있습니다."

"지금은 어떤가요?" 레오노라가 다시 물었다.

"별다른 변화는 없습니다. 그건 그렇고 저는 지금 가봐야 하는데 어떡하죠?"

나는 크리스토프와 눈을 마주쳤다. 그는 내가 당황해 어쩔 줄 모른다는 것을 알아채고 얼른 자리에서 일어났다.

"그렇습니다. 우린 이미 선약이 있답니다." 그가 그곳에 모인 사람들에게 거짓말을 했다.

우리는 등 뒤에 정적을 남기고 그곳을 함께 나섰다.

달라르나, 2010
미리암

수이는 떠났다.

나는 자리에서 일어나 실내화를 신고 모닝가운을 여몄
다. 부엌에는 여전히 수이가 남긴 냄새들이 남아 있었다. 담
배 냄새, 향수 냄새, 그리고 그녀의 체취. 가슴을 찌르는 알
수 없는 통증이 느껴졌지만, 애써 모른 척했다. 눈물을 흘릴
시간은 없었다. 마지막 작업을 완성하기 위해선 아직도 할 일
이 많으니까. 폴란드 인부들의 손을 빌릴 수 있어 너무나 다
행이라는 생각이 스쳤다. 그들이 아니라면 이 일을 해줄 사람
은 아무도 없었다. 창문을 활짝 열었다. 대문을 여는 순간, 헛
간에서 살금살금 나오는 마틸데가 눈에 띄었다.

"내 헛간에서 지금 뭘 하는 거죠?" 그녀에게 소리쳤다.
"고기를 가지고 나왔어요." 그녀가 내게 외쳤다.
"그건 도둑질이나 마찬가지예요."
"나도 알아요. 하지만 나는 적어도 먹고살기 위해 일을
해요."

그녀가 나를 째려보며 말했다.

"우리 집에서 커피 한 잔 하고 갈래요?" 내가 그녀에게 제안했다.

"그러죠. 고마워요." 그녀가 미소를 지었다.

나는 그녀를 단 한 번도 내 집에 초대한 적이 없었다. 내가 그녀를 초대했던 이유는 집에 남아 있는 수이의 냄새를 없애기 위해서였다. 마틸데에게선 레몬향을 연상시키는 날카롭고 시큼한 냄새가 났다. 집에 남아 있는 수이의 달짝지근한 냄새를 없애는 데는 적격이었다.

"얼마 전까지 이 집에 함께 살던 사람은 누구인가요?" 마틸데가 물었다.

"제 딸이에요."

"오, 당신에게 딸이 있었군요?"

"네."

"지금은 보이지 않는데, 어디 갔나요?"

"그걸 누가 알겠어요."

"그건 그렇고 담장 쌓는 일은 잘 되고 있나요?" 그녀가 물었다.

"반 정도 진행이 되었어요."

"당신의 천국 안에 제가 만든 트롤 인형을 세워놓아도 될까요?"

"당신의 트롤 인형이라고요?"

"네." 그녀가 말을 이었다. "나는 세라믹으로 트롤 인형을 만든답니다. 당신의 프로젝트에 관한 이야기를 들은 후엔, 누군가가 내게 와서 내가 만든 트롤 인형을 거기에 세워두자고 제안해주기를 기다렸어요. 트롤 인형을 나무들 사이에 세워두면 안성맞춤일 것 같아요."

나는 내게 아마추어 예술가는 필요하지 않다고 생각했다.

"도자기 예술가인가요?"

"아닙니다. 저는 코펜하겐 아카데미에서 조각을 전공한 예술가입니다." 그녀가 말을 이었다. "하지만 지난 30년 동안은 주로 진흙으로 작업을 해왔지요."

"그런데 당신은 왜 지금껏 우리가 예술적 동지라는 말을 하지 않았나요?"

"제게 단 한 번도 묻지 않았잖아요?"

"올해 몇 살인가요?"

"아흔 살입니다. 시간이 나면 우리 집에 와서 제가 만든 트롤 인형을 한번 보세요. 그래야 결정하는 데 도움이 될 테니까요."

"그러죠. 하지만 약속은 할 수 없어요. 그리고 한 가지 더⋯."

"말씀하시죠."

"나는 당신보다 나이는 적지만, 당신이나 저나 앞으로 살 날이 얼마 남지 않았다는 생각을 해봤어요. 그래서 하는 말인데, 이제부터는 헛간에 몰래 와서 음식을 훔쳐가지 않아도 돼요. 앞으로는 필요한 게 있으면 당당하게 그냥 가져가도록 해요."

"그럴게요." 마틸데가 미소를 지으며 말했다. "아주 좋은 생각이에요."

오로빌, 2010
카이

  신체의 외면이 변했다. 피부, 얼굴, 모든 것이 한데 모였다. 오늘은 마지막 요가 시간이었고, 내 눈동자는 밝고 선명한 빛을 발산했다. 내 몸은 대문과 창문이 있는 한 채의 집이다. 눈은 세상을 향해 닫혔다가 열리기를 반복한다. 피부는 집의 외벽처럼 외부의 한기와 열기, 자외선과 세균 등으로부터 내면을 보호한다. 나는 물리적인 집을 지어왔지만, 단 한 번도 그것을 집이라고 생각해본 적이 없다. 왜 나는 한곳에 20년 이상을 살았음에도 불구하고 나 자신을 항상 방랑자라 생각해왔던 것일까. 집에 있다는 느낌을 가졌던 것은, 내가 집에 있지 않았을 때뿐이었다. 그것은 아마 내 몸이 나의 진정한 집이었기 때문은 아닐까.

  프리다와 함께 아침 식사를 했다. 그녀의 시선과 말소리, 그녀의 체취가 나를 가득 채워왔다. 그녀의 조금 쉰 듯한 목소리, 부드럽고 빨간 입술, 거의 붙어 있는 듯한 양 눈썹, 조미료와 자스민 향내.
  "말해보세요." 그녀가 입을 열었다.

"뭘요?"

"당신의 걱정거리가 무엇인지."

"사실은 근래에 나 자신에 관한 생각이 바뀌기 시작했다는 것을 느꼈어요. 그 때문에 꽤 불안해요. 가끔은 마치 십대 소년으로 되돌아간 것만 같은 기분이에요."

"그건 우리의 내면에 여유가 생겼을 때 인성 중의 한 부분이 그제서야 모습을 드러내고 제자리를 찾아가기 때문이죠." 프리다가 말했다.

"나는 치유를 시각화하는 일이나 기적을 믿지 않아요. 하지만 그게 바로 제가 하는 일인걸요."

나는 효율적인 건축 설계 사무소를 지어 올리는 데 수년을 투자했고, 내 직업에 만족해왔다. 하지만 우리 신체의 내면을 가로막고 있는 긴장감이나 불안감 등을 제거할 때는 더욱 깊은 만족감을 느꼈다. 나는 주기적으로 같은 꿈을 꾸곤 했다:

붉은 모래로 뒤덮인 사막 한가운데에 자리한 죽은 나무 한 그루 앞에 서 있는 꿈. 매끈한 나무 껍질은 은색 빛을 발했고, 나뭇가지 끝은 마치 절단된 사지처럼 뭉툭했다. 갑자기 그 뭉툭한 가지 끝에서 수백 개의 커다란 분홍색 꽃잎이 펼쳐졌다. 그 모습은 주먹 쥔 손을 활짝 펼치는 것과도 비슷했다.

그녀가 눈앞에 있었다. 그것은 꿈이 아니었다. 프리다. 나는 내 온몸을 훑는 그녀의 도발적인 시선을 느낄 수 있었다. 그녀가 옷을 벗었다. 그녀와 나는 서로 기대어 맞닿아 있는 두 개의 구부정한 활처럼 서로를 탐닉했다. 걷잡을 수 없는 욕망 때문에 온몸에 전율이 흘렀지만, 우리는 하나가 되기를 거부했다. 통증을 동반한 욕망이 어느새 마비된 듯 단조로워지는 가운데, 우리는 서로의 몸을 부드럽게 애무하며 기쁨을 누렸다. 우리는 한 몸을 지닌 두 사람처럼 테라스의 해먹 위에 나란히 앉아 눈앞에 부드러운 장막처럼 펼쳐진 정글을 호흡했다.

코펜하겐, 2010
수이의 메모

양좀 또는 실버피쉬, 레피스마 사카리나

양좀은 좀목 좀과에 속하는 곤충이며 지난 4억 년 동안 그 형체를 변함없이 유지해왔다. 양좀은 수중 생물 중에서 가장 먼저 육상으로 진출한 생명체다. 그 당시에는 곤충들이 날개 없는 원시적 형태를 유지했던 때였기에 양좀 또한 날개가 없었다. 양좀은 얼룩좀과 비슷하며 곤충들 중에서 가장 원시적인 그룹에 속한다. 양좀의 몸은 금속성의 은색을 지니고 있으며, 긴 더듬이와 복부 끝에 세 개의 미모가 있기 때문에 쉽게 눈에 띈다. 몸 길이는 성충의 경우 약 1센티미터 정도이며, 비늘을 닮은 은색 껍질은 세 번째 허물을 벗은 후에 나타난다. 양좀은 평생 약 여덟 번 정도 허물을 벗으며, 최대 8년까지 살 수 있다. 다당류나 녹말이 함유된 것을 주로 먹지만, 비듬, 머리카락, 죽은 곤충이나 심지어는 자신의 허물도 먹는다.

피부와 살

피부는 생명체의 내부와 외부, 내면과 외부 껍질 사이, 또는 신체 외부의 표면을 상징하는 것으로 자주 사용된다. 우리는 자주 보호막이 없는 영혼만으로 존재적 도전을 받아들여야 하는 상황을 피부가 벗겨진 것 같다고 말한다. 만약 무언가에 깊은 감동을 받거나 인상적인 일을 경험했을 때, 우리는 무언가가 피부 아래로 스며드는 것 같다고 말할 때도 있다. 누군가를 극렬하게 비판할 때면 피부 또는 가죽을 벗겨낸다는 말로 표현하기도 한다. 누군가를 전심으로 사랑할 때면 뼈와 살을 다 바쳐 사랑한다고 말하기도 한다. 이때, 뼈와 살은 모든 것을 의미한다. 물론, 보호받지 못한 영혼까지도 이에 포함된다.

코펜하겐, 2010
수이

아버지의 차를 대문 앞에 세우고 집 안으로 들어갔다. 가방을 내려놓고 아버지의 수첩을 찾기 위해 부엌 찬장 서랍을 뒤졌다. 아버지는 내게 한국인 할아버지의 주소를 보내준다고 약속했던 것을 지키지 않았다. 하지만 나는 할아버지의 주소를 아버지의 수첩 속에서 찾을 수 있으리라 확신했다.

"수첩에 지인들의 주소를 적어두는 사람은 건축설계사와 노인들뿐이야. 하지만 지금은 그게 꽤 도움이 되는 것 같아."

선인장이 고개를 끄덕였다.

"조금만 기다려. 곧 물을 줄게."

선인장이 다시 고개를 끄덕였다.

"넌 고개를 끄덕일 수 없어."

선인장은 꼼짝없이 가만히 서 있었다.

"난 지금 마돈나에게 말하는 것처럼 네게 말하고 있어."

선인장은 여전히 미동도 하지 않았다. 대문 앞 매트 위에는 아직도 강아지 털이 남아 있었고, 현관 구석에는 강아지의 밥그릇이 놓여 있었다. 아버지는 집을 나서기 전에 그것들을 치우는 것을 잊었나 보다.

할아버지의 주소를 찾은 나는 그 페이지를 찢어서 주머니에 넣었다.

"이제 비행기 표만 구하면 되겠군." 나는 혼잣말로 중얼거리며 컴퓨터를 켰다.

현관에서 부시럭거리는 소리가 들렸다.

"수이! 연락도 없이 여긴 웬일이니?" 옌센의 목소리였다. "스웨덴에선 잘 지냈니?"

"미리암은 숲속에 베를린 장벽처럼 높고 긴 담장을 쌓고 있었어요. 정확히 말하자면 베를린 장벽의 10분의 1 정도 되는 담장이죠. 그녀는 그것을 '로디니아'라고 부르더군요."

"길이는 어느 정도니?"

"15. 5킬로미터였어요."

"말 그대로 초대륙이군." 옌센이 웃음을 터뜨리며 말을 이었다. "스웨덴의 에덴 동산이라… 거기에 각종 동물도 한 쌍씩 있니?"

"노아의 방주와는 거리가 멀어요. 그 담장을 지어 올린 의도는 아무도 담장 속으로 들어오지 못하게 막아두려는 것이죠. 인간의 손이 담장 내부의 자연에 닿지 않도록 말이죠. 세월이 흘러 담장이 썩어 문드러져 저절로 붕괴되면 그제서야 사람들이 그 내부를 볼 수 있을 거예요."

"끔찍할 정도로 아름다운 생각이구나. 그건 그렇고, 미리암은 여전히 여신처럼 아름답니?"

"좋은 시절은 다 지나간 것 같았어요. 제 눈에는 늙은 여우처럼 보이더군요."

"두 사람이 서로를 좀 더 알아가는 시간은 가져보았니?"

"글쎄요."

"참, 안톤은 요즘 어떻게 지내니?"

"솔직히 요즘은 안톤 생각을 거의 하지 않아요. 그와 헤어진 직후에는 복수할 마음이 가득했지만, 지금은 그저 무덤덤해요. 사실, 처음엔 상대방의 연애를 열린 마음으로 받아들이자는 그의 제안에 저도 동의했거든요. 그런데 저는 그것을 현실적으로 받아들이지 못했어요."

"복수라는 것은 너절한 감정의 분출행위일 뿐이야. 뿐만 아니라 복수는 부정한 카르마를 만들어내기도 하지. 카르마 이야기가 나왔으니 말인데, 네 아버지는 어떻게 지내니?"

"사실 아버지 소식을 전혀 못 들었어요."

"그래?"

"네."

"참 이상하구나."

"그건 그렇고, 전 지금 비행기 표를 구입하는 중이에요."

"어딜 가려고?"

"한국에 갈 생각이에요. 첸나이를 경유해서 아버지를 만나보고 가려고요."

"네가 가면 아버지가 많이 기뻐하겠구나. 그 소식은 전했니?"

"아니요. 사전에 연락 없이 가서 아버지를 놀래주려고 해요. 어차피 아버지가 있는 곳에선 이틀밖에 머무르지 않을 거예요."

"한국… 이제야 누군가가 내 제안을 받아들이는구나."

"당신은 내게 단 한 번도 한국에 가보라고 말하지 않았잖아요?"

"그건 사실이야. 하지만 난 네 아버지에게 한국에 꼭 한 번 가보라고 자주 말했어. 이제 네 아버지 대신 네가 한국에 가는구나."

내가 무슨 말을 하기도 전에 옌센이 두 팔로 나를 감싸 안았다. 그와 동시에 내 가슴은 비눗방울처럼 보글보글 피어올랐다. 작은 포옹 하나만으로도 이처럼 기뻐할 수 있다는 사실이 새삼 놀라웠다.

달라르나, 2010
미리암

히로키는 어딜 가나 나를 따라다녔다. 최근에는 이상한 눈빛으로 나를 째려보기까지 했다. 마음에 들지 않았다.

나: 관둬!

히로키: 복수를 하기 전엔 절대 그만두지 않을 거야.

나: 당신은 살아 있는 사람을 괴롭힐 수 없어.

히로키: 그건 두고 보면 알 일이지.

나: 무슨 뜻이지?

히로키: 난 당신을 미칠 지경으로 괴롭혀줄 거야.

나: 그럴 수는 없을걸. 왜냐하면 당신은 나를 사랑하니까.

히로키: 맞아, 난 당신을 사랑해.

나: 난 당신을 용서하기로 마음먹었어.

히로키: 나를 용서한다고?

나: 당신은 나를 아틀리에에 가두었어. 나는 그 때문에 매우 불쾌했고 두려워했지. 하지만 좋은 점도 있었어. 방해받지 않고 조용히 내 일에만 집중할 수 있었으니까.

히로키: 미리암, 난 당신을 가둔 적이 단 한 번도 없어.

나: 문은 잠겨 있었다고!

히로키: 맞아. 하지만 문은 안에서부터 잠겨 있었어. 일할 때 내게서 방해를 받지 않으려고 문을 잠갔던 사람은 바로 당신이야. 당신은 내가 아틀리에에 들어가려 할 때마다 미친 듯 소리를 질렀어.

나: 당신은 지금 사실을 왜곡하고 있어.

히로키: 당신이 문에 조그만 구멍을 냈던 것은 기억하고 있어? 내가 문을 열지 않고서도 당신에게 음식을 전달할 수 있도록 말야.

나: 입 닥쳐!

히로키: 기억하고 있나 보군.

히로키의 이상한 주장은 내 머릿속에서 떠나지 않았다. 그는 사실을 교묘히 왜곡했다. 그 일이 반복될수록 진실에서 점점 멀어지는 내 기억은 그의 기억과 자리바꿈을 했다. 나는 점점 회의적으로 변했다. 우리 둘 중 누구의 말이 정확한 것일까? 그가 나를 다그치고 못살게 구는 것은 그 스스로 통제력을 잃어버렸기 때문일까, 아니면 내가 통제력을 잃어버렸기 때문일까? 나는 결정적인 한순간에 무언가 중요한 것을 잃어버린 것 같은 생각에서 벗어날 수 없었다.

검은색 장화를 신고 키 큰 잔디 사이로 걸어오는 마틸데가 눈에 띄었다. 키 큰 잔디는 그녀의 장화를 긴 혀처럼 핥고 있었다. 그녀가 우리 집 대문 쪽으로 걸어오는 것을 발견한 나는 소리 없이 자물쇠를 걸고 조용히 침실로 가서 침대 위에 걸터앉았다. 그녀가 대문을 두드리는 소리가 들렸다. 내가 대문을 열어주지 않자, 그녀는 대문을 마구 흔들었다.

"미리암!" 그녀가 소리쳤다. "집에 있는 거 알아요. 창을 통해 다 봤다구요. 얼른 문을 열어보세요. 당신에게 줄 게 있어요."

그녀는 왜 홀로 있지 못하고 자꾸만 나를 귀찮게 하는 걸까. 나는 대문의 자물쇠를 몰래 걸었던 것을 그녀에게 들켰다는 사실 때문에 민망하고 화도 났다.

그녀가 내게 봉투 하나를 내밀었다.

"관심 없어요." 내가 무뚝뚝하게 말했다.

"이건 특별 전시회 초청장이에요. 받으세요." 그녀가 말했다.

"어디서 열리는 전시회인가요?"

"어디긴 어디겠어요, 우리 집이죠." 그녀가 어린아이처럼 천진한 미소를 지으며 말했다.

"고마워요. 찬찬히 읽어볼게요." 나는 말을 마치자마자 대문을 닫았다.

나는 그녀가 준 초청장을 양좀 무리가 들끓는 싱크대 옆
에 놓아두었다.

오로빌, 2010
수이

"우리 아버지가 이곳에 묵고 있어요."

"아버님 성함은 무엇인가요?"

"카이 빈테르라고 합니다."

"혹시 카이 씨의 따님인가요? 어제 아버님이 이곳을 떠나면서 당신과 내가 언젠가 꼭 한번 만났으면 좋겠다고 말했어요. 그런데 오늘 당신이 이곳에 찾아왔군요!"

"그렇다면 아버지는 지금 여기에 없나요?"

"이틀 동안 어딜 좀 다녀오겠다고 했어요."

"정확히 언제 오는지 아시나요? 나는 여기 이틀 머문 후에 한국으로 갈 예정이거든요."

"아버님은 티루반나말라이까지 여자 친구 분을 바래다주러 갔어요. 친구 분은 여행을 계속할 예정이고, 당신 아버님은 이틀 후에 다시 돌아올 거예요. 이렇게까지 멀리 오셨는데 아버님이 이곳에 없어서 어떡하죠? 원하신다면 여기 머무르는 동안 아버님의 숙소를 이용하셔도 좋아요. 어차피 비어 있으니까요."

"네, 고맙습니다."

"천만의 말씀을요. 이곳에서 편안하게 머무르시길 바랄
뿐입니다. 참, 저는 조금 후에 친구들과 함께 해변가로 갈 예
정인데 함께 가실래요?"

"이곳에도 해변가가 있나요?"

"네, 함께 가요."

티루반나말라이, 2010
카이

앞머리가 내려와 눈을 가렸다. 뜨거운 햇살 때문인지 예전보다 머리가 훨씬 빨리 자라는 것 같았다. 앞머리를 뒤로 빗어 넘기니 시야가 환해지면서 세상이 새롭게 보였다. 벽 위를 기는 연노란색 도마뱀붙이 한 마리가 눈에 띄었다. 프리다는 여행을 계속할 예정이었고, 나는 그녀와 함께 티루반나말라이까지 갔다가 오로빌로 되돌아갈 예정이었다. 티루반나말라이는 인도 내륙의 신성한 산을 둘러싼 나선형의 버터쿠키 형태의 도시였다. 거의 하루 종일 차를 타고 가던 우리는 한 버스 터미널에 내렸다. 그곳에는 푸른색 가판대 사이로 수없이 많은 사람들이 모여 있었다.

"이곳의 볼거리는 뭐가 있나요?" 나는 프리다에게 물어보았다.

"아루샤 사원과 시바 여신의 환생이라고 여겨지는 소머리 모양의 신성한 산이 있지요."

우리는 차를 타고 도시를 가로지르며 산의 가장자리를 따라가 보기로 결정했다. 산에서는 특별한 기운이 느껴졌다. 산의 안쪽에서는 통제되지 않은, 그러나 매우 호의적인 울림이 퍼져 나오고 있었다.

"보름달이 뜨면 수십만 명의 사람들이 거대한 모닥불을 피워놓은 산꼭대기까지 맨발로 오른답니다." 프리다가 말했다. 그녀의 말은 바람에 맞서 마치 작은 총알처럼 허공에 흩어졌다.

아루샤 사원을 지나치려니 어디선가 북소리가 들렸다. 그와 동시에 반짝이는 아름다운 옷을 입은 사람들이 사원을 향해 줄을 서기 시작했다. 그 줄은 길고 뜨거운 코브라처럼 보였다. 우리는 그들 사이에 섞여 함께 사원 안으로 들어갔다. 조용히 기도를 하거나 소원을 비는 그들의 입은 잠시 후면 닭다리를 뜯거나 과일을 삼키거나 잔을 부딪치며 건배를 하거나 또는 밤의 한가운데에서 욕망의 한숨을 내쉬리라. 지역 아슈람 옆에 자리를 잡고 앉으니, 하얀 담장 위로 내리쬐는 석양빛을 볼 수 있었다. 안내실에는 몸집이 작은 맨발의 인도 남자 한 명이 앉아 있었다. 그의 움직임은 차분하고 느릿느릿했으며, 눈동자는 호의로 반짝반짝 빛을 발하고 있었다.

"지금 1인실밖에 없는데 괜찮겠습니까?"

그가 건넨 방 열쇠는 우리의 손에 무겁게 자리를 잡았다. 우리는 계단을 따라 올라갔다. 2층에는 프리다의 방이 자리하고 있었다.

"잠시 후에 봐요." 그녀가 내게 부드러운 키스를 건넸다.

나는 한 층 더 올라가 내가 묵을 방문을 열었다. 철제 침대, 작은 책상, 의자 하나만으로 이루어진 간소하기 짝이 없는 방이었다. 벽에는 나무 선반이 자리하고 있었고, 천장에는 선풍기가 달려 있었다. 짤막한 침대는 한가운데가 움푹 꺼져 있었다. 침대에 누우니 마치 작은 나무배에 무릎을 웅크리고 누워 있는 것 같은 느낌이 스쳤다. 벽에는 아슈람의 구루 사진이 걸려 있었다. 그는 마치 기저귀처럼 하얀 천으로 아랫도리만 가린 채 가부좌 자세로 앉아 있었다. 그는 나무배에 누워 있는 내게 부드러운 미소를 던졌다. 밖에서 들려오는 도시의 소리는, 나뭇가지가 바람에 흔들리는 소리와 새들이 지저귀는 소리로 가득찬 정글의 소리와는 너무나 달랐다. 도시의 소리는 갖가지 음색의 유기적인 높낮이와 리듬 그리고 쉼표 속에서 움직였다. 그것은 인간과 강아지, 속력을 높였다 줄였다를 반복하는 자동차와 스쿠터의 소리로 이루어져 있었다. 깨어 있으려 노력했지만 눈꺼풀은 작은 홍합 껍데기처럼 스르르 닫혔고, 어느새 잠이 나를 덮쳤다. 프리다가 문을 두드리는 소리도 듣지 못했다. 나는 꿈속에서 산속을 거닐었다. 어둑어둑한 길은 미로처럼 뻗어 있었고, 깊고 깊은 산의 한가운데에는 커다랗고 검은 바윗돌 하나가 자리하고 있었다.

사랑하는 수이

나는 지금 티루반나말라이의 한 아슈람에서 묵고 있단다.

오늘은 새벽 5시에 키르탄* 소리에 잠을 깼어. 그 소리는

새벽녘의 어둠을 뚫고 폭포수처럼 내 귓전에 다가왔지. 나는

맨발로 비좁은 나선형의 계단 앞으로 가보았지만 발을 멈출

수밖에 없었어. 어디로 가야 할지 몰랐기 때문이었지. 그때,

사리를 입은 키 큰 백인 여자가 내게 다가왔어. 그녀를 따라

계단을 올라가니 어스름한 빛으로 채워져 있는 명상실이

보이더구나. 그곳의 한가운데에는 한 인도 남자가 앉아

있었어. 키 큰 백인 여자는 그의 옆에 정좌를 하고 앉아

놀랄 만큼 가늘고 높은 음색으로 노래를 부르기 시작했어.

가만히 들어보니 그것은 옆에 그림자처럼 앉아 있던 나이

많은 요기의 노래를 반복하는 노래였단다. 그의 머리 위에는

아슈람의 구루 사진이 걸려 있었어. 그는 두 다리 사이에

광주리를 놓아두고 손으로 노란 꽃의 줄기를 하나하나

골라내고 있었지. 나도 가부좌를 하고 앉아 그들과 함께

노래를 불렀어. 한 번도 들어본 적이 없는 노래였지만 따라

부를 수 있다는 사실이 이상하기만 했지. 실제로는 뜻도

모르는 볼라퓌크어**로 따라 부르는 노래였지만 그러한 내

* 힌두교 키르쉬나의 삶에 관한 일종의 성가
** 1880년대에 만들어진 최초의 근대적 국제어. 에스페란토어의 등장으로 급속히

모습은 영어를 모르는 사람이 팝송의 가사를 그럴듯하게
따라 부르는 것과 다르지 않았을 거야. 수이, 지금 너도 여기
있다면 더 바랄 것이 없겠구나.

쇠퇴했음

티루반나말라이, 2010
카이

그곳을 나서서 계단을 올라가니 바닥에 흰색 페인트 칠이 되어 있는 서늘한 옥상에 들어서게 되었다. 사방으로 탁 트인 정경은 너무나 아름다웠다. 소를 닮은 거대한 산은 섬세하고 부드러운 아침 햇살 속에서 전설 속의 거인처럼 우뚝 서 있었다. 나는 옥상의 난간에 서서 아래쪽의 거리를 내려다보았다. 머리부터 발끝까지 얇은 천으로 감싼 한 남자가 길에 누워 자고 있었다. 스쿠터 한 대가 다가와 그의 머리에서 한 발자국도 채 떨어지지 않은 곳에서 멈추었다. 그럼에도 그는 꼼짝 않고 누워 계속 잠을 잤다.

그녀의 소리를 듣기 전에 이미 그녀의 존재를 느낄 수 있었다. 그녀는 소리 없이 내 등 뒤에 다가와 작은 두 손으로 내 눈을 가렸다. 그녀의 숨결이 내 목에 닿는 순간, 그녀가 내 눈을 가렸던 손을 내렸다. 눈이 부신 나는 뒷걸음질을 쳤다. 그녀가 비틀거리는 나를 뒤에서 안으며 부축해주었다. 별안간 내 머릿속에는 미리암과 펜트하우스 베란다 난간에 앉아 있는 히로키의 모습이 떠올랐다. 두 팔을 번쩍 치켜든 히로키가 중심을 잃고 몸을 앞뒤로 흔들거렸다. 순간, 미리암의 손끝이 그의 어깨에 닿았다. 거의 느껴지지 않을 정도의 작은 움직임에 그가 몸을 앞으로 숙였다. 그가 중심을 잃고 심하게 몸을 흔들거렸다. 프리다의 품을 찾아 균형을 잃고 비틀거리던 나처럼. 히로키의 모습이 머릿속에서 사라지는 순간, 내 몸은 통제력을 잃었다. 프리다의 손톱이 내 피부에 박혔다.

우리는 그곳을 나서서 작은 울타리 문을 열었다. 눈앞에는 산꼭대기로 향하는 작은 오솔길이 펼쳐졌다. 길가에는 기념품을 파는 작은 가판대가 나란히 서 있었다. 약 30분 정도 걸어 올라가니 한 무리의 원숭이 무리가 우리를 맞았다. 작은 원숭이 한 마리가 프리다를 향해 뛰어왔다. 그녀는 원숭이에게 볼펜 한 자루를 건네주었다. 원숭이는 프리다의 볼펜을 낚아채 어디론가 사라졌다.

"이제 어디로 갈 건가요?"

"저는 인도 북쪽의 한 사원을 방문한 다음 제 유기농 식품 농장이 있는 사르디니아로 되돌아갈 거예요. 제 농장을 찾는 관광객들도 음식을 먹어야 하지 않겠어요? 저는 그들을 대상으로 갖가지 요리를 시험해볼 생각이에요. 당신은요?"

"저는 오로빌로 되돌아갈 생각입니다."

나는 그녀에게 작별의 키스를 한 후 모닥불을 향해 몸을 돌렸다. 거의 사라져가는 불꽃 속에는 마지막 빛을 발하는 까만 숯덩이들로 가득했다. 눈을 따갑게 만드는 바람을 머금고 땀으로 범벅이 되었던 셔츠가 붕 떠올랐다.

"이 광경 하나만으로도 이곳에 온 목적을 달성한 것 같아요." 나는 어깨 너머로 소리쳤다.

그녀는 대답을 하지 않았다.

몸을 돌리니 그녀는 이미 사라진 후였다.

나는 산을 내려가기 시작했다. 원숭이 무리를 지나칠 때, 길가에 떨어져 있는 볼펜이 눈에 띄었다. 나는 볼펜을 주워 들고 주머니 속에 넣었다. 원숭이는 볼펜을 갖고 노는 것이 시들해졌는지 무덤덤한 눈으로 나를 바라보기만 했다.

오로빌, 2010
수이

"비행기 시간에 늦지 않으려면 점심식사 후에 첸나이로
돌아가야 해요."

"여기까지 왔는데 아버지를 만나지 못하고 가다니… 정
말 아쉽군요."

"저도 그렇게 생각해요."

"저는 오전에 시간이 비어요. 함께 마트리만디르를 둘러
보는 건 어때요?" 그녀가 제안했다.

"정말 좋은 생각이에요! 황금 구슬 속으로 저를 데려가줄
수 있나요? 아니, 대기자가 많다고 들었는데 가능할까요?"

"그곳 경비원과 잘 아는 사이니 어떻게 한번 해볼게요."

황금 구슬은 녹색 식물과 잔디로 가득한 테마 파크 안에
자리하고 있었다.

"마트리만디르는 '모후의 사원'이라는 뜻이죠. 이 건물은
황금으로 도금한 반원형 건물로서 열두 개의 나뭇잎 장식으
로 둘러싸여 있어요. 소의 심장에 비유되는 가장 안쪽의 내실
은 명상을 하는 장소로서 독일 자이스사에서 제작한 세상에

서 가장 큰 크리스털 구슬이 자리하고 있죠." 디가 설명해주었다.

우리는 잔디밭을 가로질러 반원형 건물을 향해 발을 옮겼다. 여기저기 보이는 사람들은 명상을 하는지 침묵을 지킨 채 조용히 앉아 있었다. 저 멀리 '유니티'에 살고 있는 치유사 프랑크의 모습이 눈에 띄었다. 그는 반얀나무의 둥치를 두 팔로 감싸 안고 눈을 감은 채 미소를 짓고 있었다. 나무는 원하지 않는데 단지 우리가 원한다는 이유만으로 나무를 감싸 안는다면 그 또한 일종의 성폭력이 아닐까? 나는 나무를 유심히 바라보았다. 나무가 고통스러워하는 것 같지는 않았다.

나는 두꺼운 나무 한 그루에 다가가 나무둥치를 감싸 안고 그 껍질에 이마를 대어보았다. 한 인간을 감싸 안는 듯한 느낌에 적잖이 놀랐다. 거친 나무 껍질이 매끈한 내 얼굴 피부에 닿으니 너무나 기분이 좋았다.

거대한 황금 구슬은 연꽃 줄기처럼 생긴 여러 개의 기둥 위에 자리하고 있었다. 구슬의 아래쪽에는 수련잎을 새긴 콘크리트로 만든 인공 웅덩이가 있었고, 위쪽에서는 폭포수처럼 물이 흘러내려 오고 있었다. 디와 나는 웅덩이 가장자리에 앉아 있는 프랑크의 옆에 가서 앉았다. 이상하게도 내가 자리에 앉자마자 흘러내리던 물이 멈추었다.

"앗! 물이 어디로 사라져버렸지?" 프랑크가 깜짝 놀라 소리쳤다.

나는 몸을 일으켰다. 그러자 물은 다시 흘러내리기 시작했다. 다시 자리에 앉으니 흘러내리던 물이 멈추었다. 몇 번이나 다시 앉았다가 일어서기를 반복해보았지만 같은 일이 되풀이되었다. 나는 내 움직임으로 물의 흐름을 조종할 수 있다는 생각에 어린아이처럼 기뻐하며 어쩔 줄 몰랐다. 프랑크가 놀란 눈으로 나를 뚫어지게 바라보았다. 나는 겉으로 티를 내지 않으려 애써 미소를 감추며 무덤덤한 표정을 지었다.

"이제 안으로 들어가 볼까요?" 디가 말했다.

황금색 반원형 건물 안에는 벽과 기둥, 벤치 등 모든 것이 하얀색으로 칠해져 있었다. 바닥에는 마치 동물의 털처럼 부드럽고 두꺼운 흰색 카페트가 깔려 있었다. 우리는 붙박이 벤치에 앉아 털이 북실북실한 백인 남자가 건네준 하얀 양말을 신었다.

"바짓단을 양말 속에 넣고 양말을 끝까지 올려 신으세요." 가이드는 양말 신는 법을 알려준 후, 나선형의 긴 계단으로 우리를 인도했다. 계단을 올라가니 '내실'이 나왔다. 그곳에는 높다란 대리석 기둥이 거대한 크리스털 구슬을 에워싼 채 자리하고 있었다. 내실을 밝히는 유일한 빛은 반원형 천장의 둥근 유리창을 통해 들어오는 햇살뿐이었으며, 그 햇살은 한데 모여 크리스털 구슬을 집중적으로 비추었다.

"지붕에 설치된 커다란 거울 세 개가 햇살을 한데 모아 크리스털을 비추죠." 클로틸드가 설명해주었다.

나는 구슬을 뚫어지게 바라보았다. 구름이 해를 가리자 구슬의 표면에도 그림자가 생겼다. 그 모습을 보노라니 구슬 속에 하늘이 존재하는 것 같은 느낌이 스쳤다.

"지금부터 약 30분 동안 명상을 할 것입니다." 클로틸드 가 말했다.

나는 이전에도 아버지와 함께 명상을 해본 적이 있지만, 한 번에 10분을 넘기지 못했다. 아무 소리도 내지 않고 30분 동안 조용히 앉아 있는 것은 결코 쉬운 일이 아니다. 나는 두 눈을 감고 내면의 움직임에 집중했다. 내 눈에 보이는 것은 뱃속의 혹뿐이었다. 그것은 빠른 속도로 커져 마치 검은 폭 포수처럼 내 몸 속을 가득 채웠다. 문득 그 폭포수에 빠져 익 사를 할 것만 같은 느낌이 스쳤다. 몸을 움직일 수가 없었다. 내 몸 속을 가득 채운 검은 폭포수는 곧 입과 눈, 귀와 항문 등을 통해 거침없이 쏟아져 나오기 시작했다. 죽음이 눈앞에 닥치면 이런 느낌일까? 그 순간, 내 몸 속에 장막처럼 드리워 져 있던 검은 폭포수가 갑자기 밝고 하얀 빛으로 변했다. 나 는 유체이탈을 경험하는 사람처럼 내 몸을 떠나 허공에서 움직이기 시작했다. 점점 퍼져가던 하얀 빛은 원을 이루며 그곳에 있던 다른 사람들을 에워쌌다. 그 원형의 빛은 사진 속의 아버지를 둘러싸고 있던 빛처럼 아름답기 그지없었다. 종소리가 세 번 울렸다. 눈을 떠보려 했지만, 마음처럼 잘 되지 않았다. 마치 눈에 보이지 않는 죽은 생명체가 묵직한 겨울 이불처럼 나를 짓누르고 있는 것 같기도 했다. 속이 메슥거리기 시작했다. 하지만 무슨 이유에선지 내 몸 속의 온갖 병이 사라져 건강해졌다는 느낌이 스쳤다. 금방이라도 죽을 것만 같던 이상한 느낌도 사라졌다. 문득, 이번에는 내 병을 고치기 위해 아버지의 손을 빌리지 않아도 된다는 생각이 들었다.

"괜찮아요?" 디가 걱정스럽게 물었다.

"네."

달라르나, 2010
미리암

"오셨군요?" 마틸데가 대문을 열어주며 말했다. 하지만 그녀의 얼굴에선 놀란 표정이라곤 찾아볼 수 없었다.

대문 앞에는 손으로 직접 적은 듯한 그녀의 이름이 보였다. '마틸데 안나 방'.

"우리 집에는 거의 손님이 찾아오지 않아요. 그러니 좀 지저분하더라도 양해해주세요." 그녀가 옆으로 비켜서며 말했다. 그녀의 집 안에는 거의 2미터나 되는 커다란 트롤 인형들이 마치 숲 속의 나무들처럼 빽빽하게 들어차 있었다. 우리는 트롤 인형 사이를 헤집고 현관에서 부엌으로, 거실에서 침실을 거친 후 베란다가 보이는 또 다른 거실로 나왔다.

"솔직히 감명을 받았어요." 내가 그녀를 향해 말했다. "이 트롤들은 이미 사라져버린 그 무언가를 지키고 있는 파수병 같군요."

"사람들은 숲을 훼손하고 있어요." 그녀가 혼잣말처럼 중얼거리며 말을 이었다. "나무를 쓰러뜨리고, 적군의 머리를 베듯 나무둥치를 베어내죠. 나무가 지르는 비명은 뿌리를 향해 소리 없이 퍼져 나가요. 우리가 땅에 귀를 대어보면 그

302

비명소리를 들을 수 있어요. 조개 껍데기에 귀를 가져가면 파도 소리를 들을 수 있듯 말이죠."

"지금까지 당신 이름을 들어본 적이 없다는 사실이 참 이상해요."

"여류 조각가들은 비평가들의 관심을 받지 못해요."

"가끔 전시회도 하나요?"

"아니에요. 저는 작품을 만들기만 한답니다."

"그렇게 작품을 만들어서 뭘 하려고요?"

"당신의 파라다이스 안에 세워둘 생각이죠. 당신의 역사 속에 한자리를 차지했으면 좋겠어요. 물론, 최종 결정은 당신이 해야 하지만…."

"저는 이미 저의 파라다이스 안에 당신의 작품을 세워두기로 결정했어요."

나는 그녀의 조각상을 보며 감탄을 숨기려 무진 애를 썼다. 지금껏 다른 예술가의 작품을 보며 온몸에 전율을 느낀 적은 거의 없었다. 나의 파라다이스 안에서 수많은 나무들 사이에 세워진 채 수백 년 동안 그 자리를 지킬 트롤을 떠올려보았다. 트롤의 몸을 기어오르는 덩굴 식물들은 오랜 세월 후 그들의 살아 있는 피부가 될 것이리라.

마틸데가 셰리 한 병을 꺼내 왔다.

"건배할까요? 나는 당신이 올 줄 알았어요. 그리고 제 트

롤들이 언젠가는 보금자리를 찾을 것이라는 것도 알고 있었
죠."

"로디니아의 트롤을 위하여!" 나는 잔을 들어 올리며 말
했다.

"따님은 지금 어디 있나요? 최근 며칠 동안 한 번도 못 봤
어요." 마틸데가 말했다.

"그걸 제가 어떻게 알겠어요? 걔도 독립적인 생명체니까
요." 나는 잠시 후 말을 이었다. "사실은 저도 걔를 잘 알지
못해요. 그 아이는 생물학적으로 제 딸일 뿐이죠. 태어나서
지금까지 아버지 밑에서 자랐답니다."

"셰리를 더 드실래요?"

"마다할 이유도 없죠."

"혹시 당신이 입양아일지도 모른다는 생각은 한 번도 해
보지 않았나요?" 그녀가 물었다.

"아뇨. 갑자기 왜 그런 질문을 하는 건가요?"

"그냥… 그런 것 같아서요."

"저는 세상을 떠난 제 일본인 남편에게서 협박과 괴롭힘
을 당한 적은 있지만… 아니요, 제가 입양아라는 생각은 단
한 번도 해본 적이 없어요."

"가슴이 아프군요."

"당신의 동정과 연민은 필요치 않아요."

"우린 같은 성을 가지고 있어요." 그녀가 말했다.

"네, 대문에 적힌 당신 이름을 봤어요."

"정말 당신이 입양아가 아니라고 확신할 수 있나요?" 그녀가 재차 물었다.

별안간 생각지도 않았던 말이 악마의 탈을 쓰고 내 입 밖으로 쏟아져 나왔다.

"당신이 나이가 많다는 건 이미 알고 있었지만, 귀까지 먹은 줄은 몰랐어요!"

"그렇게까지 말할 필요는 없잖아요?"

나는 셰리 잔을 들어 빙글빙글 돌렸다. 잔 속의 셰리는 발레리나처럼 빙글빙글 돌았다. 마틸데의 질문이 머릿속을 떠나지 않았다.

"나는 입양아가 아니에요!" 나는 했던 말을 되풀이했다.

집으로 돌아온 후에도 내 몸을 덮쳤던 이상한 떨림은 사라지지 않았다. 머릿속에는 여전히 마틸데의 질문이 맴돌고 있었다. 입술과 혀와 목이 파르르 떨렸고, 눈동자에서 피어오르는 거친 불꽃은 온몸으로 쏟아져 내렸다. 목과 입이 부어올라 한데 뭉쳐지는 것만 같았다. 그것은 일종의 알레르기 반응이었다. 하지만 무엇 때문에 내 몸이 그러한 반응을 하는지는 전혀 알 수 없었다. 찬장 문을 열었다. 거울에 비친 내 얼굴을

애써 외면하고 술병과 초콜릿 상자가 자리한 찬장 속을 더듬
어 구석에 있던 항히스타민제를 꺼냈다. 확실한 효과를 보기
위해 한꺼번에 두 알을 삼켰다. 숲은 잔인하기 짝이 없지만,
나는 숲이 나를 공격해 오는 것을 결코 받아들이지 않을 것이
다. 침대 위에 누워 이불처럼 잠을 끌어올려 내 몸을 덮었다.
눈을 뜨니 키 큰 잔디밭에서 빠져나온 것 같은 느낌이 스쳤
다. 약의 효과를 느낄 수 있었다. 배가 고팠다. 내 뱃속은 텅
빈 동굴이었다. 냉장고에서 먹다 남은 차가운 죽을 꺼내 텅
빈 동굴을 채웠다.

　외부인의 시선으로 나를 바라보려 노력해보았다. 나는
항상 어머니와 닮았다는 소리를 들으며 자랐다. 내 눈동자 색
은 어머니와 마찬가지로 녹색이었고, 녹색 눈동자는 그리 흔
치 않았으니까. 그 때문에 나는 어머니와 한 핏줄이라는 것을
단 한 번도 의심해본 적이 없었다. 하지만 지금은 달랐다.

　헛간에 가서 어머니가 남긴 편지와 유품이 담긴 상자를
가져왔다. 내 물건을 담아놓은 상자와는 달리, 어머니의 상자
는 어디에 있는지 정확히 잘 알고 있었다. 내 상자들은 찾으
려 할 때마다 어디로 갔는지 사라져버리기 일쑤였다. 부엌 조
리대 앞에 앉아 어머니가 남긴 편지들을 뒤적이기 시작했다.
문득, 뜯지 않은 봉투 하나가 눈에 띄었다. 봉투 겉에는 아무
것도 적혀 있지 않았다. 나는 얼른 봉투를 열어 한데 접힌 두

장의 종이를 꺼냈다. 그 하나는 나의 세례 증명서였다. 거기에는 내 이름, '미리암 엘세 방'이 적혀 있었다. 부모의 이름이 적힌 칸에는 어머니와 아버지의 이름이 보였다. 다른 종이는 성명 증명서였다. 이상하게도 그것은 세례 증명서보다 2년 전에 발행된 것이었다. 갑자기 시간이 멈춘 것 같았다. 성명 증명서에는 어머니의 이름으로 '마틸데 안나 방'이 적혀 있었다. 세례 증명서의 제일 아래쪽에는 '너는 언젠가 고향으로 돌아가리라.'라는 문장이 연필로 적혀 있었다.

"그렇다면 저 노인이 내 어머니란 말인가?" 나는 홀로 중얼거렸다.

내 머리 위에서 어슬렁거리던 히로키가 고개를 끄덕였다.

내 가슴속에서 무언가가 움직이기 시작했다. 나는 그것을 웃음으로 뱉어냈다. 의자에 등을 기대고 침을 튀겨가며 눈물이 찔끔찔끔 날 정도로 큰 소리로 웃었다. 너무나 오래 웃다 보니 배가 아파오기 시작했다. 숨을 고르며 진정해보려 애썼다. 갑자기 사방이 쥐죽은 듯 고요해졌다. 나는 목석처럼 꼼짝없이 앉아 있었다. 내 입 속에 흙이 잔뜩 들어 있는 것만 같았다. 눈도 따끔거리기 시작했다. 70년 동안 살아오면서 어떻게 내가 입양아라는 사실을 전혀 몰랐을까? 문득, 그제서야 평생 타인의 현실과는 너무나 달랐던 나의 현실이 이해되기 시작했다. 마치 마지막 퍼즐을 제자리에 끼워맞춘 듯한 느낌도 들었다. 그러고 보니 나는 눈동자 색깔을 제외하고선 부모님과 닮은 구석이 하나도 없었다. 어디에서도 내 자리를 찾을 수 없다는 불안한 느낌, 예술계에서 살아남기 위해 창녀처럼 몸을 팔았던 추잡한 삶의 기억이 하나둘 스쳤다.

이제 과거의 모든 것이 현실 속에서 윤곽을 드러내기 시작했다.

스웨덴의 외딴 숲과 농장을 팔겠다는 부동산 광고가 내 호텔방의 문틈에 끼워져 있었던 것도, 나를 이곳에 데려오기 위한 일종의 음모였으리라. 속았다는 느낌, 굴욕을 당했다는 수치심이 나를 덮쳤다. 하지만 그 무엇보다도 나를 강하게 덮쳤던 것은 피곤함이었다. 나는 끝이 보이지 않는 피곤함에 몸을 맡겼다.

오로빌, 2010
카이

　스쿠터는 내가 세워놓았던 자리가 아닌 다른 곳에 세워져 있었다. 안내실은 텅 비어 있었다. 나는 벽에 걸린 6호 오두막의 열쇠를 집어 들고 그곳을 나섰다. 숙소 문을 열자마자 수이가 이곳에 머물렀다는 것을 알아챌 수 있었다. 방 안에는 여전히 그녀의 체취가 남아 있었다. 아니, 어쩌면 그것은 나의 상상일 뿐일지도 몰랐다. 수이는 지금 스웨덴에 있지 않은가.

　"수이?" 나는 그녀의 대답을 듣지 못할 것이라는 것을 뻔히 알면서도 소리쳐 그녀의 이름을 불러보았다.

　문득, 책상 위에 있는 편지가 눈에 띄었다.

　사랑하는 아버지,
　서울로 가는 길에 첸나이에 잠깐 경유했어요. 아버지를
　놀래켜주고 싶어서 이곳에 들렀는데, 불행히도 아버지는
　여기 없더군요. 그럼에도 저는 이곳에서 이틀 정도 매우
　즐거운 시간을 보냈어요. 디는 여가 시간을 이용해

이곳저곳을 제게 보여주었지요. 우리는 아버지에 관해
꽤 많은 이야기를 나누었답니다. 디는 아버지가 이곳에
애정을 가지고 있는 것 같다고 말했어요. 한 번은 칼에
찔릴 뻔한 여인을 구해준 적도 있다면서요? 저는 오늘
아침에 디와 함께 마트리만디르도 둘러보았어요. 참으로
이상한 경험이었죠. 크리스털 구슬이 내 가슴속에서 노래를
부르는 것만 같았답니다. 동시에 아버지에게서 보았던
빛이 내게도 스며드는 것 같았어요. 어쩌면 그건 크리스털
구슬 때문이었는지도 몰라요. 처음엔 두려웠지만, 지금은
매우 편안해요. 더 많은 이야기는 나중에 직접 만나서
하도록 해요. 할아버지를 만나면 아버지가 안부를 전했다고
말할게요. 한국에서 만날 사람들을 생각하면 긴장도 되고
떨리기도 해요. 나는 서울에 도착하면 곧바로 마라도로 갈
거예요. 그곳에 도착하면 다시 편지 쓸게요. 나는 여전히
핸드폰이 없는 상태예요. 꽤 자유롭다는 생각이 들어요.
아버지가 보고 싶어요.

　　수이로부터.

추신: 꽤 많은 사람들이 아버지를 찾았어요. 아버지는 이곳에
머무른 지 그리 오래되지도 않았지만 벌써 많은 친구를 사귄
것 같더군요.

안내실로 다시 가니, 디가 책상 앞에 앉아 있었다. 그녀는 문을 열고 들어서는 나를 흘낏 쳐다보았다.

"프리다 씨를 잘 바래다 주었나요?" 디가 내게 물었다.

"네."

"따님이 이곳에 들렀어요. 오늘 한국으로 간다며 떠났죠. 이틀밖에 여유가 없다고 하더군요."

그 말을 듣는 순간 눈앞이 뿌옇게 젖어왔다.

오로빌, 2010
카이

고양이 한 마리가 불평을 하듯 누런 눈동자를 반짝이며 창밖에 앉아 있었다. 나는 창문의 그물망 너머로 소리를 지르며 고양이를 쫓아보려 했지만, 고양이는 꼼짝도 하지 않고 제자리를 지켰다. 나는 고양이를 쫓아내는 것을 포기하고 사각형의 방충망 아래에 자리한 이불 속으로 기어들어 갔다. 얇은 꽃무늬 이불을 덮자마자 편안한 잠에 빠져들었다.

꿈 속에서 수이는 또래의 한국인 청년과 함께 오로빌에 왔다. 그녀는 그 젊은 청년이 나의 아버지라고 주장했다. 나는 그럴 리가 없다고 말했지만 그녀는 내 말을 들은 척도 하지 않았다.

누군가 문을 두드리는 소리에 잠을 깼다.

"카이, 첫 번째 환자가 왔어요." 디의 목소리였다.

"지금 몇 시죠?"

눈 앞이 뿌옇게 흐렸다. 다시 이불 속으로 기어들어 가고 싶은 생각뿐이었다. 참으로 오랜만에 나를 덮치는 피곤한 느낌이었다.

"다섯 시예요."

"새벽인가요?"

입술을 빠져나온 내 목소리는 갈 곳을 찾지 못해 방 안을
헤맸다.

"네."

"아침 식사부터 먼저 해야 할 것 같아요."

"이곳으로 먹을 것을 가져다드릴까요?" 디가 물었다.

티루반나말라이에서 돌아온 후, 시간은 쏜살처럼 빨리
흘렀다. 내게 병을 치유하는 능력이 있다는 소문은 순식간에
번졌다. 나는 내 능력을 의미 있는 곳에 사용하기 시작한다면
앞으로 내게 어떤 일이 생길지 알아보고 싶은 호기심에서 그
일을 시작했다. 나는 지난 몇 주 동안 하루 종일 쉬지 않고 사
람들의 병을 고쳐주었다. 깊은 만족감이 나를 찾아들었다. 메
마르고 황량한 곳에 물을 주니, 갖가지 식물과 꽃이 자라는
듯한 느낌과 함께 그간 보지 못했던 더 큰 땅이 열리는 것 같
은 기분이 스쳤다. 내가 한 번도 발을 들여놓지 않았던 거대
한 자연이 눈앞에 펼쳐지는 것 같은 기분이랄까.

레오노라는 환자와 나 사이에 적당한 거리를 유지하라고
조언을 해주었다. 그들의 발산하는 부정적인 기운 때문에 나
의 에너지가 소진되는 것을 피하기 위해서였다. 그녀는 사람

들의 병을 치유한 후에도 그들의 답례를 받으면 안 된다고 말했다. 대신, 항상 하루를 마무리할 때 명상을 하며 다시 내면의 기운을 채워야 한다고 덧붙였다.

내가 집을 떠난 지 보름이 지난 날, 핀에게서 편지가 왔다. 그는 내게 언제 돌아올 것이냐고 물었다. 나는 언제 돌아갈지 모른다고 답장을 썼다. 지금 내가 확실하게 알고 있는 것은 이곳의 내 숙소 앞에 줄을 지어 늘어선 사람들의 병을 고쳐주어야 한다는 것뿐이었다. 그들의 병을 치유하는 것은 내게 그다지 어려운 일이라 할 수 없었고, 레오노라의 조언도 철저히 따랐건만, 시간이 흐를수록 나는 점점 피곤해졌다. 하지만 병으로 고생하는 사람은 너무나 많았고, 나는 그들의 부탁을 거절할 수 없었다.

텅 빈 방 안에는 탁자 하나와 의자 두 개뿐이었다. 정글을 향해 난 커다란 창문은 내 등 뒤에 살아 있는 벽처럼 자리하고 있었다. 나는 의자에 앉아 눈을 감고 머릿속에 떠오르는 모든 것들을 정글 속으로 던졌다. 곧, 문이 열리면 사람들이 쏟아져 들어올 것이다. 눈을 뜨자 레오노라가 내 앞에 서 있었다.

"줄이 길 너머까지 늘어서 있어요. 마음을 가다듬고 잘 준비하시기 바랍니다." 그녀가 말했다.

"그만큼 도움을 필요로 하는 사람이 많다는 뜻이겠죠."

"오늘 지역 보건소 사람들과 만났어요. 그들은 당신에게 치료실과 멘토를 제공하겠다고 하더군요."

"저는 의사가 아니에요."

"이곳의 의료체계 내에선 병을 치유하기 위해 갖가지 배경을 지닌 사람들이 함께 일을 한답니다. 고대 힌두의 대체의학인 아유르베다를 바탕으로 일하는 치유사, 침술사, 심리학자 등 모두가 양의학 의사들과 함께 협동해서 사람들의 병을 고쳐주죠. 그들에게 당신이 처한 상황을 말했더니, 그들은 당신도 보건소에서 함께 일하는 것이 좋겠다고 제안해 왔습니다. 하지만 당신은 오로빌 원주민이 아니기 때문에 월급을 받을 수는 없습니다."

"월급을 받을 생각은 없습니다."

"기부의 형식은 어떤가요?"

"그건 모리스와 이야기해보시죠."

"당신이 이곳에서 하시는 일에 진심으로 감사드립니다."

레오노라가 몸을 일으켰다. 문득, 그녀와 나의 키가 똑같다는 것을 알아챘다.

서울, 2010
수이

비행기가 공항에 착륙했다. 공항을 채운 소리는 마치 벌집에서 들리는 소리 같았다. 내 머리는 부스스했고, 운동화는 낡아 헤졌으며, 구겨진 점프 수트에는 주름살이 가득했다. 내가 이방인이라는 생각을 지울 수가 없었다. 사방에 보이는 한국인들은 모두 주름 하나 없는 옷을 입고, 방금 미장원에 다녀온 듯한 깔끔한 헤어스타일에, 공항 바닥처럼 깨끗하고 매끈매끈한 구두를 신고 있었다. 내 귓전에 다가오는 그들의 말소리는 마치 볼라퓌크어처럼 들렸다. 내가 알아들을 수 있는 단어는 하나도 없었다. 나는 안내소에 가서 영어로 말을 했다.

"서울 중심지에 가려면 어떻게 해야 하나요? 숑노 삼가? 총노 삼가? 종노 삼가? 아니에요, 저는 한국말을 못합니다. 하지만 제 할아버지는 한국인이랍니다. 지금 한국의 가장 남쪽에 있는 섬, 마라도에 살고 있어요. 제가 하는 말을 알아들을 수 없나요? 이를 어쩌지…? 영어를 할 수 있는 사람은 없나요? 그 사람이 올 때까지 기다릴게요." 옆으로 비켜서서 기다리자니 내 뒤에 서 있던 여자 한 명이 내게 말을 걸었다.

"마라도로 가실 건가요?"

"네, 하지만 그 전에 서울에서 하루쯤 묵을 생각이에요. 그동안 어떻게 하면 마라도로 갈 수 있을지 생각해보려고요."

"참으로 기이한 우연이군요. 저는 마라도로 갈 거예요. 원하신다면 제 차를 타고 함께 가시죠."

여인은 무릎까지 오는 하얀 주름치마와, 하얀 실크 블라우스와 감청색 블레이저를 입고 있었다. 그녀의 구두는 반짝이는 황금색이었으며, 황금색 사슬로 만들어진 핸드백의 어깨끈과 잘 어울렸다. 검은색 앞머리는 길게 늘어져 눈을 거의 볼 수 없을 정도였다. 그녀의 얼굴에서는 미소를 볼 수 없었지만, 눈빛에는 호기심과 호의가 담겨 있었다.

"고맙습니다. 그렇다면 제가 기름값을 지불할까요?"

"하이킹을 먼저 제안한 것은 저예요. 그러니까 당신은 내 손님인 셈이죠. 기름값을 지불할 필요는 없어요. 그건 그렇고, 제 이름은 남우라고 해요. 사람들은 저를 샘이라고 부르죠."

"저는 수이라고 해요."

"수이… 제 차는 지하 주차장에 있어요. 이제 갈까요?"

달라르나, 2010
미리암

나는 이미 과거는 과거로 받아들이기로 마음먹었다. 내가 입양아든 아니든 상관하지 않기로 했다. 물론, 이웃집에 사는 노인이 나의 생물학적 어머니라는 사실을 떠올리면 불쾌하기 짝이 없지만 말이다. 충격을 가라앉히고 곰곰히 생각해보니 달라진 것은 아무것도 없다는 것을 깨달았다. 솔직히 나는 무언가 부족하다는 생각에 평생을 절름발이로 살아왔다. 세월이 흘러 나의 근육과 인대는 그 비뚤어진 부분을 둘러싸고 내 몸을 지어 올렸다. 이제 와서 어머니가 내가 알고 있는 사람이 아니라 다른 이라 하더라도 내 몸은 달라지지 않을 것이다. 어쨌거나 나는 나, 변한 것은 아무것도 없었다. 마틸데의 트롤들은 나의 파라다이스 안에 자리할 것이고, 그 일은 유리와 그의 폴란드 인부 일행들이 알아서 해줄 것이다. 나는 그녀를 내 집 안에 들여놓을 필요도 없다.

사냥한 비둘기의 몸을 해체하는 작업을 시작했다. 고양이는 내 움직임을 하나도 놓치지 않고 눈으로 따랐다. 나는 죽은 비둘기를 나무둥치 위에 나란히 올려놓고 도끼로 찍어

내렸다. 새의 깃털이 춤을 추는 먼지처럼 허공을 맴돌았다. 나는 비둘기 스무 마리의 목을 내려쳤다. 목이 떨어져 나간 자리에서 피가 흘러내렸다. 비둘기의 머리는 거울처럼 매끈한 금속 쟁반 위에 나란히 자리를 잡았다.

고양이가 입맛을 다셨다.

히로키: 그걸 먹을 생각이야?

나: 아냐. 하지만 어딘가에는 쓸 데가 있을 거야.

히로키: 어디에 쓰려고?

나: 그건 나도 아직 몰라. 만약 알았다 하더라도 당신에게 이야기해주진 않았을 거야.

히로키: 당신은 일을 참 엉성하게 하는군. 저길 봐. 비둘기 머리가 세 개나 땅에 뒹굴고 있잖아.

나: 당신과 토론을 하고 싶진 않아.

히로키: 시력 검사를 한번 해보지 그래?

나: 싫어. 적어도 그런 검사는 받아보지 않을 거야.

나는 도끼를 내려놓았다. 도끼날에서 비둘기의 피가 뚝뚝 떨어져 내렸다. 힘이 빠진 두 다리가 후들후들 떨렸다. 나는 자리에 주저앉아 어둠 속으로 빠져들었다. 고양이의 거칠거칠한 혀가 내 얼굴을 핥았다.

히로키: 많이 피곤해 보이는군. 내일 아침에 다시 이야기하는 건 어때?

나는 몸을 일으켰다. 헛간의 문을 닫으려고 보니, 이미 안쪽에는 파리 떼가 득실거렸다.

히로키가 내 앞을 가로막았다.

"얼른 비키지 못해?" 나는 그의 몸을 관통해 성큼성큼 발을 옮겼다.

부엌에 들어선 나는 그제서야 정신을 차릴 수 있었다. 수이가 떠난 후 알게 모르게 그녀의 부재가 남긴 영향을 받았던 것 같다. 그녀는 내게 이상한 그림자를 드리워놓았다. 만약 그 그림자를 잡을 수만 있다면, 나는 그림자 속에 자갈이나 죽은 비둘기의 깃털을 넣어 꽉 채워놓을 수 있을 텐데. 그런데 그림자는 어떻게 잡을 수 있을까?

의자에 앉아 스케치북에 글을 쓰기 시작했다.

나의 죽음.
나는 몸을 동그랗게 구부려 눕기에 방해되지 않도록 커다란
젖가슴 하나를 제거했다. 그 젖가슴에선 나무 한 그루가
올라왔다. 나무를 살리려면 땅에 구덩이를 파고 죽은 내 몸과
젖가슴을 땅에 묻어야 한다. 나무의 뿌리는 죽은 내 몸에서
영양분을 얻을 것이다. 나는 나무의 잎과 가지로 되살아날

것이다. 나는 스스로 나를 묻을 수 있는 방법을 생각해냈다. 나의 나무는 세상에서 가장 오래된 나무와 함께 파라다이스 한가운데에 나란히 서 있을 것이다.

스카이프 대화, 오로빌, 2010
카이

"여보세요? 인터넷 상태는 그리 나쁘지 않은걸…?" 옌센의 목소리였다. "이제 당신이 보여!"

"내가 보인다고? 난 당신을 볼 수 없는데!"

"카메라를 켜봐."

"카메라는 어디에 있지?"

"거기 카메라처럼 보이는 단추를 한 번 눌러봐."

"그건 그렇고 수이 소식은 들었어? 한국에 도착하면 연락하겠다고 했는데 아직 아무 소식도 못 들어서 걱정돼."

"무소식이 희소식이라는 말도 있잖아. 너무 걱정하지 마."

"하지만 나는 수이의 아빠잖아. 충분히 걱정할 자격이 있어."

"사실 우리가 걱정해야 하는 사람은 바로 당신이야. 머나먼 후진국에서 홀로 고생하고 있으니까."

"후진국이 아니라 인도야."

"내 말이 바로 그거야. 그건 그렇고 거기선 어떻게 지내고 있어?"

"우울증은 사라졌어."

"끼니를 잇기도 힘든 사람들 사이에 있다 보면 불평불만은 자연히 사라지기 마련이지."

"이곳 사람들은 당신이 생각하는 것처럼 가난하지 않아. 오로빌은 작은 자치사회고 이곳에 사는 사람들은 평등하게 매주 25시간씩 일하고 그 대가를 받아. 이곳 주민의 반은 인도 사람이고, 나머지 반은 전 세계 49개국에서 온 자유로운 생각을 지닌 사람들이지. 이곳에 있으면 전 세계 사람들을 만날 수 있다 해도 과언이 아니야. 당신도 여기 오면 이곳에서의 삶을 즐길 수 있으리라 믿어. 이왕 말이 나왔으니 말인데, 언제 시간 내서 이곳에 한번 들러봐."

"자연을 보살피고 개개인의 내면을 개발하는 일을 경제적 발전보다 더 중요하게 생각하는 사회가 있다는 점은 아주 마음에 들어. 당신 제안을 한번 심각하게 고려해볼게."

"난 여기 눌러살고 싶은 생각도 없지 않아."

"그렇다면 난 덴마크에 있는 당신의 집에 들어가서 살면 되겠군."

"그러든지. 난 이제 가봐야 해. 만약 수이에게서 연락이 오면 꼭 내게도 전해줘."

"알았어."

한국, 2010
수이

그녀의 자동차에서는 새 차 냄새가 났고, 샘에게서는 아니스 향과 미역 냄새가 났다. 우리는 건물로 빽빽한 도심 한가운데를 가로질러 부산으로 향하는 고속도로를 탔다. 부산에 도착하면 훼리를 타고 제주도로 갈 예정이었다.

"제주도에선 모슬포라는 지역에서 마라도로 가는 훼리를 탈 수 있어요."

"'도'라는 말에 특별한 의미가 있나요?"

"마라 또는 제주라는 말의 뒤에 붙어 있을 때는 '도'가 섬이라는 의미를 지니고 있죠. 하지만 그 외에도 다른 뜻은 많아요." 샘이 설명해주었다. "그건 그렇고, 섬에 도착하면 무엇을 할 건지 물어봐도 되나요?"

"할아버지를 찾아볼 생각이에요."

"당신은 한국인처럼 보이진 않는데요?" 그녀가 말했다.

"내 몸 속에는 약 4분의 1만 한국인의 피가 흐르고 있어요."

"당신에 관한 이야기를 들어본 것 같아요."

"네? 그럴 리가요?"

"우리 섬에 사는 사람은 불과 90명도 안 돼요." 그녀가 말을 이었다. "그래서 섬 주민들은 마치 한 가족처럼 지내죠. 좋은 일이 있을 때나 나쁜 일이 있을 때나… 어쨌든, 우리 섬에 사는 사람들 중에 손녀가 덴마크에 있는 사람은 한 명밖에 없어요."

"당신은 아직도 그 섬에 살고 있나요? 아니면 외지에 살다가 친척을 방문하러 가는 길인가요?"

"나는 마라도에서 태어나고 자랐지만, 최근 몇 년 동안 마라도에 간 적이 없어요. 제 부모님은 아직 거기 살고 있어요. 하지만 나는 지금 서울에 살죠. 나는 의상 디자이너예요."

"실례지만 몇 살인지 물어봐도 되나요?"

"스물아홉 살이에요." 그녀가 미소를 지으며 대답했다.

"언뜻 보기엔 스무살 정도로밖에 보이지 않아요. 그건 그렇고, 나에 관한 이야기를 들어봤다고 했잖아요?"

"네, 당신의 할아버지는 외지에서 온 사람이에요. 반면, 그분의 아내, 미옥 할머니는 마라도 출신이죠. 그녀는 저의 할머니와 아주 가까운 친구랍니다. 두 사람은 바다에 잠수해 조개를 잡는 해녀예요. 그처럼 조그만 사회 내에선 비밀을 지키기가 쉽지 않아요. 덕분에 한 개인의 역사는 섬의 역사라고도 할 수 있답니다. 당신 이름은 수이, 당신의 아버지 이름은 카이죠? 당신의 할아버지와 미옥 할머니는 제주도에서 처음 만났어요. 두 분이 만난 것은 당신 할아버지가 덴마크에서 돌아온 지 얼마 되지 않은 때였어요. 두 사람은 미옥 할머니의 고향인 마라도에서 함께 살기로 했답니다. 미옥 할머니는 아이를 가질 수 없는 몸이었어요. 하지만 그분은 '아름답고 커다란 진주'라는 뜻의 이름처럼 매우 아름다운 사람이었죠. 그분은 마라도의 해녀 중에서 가장 실력이 뛰어난 사람 중 한 명이었기에 홀로 가족을 부양하기에 부족함이 없었어요. 미옥 할머니와 제 할머니는 제 어머니에게 해녀의 삶을 물려주었고, 제 어머니는 제가 해녀가 되길 은근히 바랐어요. 하지만 저는 바닷물 속에서 삶을 허비하고 싶진 않았어요. 저는 어릴 때부터 패션에 관심이 많았거든요. 저는 도시에서 살고 싶었어요. 도시에서 살면 핸드백을 들고 다녀도 되니까요. 그건 그렇고, 배고픈가요?"

"네, 조금…"

"뒷좌석에 있는 아이스박스를 열어볼래요?" 그녀가 말했다.

나는 한쪽 팔을 쭉 뻗어 뒷좌석에 있는 아이스박스를 가져와 뚜껑을 열어보았다. 그 속에는 조그마한 도시락 상자 몇 개와 음료수 병 몇 개, 그리고 스시롤처럼 보이는 것이 담겨 있는 조그마한 상자도 함께 있었다.

"그건 김밥이에요." 그녀가 말했다. "한국식 스시롤이죠.

이 김밥에는 소시지가 들어 있어요."

"소시지라고요?"

"네. 이상한가요?"

"네. 조금….."

"당신은 참 솔직한 사람이군요." 그녀가 미소를 지으며
말했다. "마음에 들어요."

달라르나, 2015
미리암

나는 지난주에 75세 생일을 맞았다. 아직도 여전히 숲에서 사냥을 하긴 하지만 담장을 쌓아 올리는 작업은 폴란드 인부들에게 맡겨놓은 채 손을 뗀 지 꽤 오래되었다. 유리는 매우 부지런하고 실력 있는 인부로, 매일 저녁 내게 와서 그날의 작업 상황을 보고하곤 했다. 나는 그에게 칭찬을 아끼지 않았다. 비록 그와 함께 대화를 나누는 것을 좋아하고 가끔 그에게 커피를 대접하기도 했지만, 그와 개인적인 관계를 발전시키고 싶진 않았기에 나는 항상 그에게서 조금의 거리를 두었다. 우리는 자주 야외에서 함께 커피를 마셨다. 마틸데는 이제 나와 함께 산다고 해도 과언이 아닐 정도로 자주 우리 집을 드나들었다. 그녀는 90세 중반의 나이지만, 노화된 시력과 관절염에 시달리는 나보다 훨씬 건강해 보였다. 그녀는 특히 음식을 만드는 등, 일상적인 일에 도움을 많이 주었다. 유리는 헛간 안에 그녀를 위한 작은 초가집을 지어주었다. 그녀는 세라믹 트롤을 로디니아에 설치한 후, 헛간 안의 초가집으로 이사를 왔다. 그녀는 더할 나위 없이 훌륭한 조력자였다. 비록 나이가 많긴 했지만 행동거지가 매우 재바르고 내가 무엇을 원하는지 미리 척척 알아차리고 도움을 주었다. 가끔은 내가 말을 하기 전에 내 마음을 알아차리기도 했다. 우리를 두 개의 도자기 조각상이라고 한다면, 나는 불에 굽지 않은 진흙으로 만든 조각상이고, 그녀는 유약을 바르고 고온에서 구워낸 정교한 조각상이라 할 수 있을 것이다. 그녀는 앞으로 수백 년 동안 그 모습을 유지할 것이나, 나는 얼마 가지 않아 가루로 부서져 내릴 것이 분명하다.

"어린 시절에 관해 이야기줄 수 있겠니?" 마틸데가 내게 말했다.

"싫어요. 그 대신에 당신이 입양과 관련된 이야기를 한번 해보시죠."

"입 밖으로 내기에 쉽지 않은 이야기야."

"그렇겠죠. 그건 이해해요."

"너는 절망과 어둠을 발산하고 있어. 네가 어렸을 때는 보지 못했던 모습이야." 그녀가 말을 이었다. "그 때문에 걱정이 돼. 그간 너에게 무슨 일이 있었기에 그렇게 변했는지…."

"나의 어린 시절에 관해 걱정을 하기엔 이미 늦었어요."

"한 가지 떠오르는 게 있어. 듣기에 조금 불쾌할 수 있을지 몰라. 나는 밤마다 악몽에 시달리곤 한단다." 그녀가 말을 이었다. "나는 과거를 되돌릴 수 없다는 건 잘 알아. 하지만 지금이라도 가능하다면 내가 스스로 내던졌던 책임과 의무를 다시 떠안고 싶은 마음도 있어."

"하고 싶은 말이 있으면 다 해보세요. 저도 최대한 솔직하게 말할 테니까."

마틸데가 무거운 한숨을 쉬며 양손을 비비더니, 무언가 결심한 듯 허리를 쭉 펴고 말문을 열었다.

"나는 네가 일곱 살이 되었을 때 그를 만났어. 너에게 예술이 크나큰 의미를 지니고 있듯, 그는 내게 내 삶을 대신할 만큼 큰 의미를 지니고 있었지."

"그건 그렇고, 나의 아버지는 어떤 사람이었나요?"

"네 아버지는 작곡가였어. 물방울이 떨어지는 소리, 새들이 지저귀는 소리, 개구리 소리, 용암이 끓는 소리, 동굴 속의 메아리 등 자연의 소리를 바탕으로 클래식 음악을 작곡하는 음악인이었지. 그의 음악은 이 세상의 모든 소리를 담은 메아리라고도 할 수 있었어. 그는 재혼을 했고, 그의 새 아내는 금발의 긴 머리를 지닌 매우 매력적인 여인이었지. 하지만 그녀는 어느 날 갑자기 사라졌어. 마치 겨울잠을 자러 가는 곰처럼 어느 날 소리 없이 자취를 감추고 말았지. 그때, 우리는 다시 만났어. 그와 나… 하지만 다음 해 여름이 되자 그녀가 다시 모습을 드러냈어. 마치 긴 잠을 푹 자고 나온 사람처럼 매끈한 피부에 봉긋 솟은 젖가슴을 내밀며 나타났지. 그녀는 그에게 예쁜 인형이나 마찬가지였어. 그리고 그는 인형을 매우 좋아하는 사람이었단다. 두 사람은 자식을 세 명이나 낳았어. 짙은 색의 곱슬머리와 남자처럼 건장한 체격을 가진 내가 그를 되찾을 방법은 없었어. 사실, 그는 잘생긴 사람은 아니었어. 얼굴에는 주근깨가 가득했고, 길고 홀쭉한 몸에 비해 손과 발, 특히 귀는 보기 흉할 정도로 컸거든. 하지만 그의 음악은 우주를 아우르는 아름다움을 지니고 있었고, 듣는 사람들에게 아련한 동경을 자아냈지. 그는 자기 자신을 세상의 통로라고 생각했어. 그 때문인지 사람들은 모두 그와 가까이 지내려 했어. 나는 그와 헤어진 후에도 그의 음악을 자주 즐겨 들었단다. 너와 함께. 네가 내 뱃속에 있을 때도 그의 음악회에 자주 갔어. 우리는 집에서도 그라모폰으로 그의 음악을 자주 들었는데, 아마 그 때문에 그의 좋은 점이 너의 뇌리에 박히게 되었을지도 몰라."

"그의 이름은 무엇인가요?"

"한스 머르너."

"한스 머르너가 저의 생물학적 아버지인가요? 그도 내가 자신의 딸인지 알고 있나요?"

"응." 마틸데가 대답했다.

"그는 저의 헌신적인 팬 중의 한 사람이었어요. 내가 전시회를 열 때마다 찾아왔지만, 항상 사람들의 무리 속에 섞여 자신의 모습을 드러내진 않았지요. 그와 함께 몇 번 대화를 나눌 기회도 있었지만 항상 예의를 갖춘 공식적인 이야기만 오갔고, 단 한 번도 깊은 얘기를 해본 적은 없어요. 그는 그림을 구입할 때도 항상 갤러리스트를 통해 간접적으로 구입을 했죠. 나는 그를 살아 있는 마스코트로 생각해왔어요. 전시회를 할 때마다 그를 찾아 두리번거리곤 했죠. 그를 발견하면 이번 전시회도 성공적으로 마칠 수 있겠구나 하고 안도했지요. 그러던 어느 날 갑자기 그를 전시회에서 볼 수 없었어요. 그래서 나는 그가 세상을 떠났다고 짐작했죠. 동시에 무언가 좋지 않은 일이 일어날 것이라는 생각을 했답니다. 아니나 다를까, 그로부터 불과 며칠 후에 당시 내 남편이었던 히로키가 도쿄의 한 펜트하우스 옥상에서 추락하는 사고를 당했어요."

"그는 여러모로 훌륭한 사람이었지만, 내 관점에서 볼 때는 조금 답답한 면이 없지 않았어." 마틸데가 말했다. "너는 어쩌다가 내가 낳은 자식을 버리게 되었는지 궁금하지 않니? 만약 궁금하다면 지금 바로 대답해줄게. 나는 혼자서 자식을 키우는 여자였어. 당시에는 이러한 일이 사회적 수치로 여겨지던 때였지. 거리를 걷다 보면 심지어 내게 침을 뱉는 사람도 있었단다. 게다가 나는 당시 찢어지도록 가난했어. 입에 풀칠을 하기 위해 작품을 여기저기 팔기도 했지만, 우리 둘이 함께 살 수 있는 집을 마련하기는 하늘의 별 따기였지. 그래서 우리는 다른 가난한 사람들과 함께 침대를 나눠 쓰기도 했고, 가끔은 친구들이 집을 비울 때 그들의 거실 소파에서 잠을 자기도 했어. 내겐 단짝 친구가 있었는데, 우리는 자주 그녀의 집에 머물렀단다. 그녀는 네가 어렸을 때 진심을 다해 보살펴주었어. 그녀는 자식을 낳지 못했기에 우리가 방문하는 것을 마다하지 않았지. 특히, 너는 눈에 넣어도 아프지 않다며 좋아했어. 마지막으로 그녀의 집에 머무를 때였어. 그녀는 조카가 온다면서 저녁 식사를 준비했단다. 조카는 당시 인도에 살고 있었어. 궁전을 연상시키는 화려한 집에서 세 명의 아내와 함께 살며 명상을 하고 자가치료를 하고 정원에서 코끼리를 타는 등, 우리와는 너무나 다른 삶을 살고 있었지. 나는 그가 돈을 어디서 어떻게 버는지 궁금해 물어보지 않을 수 없었어. 그녀는 자신의 조카가 매우 실력 있는 피리 연주가라고 했어. 서로 다른 50여 개 피리를 자유자재로 불며, 미국에서 음반도 여러 장 냈다고 했어. 그중 한 음반은 비틀즈와 함께 연주한 것이라고 하더군. 인도에선 집값이 매우 싸다고 했어. 그녀는 조카보다 훨씬 더 많은 돈을 가지고 있음에도 황금접시를 살 수 없었지. 인도에서는 단돈 2크로네로 황금접시를 살 수 있었거든. 그녀는 조카에게 자신의 집이 누추하게 보일까 봐 걱정을 많이 했어. 나는 걱정으로 가득한 그녀를 안심시키기 위해 식탁을 예쁘게 꾸며주겠다고 제안했지. 커다란 조개 껍데기를 닮은 나의 세라믹 작품들을 가져와 식탁을 꾸미고, 어항에 있던 물고기들을 크리스털 병에 넣어 장식했단다. 뿐만 아니라 아래층에 있던 꽃집에 가서 팔다 남은 꽃을 가져와 여기저기 산호초처럼 장식을 하기도 했어.

창을 통해 스며들어 오는 석양빛과 양초 불빛으로 밝혀진 거실에선 아름다운 정원의 향기가 나기 시작했지. 그녀의 조카가 오렌지색 터번을 두르고 세 명의 아내를 거느린 채 들어오니, 집 안 분위기도 마치 신데렐라의 변신을 보는 것처럼 단번에 바뀌었어. 그는 나를 뚫어지게 바라보며 결혼하자고 말했어. 나는 생각할 겨를도 없이 그렇게 하겠다고 대답했지. 그 대답 외에는 아무것도 떠오르지 않았단다. 우리는 그날 저녁 내내 서로에게서 눈을 떼지 못했어. 그와 함께 왔던 세 명의 아내들은 끓어오르는 화를 참으려 무진 애를 썼지만, 우리는 그들의 속내를 전혀 알아채지 못했지. 그로부터 이틀 후, 나는 그와 함께 인도로 떠났어. 오직 사랑을 좇아 갔던 것이지. 하지만 가슴 한구석에는 묵직하고 어두운 슬픔이 자리하고 있었어. 그것은 걷잡을 수 없이 자라는 불투명한 안개 같았지. 친구는 내게 인도는 아이를 키우기에 좋지 않은 나라라고 하며 너를 두고 가라고 했어. 그녀는 네가 이미 너무나 불안정한 삶을 살아왔기에 앞으로는 행복한 가정에서 교육을 받고 안전한 삶을 누릴 권리가 있다고 말했어. 그녀에겐 너와 함께 살 수 있는 집과 충분한 사랑, 그리고 너를 교육 시킬 수 있는 경제적 여력이 있었어. 게다가 그녀는 너와 함께 보냈던 시간이 적지 않아서 정도 꽤 많이 들었다고 했단다. 나는 처음에 그녀의 제안을 거부했어. 미리암은 내 딸이니까 당연히 나와 함께 가야 한다고 말했지. 하지만 그녀는 그것이 과연 미리암을 위한 최선의 선택이냐고 내게 되물었어. 나는 인정하긴 싫었지만 그녀의 말이 옳다는 것을 잘 알고 있었어. 내가 인도에서 행복한 가정을 꾸릴 수 있을지도 불확실했고, 뿌리를 모른 채 돌아갈 곳도 찾을 수 없는 너를 생각하니 마음이 아팠어. 그곳을 떠나기 전날 밤, 나는 너의 옆에 가만히 누워서 너의 체취를 맡아보았단다. 그리고, 너의 모든 것을 내 속에 각인시켰어. 너의 따스한 양 볼, 작은 두 손, 조그마한 얼굴 위로 흘러내리는 곱슬 머리. 몸을 일으켜 방을 나서는 순간 무언가 쿵 하고 무너지는 소리가 들렸어. 그 소리는 내 가슴 속에서 들려오는 소리였지. 그와 동시에, 나는 앞으로 네게 되돌아오지 못하리라는 것을 알았어. 왜냐하면 난 평생 나 스스로를 용서할 수 없을 테니까. 나는 아무도 없는 외딴 곳에 가서 죽고 싶다는 생각만 했단다.”

“어떻게 그런 일을 할 수 있었나요?”

“뭘?” 마틸데가 되물었다.

"자식을 떠나는 일….”
"그러는 너는?"

오로빌, 2010
카이

커다랗고 묵직한 빗방울이 하늘에서 촘촘히 떨어져 내렸
다. 정글의 소리는 빗소리에 묻혀버렸다. 크고 강인한 꽃잎은
봉오리를 닫았고, 작고 연약한 꽃잎은 힘없이 부서져 내렸다.
바짝 말라 종이 조각처럼 변해버렸던 곤충들은 습기를 머금
고 다시 몸을 부풀렸다. 인간의 몸 속에는 약 5.5리터의 피가
있다. 모기가 빨아먹는 우리 몸의 피는 매우 미미한 양이다.
모기는 인간의 피 속에 있는 단백질을 이용해 알을 생산한다.
그 알은 애벌레와 번데기의 과정을 거쳐 마침내 날개를 지닌
성충이 된다. 모리스는 사람이 모기로 환생하는 경우는 매우
드물기에 모기를 죽여도 된다고 말했다.

"그렇다면 인간의 영혼은 눈을 가진 동물로만 환생하나
요?"

"사실은 모기도 눈을 가지고 있어요." 모리스가 말을 이
었다. "그러니까 이론적으로 따지자면 우리도 모기로 환생을
할 수 있죠. 하지만 그런 일은 매우 드물기 때문에 모기를 죽
여도 괜찮아요."

햇살이 구름을 뚫고 나오자 숨이 턱턱 막힐 만큼 습기 찬

무더움이 찾아왔다. 목이 아팠다. 감기에 걸린 것일까. 쉴 새 없이 재채기가 나오고 몸의 여기저기가 쑤셨다. 시간이 지날수록 그 증상은 점점 더 심해지기만 했다. 나는 스카이프를 이용해 옌센과 통화를 시도해보았다.

"수이에게서 연락이 왔어?"

"아냐. 수이가 떠난 후로는 아무 소식도 듣지 못했어. 그건 그렇고, 그곳 생활은 어때?"

"지난 20년 동안 알아왔던 나 자신의 모습보다 최근 2주 동안 나 스스로에 배운 것이 더 많은 것 같아. 하지만 이제 그 행복감과 도취감은 가라앉아 제자리를 찾아가고 있는 것 같아."

"그들은 아직도 당신이 모후의 환생이라고 믿고 있는 거야?" 그녀가 물었다.

"그건 나도 모르지. 사실, 그런 생각을 하기엔 할 일이 너무 많아. 그런데, 수이가 연락을 하지 않으니 불안해. 그럴 애가 아닌데…."

"정작 무슨 일이 있었다 하더라도 수이가 연락을 할 것 같아?"

"글쎄…."

"수이에게서 연락이 오는 대로 당신에게 전해줄게. 그건 약속할 수 있어. 그동안 당신은 핸드폰을 구입하는 게 어때? 수이가 당신에게 연락할 수 있도록 말야. 수이는 스카이프를 사용하지 않잖아?"

"그건 당신 말이 맞아. 내일 아침 날이 밝자마자 선불폰을 하나 장만해야겠어."

나는 자리에 누워 불안한 느낌을 잠재워보려 애썼다. 만약 수이가 도주차량에 치어 한국의 한 도로변에 쓰러져 있다면 어떡하지? 나는 엔센에게 부엌 찬장 서랍에 있는 수첩에서 아버지의 주소를 찾아 내게 전해달라고 문자를 보냈다. 한 시간도 채 되지 않아 그녀에게서 답장이 왔다. 수첩에서 주소를 찾을 수 없다고 했다. 몇 장이 찢어져 있는 것으로 보아 누군가가 주소를 가져간 것 같다고 했다. 나는 인터넷에서 아버지의 이름을 검색해보았지만 아무것도 찾을 수 없었다. 구글에서 한글을 쓸 수 없으니 더욱 답답했다. 나를 도와줄 수 있는 사람을 찾아야만 했다. 나는 스쿠터를 타고 한국 식당으로 갔다. 불어오는 바람에 머리카락이 사방팔방으로 휘날렸다. 샐리의 식당 문을 두드렸다.

샐리는 이 사이로 숨을 들이쉬며 휘파람을 닮은 소리를 만들어냈다.

"직접 찾아가는 게 가장 쉬운 방법 같군요." 그녀가 말했다.

"아버지와 연락하기 위해 저더러 한국까지 가라고요?"

"여기서는 어떻게 할 방법이 없어요. 주소 이전이나 변경 사항은 아직도 동사무소에서 수작업을 하니까요. 혹시 옛날 주소를 알고 있다면 동사무소 직원들이 도와줄 수 있을 거예요."

"아직도 수작업을 한다구요? 한국은 냉장고조차도 말을 하는 기술 강국이 아니었던가요?"

"어쩌면 당신을 도와줄 수 있는 사람과 만날 수 있을지도 몰라요."

"네, 저는 지금 바로 그런 사람을 찾고 있어요."

"카이, 제가 더 도와드릴 수 없어서 미안해요."

"괜찮아요. 제 딸이 그곳에 간 건 당신 탓이 아니니까요."

엔센에게 전화를 했다.

"불안해서 도저히 견딜 수가 없어. 수이가 잘 지내고 있는지 확인하기 전에는 잠을 이룰 수 없을 것 같아. 마라도는 너무나 멀리 있어. 한국으로 직접 가야겠어. 당신도 함께 가는 건 어때?"

"좋아. 사실은 나도 새로운 영감을 찾고 있는 중이었어.

게다가 항상 한국에 한 번 가보고 싶었거든. 그건 그렇고, 당신에게서 축하 받을 일이 있어. 방금 내 소설이 출간될 거라는 연락을 받았어."

"만나면 함께 축하하도록 해."

"당신이 뿌리를 찾아 고향으로 되돌아간다는 것도 함께 축하해야겠지."

"난 사실 여덟 살이 되기 전까진 해마다 여름이 되면 한국에 갔었어."

"그건 내게 한 번도 말해주지 않았잖아! 그때 일 중에서 기억나는 건 있어?"

"아냐, 특별히 기억나는 건 없어."

"난 오늘 오후에 강의가 있어. 하지만 내일 아침에는 비행기를 탈 수 있을 거야."

"그동안 나는 한국행 비행기표를 예약해놓을게. 당신 표도 함께."

"고마워. 당신은 보물 같은 사람이야."

제주도, 2010
수이

샘이 차를 세웠다. 우리는 각자의 짐을 들고 매표소로 갔다.

훼리를 타는 시간은 그리 길지 않았다. 햇살은 너무나 따가웠다.

"당신 어머니는 세계적으로 유명한 예술가죠?" 샘이 말했다.

"네, 맞아요."

"이곳에서도 꽤 유명해요. 그녀가 일본에 살 때 한국 미디어에서도 자주 소개되었거든요. 내가 어렸을 때, 당신 어머니는 수많은 한국 소녀들의 귀감이 되었어요. 그런데 당신과의 관계는 어땠나요? 함께 살지 않은 것으로 알고 있는데요?"

"나는 그분을 존경해요. 하지만 나는 아버지의 손에서 자랐고, 그녀는 단 한 번도 우리를 찾아보지 않았답니다. 한마디로 말하자면, 그녀는 나의 생물학적 어머니일 뿐이고, 나의 부모는 아버지뿐이라는 것이죠."

"당신은 지금 학생인가요?"

"아니에요. 나는 최근 몇 년간 일을 하면서 책을 썼어요.

그리고, 지금은 여기 있죠."

"할머니에게 전화를 해서 당신이 온다는 사실을 알렸어요. 우리 할머니와 미옥 할머니가 훼리 선착장에서 기다리고 있을 거예요. 당신은 마라도에 관해서 무엇을 알고 있나요?"

"마라도는 고구마 형태를 지닌 매우 작은 섬이라고 들었어요. 길이는 4킬로미터가 조금 넘고 너비는 39미터밖에 되지 않죠. 예전에는 금도라고 불렸다는 사실도 알고 있어요. 금도는 '금지된 섬'이라는 의미라 하더군요. 섬에는 담수가 없기 때문에 빗물을 받아 먹어야 하며, 주민들은 주로 바다에서 해산물을 채취해 생계를 꾸려나간다고 들었어요. 그것은 해녀들의 일이기 때문에, 마라도는 여자가 가장의 역할을 하고 남자가 집안일을 하는 섬으로 알려져 있다는 것도 알아요."

"그 정도라면 모르는 게 없다고 해도 될 정도군요." 그녀가 말했다.

약 30분쯤 후, 우리는 마라도의 훼리 선착장에 도착했다. 내 몸은 땀으로 축축했다. 키가 자그마한 미옥 할머니는 미리암의 책에서 보았던 여인과 많이 비슷했다. 따가운 햇살과 소금기 많은 바닷물 때문에 거뭇거뭇한 반점이 여기저기 박힌 그녀의 피부는 쭈글쭈글한 가죽처럼 보였다.

"이건 기적이야! 내가 살아 있는 동안 너를 보게 될 줄은 꿈에도 몰랐단다!" 미옥 할머니가 눈물을 글썽이며 말했다.

"저도 너무너무 기뻐요. 그런데 할아버지는 어디 계시나
요?"

"몰랐어? 우리는 약 반 년 전에 이혼했단다. 네 할아버지
는 지금 서울에 살고 있어. 네 아버지가 말해주지 않았니?"

"아마 아버지도 그건 모르고 있었을 거예요."

"어쨌거나 나도 네 가족 중의 한 사람이야. 네 할아버지
는 가슴속에 무거운 돌덩이를 가지고 있는 사람이지. 어디 한
번 보자… 자세히 볼 수 있게 가만히 서 있어보렴. 참 예쁘고
튼튼하게 생겼구나. 그런데 네 배에 이건 뭐니?" 그녀가 내 배
에 손을 얹으며 말했다. 처음 대하는 사람에게 언뜻 무례하게
보일 수도 있는 행동이었지만, 이상하게도 따스하고 기분이
좋았다.

"배에 혹이 생겼대요."

"혹이라고? 이런 종류의 병에 잘 듣는 약이 있지."

"약이라고요?"

"응." 그녀가 내 손을 잡으며 말했다. "해마를 말려서 빻
은 가루약이란다. 수이, 이제 집으로 가자."

오로빌, 2010
카이

붉은 흙으로 뒤덮인 길을 달려 '유니티'로 되돌아가는 동안, 내 머릿속에는 단 한 가지 생각뿐이었다. 만약 내가 한국에 간다면 아버지를 만날 수밖에 없을 것이다. 그는 나를 알아볼 수 있을까? 그를 향한 나의 낯선 감정은 어떻게 숨길까? 어제까지만 하더라도 나는 오로빌에 눌러살 생각을 했다. 하지만 오늘은 이전의 평범한 삶으로 되돌아갈 것이라는 확실한 생각이 나를 감쌌다. 그 생각은 마치 거센 소용돌이처럼 내 가슴속에서 요동치고 있었다. 나는 집을 떠나며 리-메이의 조언을 따르겠다고 다짐했다. 내 주변의 세상을 회의적인 눈으로 보지 않고 항상 긍정적으로 받아들이겠다고 결심했던 것이다. 나의 내면에서 무언가가 문을 열어젖힌 것 같은 느낌이 스쳤지만, 그것이 무엇인지는 정확히 콕 집어 말할 수 없었다. 가슴을 찌르는 듯한 이 느낌. 어쩌면 그것은 다시 오로빌로 돌아오지 못할 것 같다는 아련한 슬픔이 아닐까.

정글에 가까워지니 길가에 서 있는 레오노라가 눈에 띄었다. 그녀는 한 손을 들어 올려 내게 인사를 건넸다. 나는 그녀 앞에 멈추어 섰다. 문득, 우리는 말을 하지 않아도 서로의 생각을 읽을 수 있다는 느낌이 스쳤다. 그녀의 눈을 보니, 그녀도 내가 오로빌을 떠날 것이라는 사실을 이미 알고 있다는 것을 느낄 수 있었다.

"한국에 간 제 딸의 소식이 끊겼어요."

"당신은 항상 이곳에 속한 사람입니다. 하지만 다른 곳에서 치유활동을 하며 사람들을 도와줄 수도 있겠지요. 마음 같아선 당신을 붙잡고 싶지만, 우리는 자유의지를 가진 인간이기에 그리 할 수 없군요. 우리의 집은 세상 전체라 해도 과언이 아니니까요."

"저는 앞으로 무엇을 해야 할지 정확히 잘 알고 있습니다. 그 일을 해야 하는 정확한 이유는 알 수 없지만, 상관없다는 생각이 드는군요. 나중에 기회가 되면 우린 다시 만날 수 있겠지요."

"우리의 인연은 항상 이어져 있습니다." 그녀가 말했다.

달라르나, 2010
미리암

"이제야 잡았어! 난 포기하지 않아. 포기하는 건 내 스타일과는 거리가 멀거든. 마틸데, 얼른 그물을 가져오세요!"

"참 튼실한 녀석이군!" 마틸데가 소리쳤다.

"흥! 넌 이렇게 몸부림을 쳐보지만, 잠시 후면 우리 뱃속에 들어갈 거야. 비록 내 눈과 귀는 제 구실을 못하지만 너처럼 뚱뚱한 물고기를 보면 절대 놓치지 않아."

물고기의 눈이 두려움을 담은 채 둥그렇게 커졌다.

"죽은 척하는 건 네 재주 중의 하나겠지."

물고기가 몸을 움찔했다.

"그건 이미 죽었어." 마틸데가 말했다. "단지 신경이 움직이는 것뿐이야. 이제 여기 앉아서 좀 쉬어. 함께 커피를 마시며 숨을 돌리는 것도 좋을 것 같군."

마틸데가 담요를 툭툭 치며 말했다. 나는 그녀가 시키는 대로 담요 위에 앉았다.

"당신을 향한 감정이 자꾸만 자라나고 있어요. 이런 내가 그리 마음에 들진 않는군요." 내가 그녀를 향해 말했다. "평생 서로 다른 곳에서 살아왔던 한 낯선 여인과 나 사이에 비숫한 점이 너무나 많다는 것을 생각하니 참으로 이상해요."

"피는 속일 수 없다는 말도 있잖아." 그녀가 말했다. "어쨌든 나를 향한 너의 감정이 자라고 있다는 말을 들으니 기쁘구나. 나는 지금껏 그럴 만한 가치가 없는 사람이라고 생각해 왔는데….."

"당신은 참 이상한 사람이에요."

"그건 너도 마찬가지야. 피가 어디 가겠니?" 그녀가 맞받아쳤다.

"나의 예술가적 기질이 당신에게서 물려받은 것이라곤 단정할 수 없어요. 어쩌면 그것은 당신이 떠나면서 내게 남겨주었던 트라우마 때문일지도 몰라요."

"트라우마 때문에 예술가가 되었다는 말이니?"

"네."

"그건 좀 진부한 논지 같은데? 난 오히려 유전적인 요소가 더 크다고 생각해."

"나는 내면의 고통과 고뇌 없이 성공한 예술가를 본 적이 없어요. 연민과 사랑은 사람들로 하여금 소파에 기대어 안주하게 만들 뿐이죠. 나는 어렸을 때부터 나 자신의 트라우마에 상당한 관심을 가져왔어요. 지금은 다른 것에 관심을 가지고 있지만, 이 또한 과거의 트라우마에 뿌리를 두고 있다고 해도 과언이 아닐 거예요."

"너는 지금 네 자신을 위한 영묘를 지어 올리고 있는 중이지?"

"지금껏 나 말고는 그런 일을 했던 사람을 본 적이 없어요. 우리가 나이 순서대로 세상을 떠나게 된다고 가정했을 때, 먼저 눈을 감는 사람은 당신일 거예요. 만약 그렇게 될 경우, 나는 로디니아에 당신의 무덤을 만들어줄 생각이에요. 나를 위해 생각해두었던 장례방법이 실질적으로 사용 가능한 것인지 실험해볼 수도 있으니 말이죠."

"고마워. 그럴 수 있다면 좋겠군."

"좋아요. 그렇다면 당신은 어떤 나무로 다시 태어나고 싶은지 결정하기만 하면 돼요."

서울, 2010
카이

"카이 씨. 1인실을 예약하셨군요."

"네, 맞습니다."

"한국인인가요? 한국인처럼 보이긴 하지만 눈이 상당히 크고 턱도 넓고 각이 져서 여느 한국인과는 조금 다르게 보이는군요. 정말 결과가 좋게 나온 것 같아요. 어디서 성형 수술을 하셨나요?"

"저는 성형 수술을 한 적이 없습니다. 태어날 때부터 이런 모습을 지니고 있었어요. 아마 제 아버지는 한국인이고, 어머니는 덴마크인이라서 그럴 겁니다."

"아, 실례했습니다, 카이 씨. 제가 무례를 범했군요. 죄송합니다." 그가 말을 이었다. "여기 열쇠가 있습니다. 엘레베이터를 타고 35층에서 내리시면 됩니다. 서울 전경을 볼 수 있는 근사한 방이죠."

"감사합니다. 서울 전경을 볼 수 있는 방이라니 기대되는군요."

"젠장! 너무 근사하잖아?" 옌센이 말했다. "어딜 봐도 먼지 하나 볼 수 없어. 어떻게 이처럼 청결을 유지할 수 있을까?

심지어는 도심 한가운데조차도 방금 청소를 한 듯 냄새도 없고 깨끗해. 어머, 세상에! 에스컬레이터가 말을 하네?! 내가 난간 손잡이를 잡지 않았다는 것은 도대체 어떻게 알았지?"

"당신, 언제부터 젠장이라는 말을 사용하기 시작한 거야?"

"방금 전부터."

"당신은 마치 여행이라곤 한 번도 다녀보지 않은 사람 같아."

"난 여행을 수도 없이 다녀봤어. 하지만 유럽 밖으로는 나간 적이 없어. 그건 그렇고, 마치 미래의 영화 속 주인공이 된 것 같지 않아? 당신도 그렇게 생각하지? 난 아시아가 유럽보다 더 발전했다는 것을 모르고 있었어. 우린 지금까지 너무 무지했어. 아시아가 세계를 주도하는 기술로 무장하는 동안, 우리는 먼지 쌓인 피라미드 속에서 코를 치켜들고 잘난 척해왔던 것 같아. 그런데 수백 명의 작은 난쟁이들이 우리 다리 사이를 걸어 다니는 모습을 보면 그다지 즐거워할 수가 없어. 그런 면에서 당신은 행운아야. 덴마크인 유전자 때문에 그들보다 최소 10센티미터 이상은 더 크니까. 당신이 난쟁이 소리를 들을 기회는 잘 없을 거야."

옌센이 긴 분홍색 치마를 좌우로 흔들어가며 말했다.

"난쟁이가 어때서?"

"물론, 이 나라 안에선 아무 문제가 되지 않겠지." 옌센이 웃음을 터뜨리며 말했다.

"당신이 하는 말을 아무도 못 알아들어서 얼마나 다행인지 모르겠어."

"난 알아들을 수 있어요." 우리 뒤에 있던 여인이 끼어들며 말했다.

"앗! 덴마크 사람인가 보군요?" 옌센이 말했다.

"키라라고 해요." 그녀가 말했다. "저는 한국인 입양아로 덴마크의 오르후스에서 자랐어요. 10년 전부터 한국에서 살고 있죠."

"아, 그렇다면 당신이 우리를 도와줄 수도 있겠군요?" 옌센이 말했다. "우리는 지금 소식이 끊긴 몇몇 가족의 연락처를 알아보고 있어요."

"불행히도 제가 도울 수 있는 일은 아닌 것 같군요. 하지만 제가 아는 분은 당신들을 도와줄 수 있을지도 몰라요. 오신부님이랍니다. 그분은 입양아들이 생물학적 부모를 찾는데 큰 도움을 주고 있어요."

키라가 명함 한 장을 꺼내 내게 건네주었다.

"저는 입양아가 아닙니다." 나는 반항하듯 말했다.

"어쨌거나 그분의 도움을 받을 수 있을 거예요." 그녀가 말했다.

오로빌을 떠난 지 24시간도 채 되지 않았지만, 마치 몇 주나 흐른 것 같았다. 마치 한밤중에 갑자기 인도에서 한국이라는 낯선 나라로 순간이동을 한 것 같았다. 그럼에도 나는 난생처음으로 집에 돌아온 것 같은 느낌에 심신의 안정을 얻을 수 있었다. 참으로 이상했다. 비록, 나의 외모는 일반적인 한국인의 모습과는 다르지만 그들의 무리에 힘들이지 않고 젖어들 수 있었다. 반면, 옌센은 이 나라에서 신체의 비율이 전혀 맞지 않는 이상한 거인처럼 보였다. 운동으로 단련된 그녀의 서구적 몸매는 작고 가녀린 한국 여성들과 비교해 어딘지 모르게 크고 거친 듯한 느낌을 주었다. 그녀는 나와는 달리 이방인의 틀에서 벗어나지 못하고 있었다. 문득, 덴마크에 있는 집이 그리워졌다. 마돈나, 선인장, 그리고 핀. 직장도 그리워졌다. 꽃가게 '네토'도 그리웠고, 자전거와 내 침대도 그리워졌다.

마라도, 2010
수이

"함께 바다에 나가볼까?" 미옥 할머니가 말했다.

"네!"

"그 전에 이 약을 먹어."

"하지만 이젠 뱃속의 혹을 느낄 수가 없는걸요. 그처럼 커다란 혹이 일주일도 채 되지 않았는데 어떻게 감쪽같이 없어질 수 있는지 이해할 수가 없어요."

"그래도 약을 며칠 더 먹는 게 좋아."

"그런데 그건 약 같지가 않아요."

"말려서 잘게 빻은 해마 가루에 허브 추출물을 넣었기 때문에 달콤한 맛이 나는 거야."

"그건 진짜 해마를 말려서 가루로 만든 것인가요?"

"응, 내 남동생이 동해 바닷가에서 해마 농장을 운영하고 있어. 해마를 말려서 정기적으로 내게 보내주곤 하지. 나는 그걸 잘게 빻아서 가루로 만든단다. 자, 이제 나가볼까?"

우리는 모터 보트를 타고 마라도에서 약 30분 떨어진 곳에 있는 바위섬 근처에 도착한 후 닻을 내렸다. 나는 검정 잠수복을 입고 눈과 코를 가리는 커다란 마스크를 썼다.

"앞으로 동그랗게 몸을 말았다가 뒤로 잠수해." 미옥 할머니가 말했다.

나는 그녀가 시키는 대로 물에 들어갔다. 다른 여인들의 부표 사이에 둥둥 떠 있는 내 몫의 부표는 마치 커다란 오렌지색 진주처럼 보였다. 부표에는 채취물을 담아두는 그물망이 매달려 있었다.

"나를 따라오기만 하면 돼." 그녀가 말했다.

우리는 숨을 깊이 들이쉬고 거친 바닷물의 표면을 거쳐 고요한 아래쪽으로 내려갔다. 미옥 할머니는 산소통 없이도 20여 미터나 잠수할 수 있었지만, 나는 그녀의 뒤를 따라 서서히 머리를 치켜드는 바다의 소용돌이 속으로 내려갈 수 없었다. 그래서 나는 거뭇거뭇한 바위섬 근처의 암초 위에만 머물러 있었다. 희귀한 양볼락이 느긋하게 헤엄치고 있었다. 피부와 목이 따끔따끔하게 아파오기 시작했다. 나는 소라와 전복, 성게와 이름을 알 수 없는 푸른 형광색 물고기 떼 위를 헤엄쳤다. 입가에 수염이 난 노란 줄무늬의 검정색 물고기 떼가 무리를 지어 바람에 휩쓸리듯 눈앞을 스쳐갔다. 나는 진주 조개 두 개를 발견했다. 수면 위로 올라가 숨을 깊이 들이쉰 후 다시 잠수를 했다. 내가 이곳에 온 이유는 무언가를 잡기 위해서라고 스스로를 다독였다. 커다랗고 울퉁불퉁한 조개를

발견한 나는 그중 한 개를 거머쥐고 칼을 이용해 돌에서 떼어
낸 후, 주황색 불가사리와 갯민숭달팽이, 노란색, 분홍색, 보
라색의 산호초 사이를 유유히 헤엄쳤다. 별안간 몸 아래쪽이
푹 꺼지는 듯한 느낌이 스쳤다. 그와 동시에 어둑어둑한 해
초의 숲이 눈앞에 나타났다. 수면 위에서 쏟아져 내리는 햇살
을 가릴 정도로 높은 숲이었다. 숲속에는 거대한 해파리와 가
느다란 바늘을 연상시키는 은색 물고기들이 해초들의 그림
자 사이를 헤엄치고 있었다. 뱃속이 간질간질해지며 긴장감
이 스쳤다. 나는 어둠 속에서 헤엄치는 것이 두렵지 않았다.
하지만 목은 여전히 따끔거리며 아팠다. 나는 이전에도 여러
번 잠수를 해본 적이 있다. 하지만 이번 경험은 완전히 새로
운 것이었다. 눈물이 흐르기 시작했다. 마스크 안쪽이 뿌옇게
변했다. 바다를 떠나고 싶지 않았다. 별안간 미옥 할머니가
마치 한 마리 해마처럼 내 앞에 모습을 드러냈다. 그녀는 내
게 손짓을 하며 왔던 곳으로 나를 데려갔다. 우리는 수면 위
로 올라가 보트 안에 자리를 잡고 앉았다. 문득, 우리가 전기
청소기로 먼지를 빨아들이듯 바닷속을 훑었다는 생각이 스
쳤다. 내 손가락은 마치 더듬이처럼 바닷속의 전복과 조가비,
문어 등을 뒤적였고, 맨손으로 그것들을 잡아 올렸다. 이제
섬으로 되돌아갈 시간이다.

미옥 할머니는 바위섬에 앉아 검정 고무 잠수복을 허리까지 끌어내렸다. 그녀는 맨 젖가슴을 드러낸 채 옛날부터 내려오는 해녀들의 노래를 부르기 시작했다. 나는 그녀의 노랫가락을 따라 콧노래를 흥얼거렸다. 가락은 부드럽고 아름다웠으며, 가끔 힘찬 기운과 슬프고 아련한 기운을 담아낼 때도 있었다. 그런 노래는 난생처음 들어보았다. 나이 많은 해녀들은 모닥불 주위에 앉아 노래를 불렀다. 나는 미리암도 그 자리에 있었으면 좋겠다고 생각했다. 그녀도 여자들 사이에서 편안함을 느낄 수 있다면 얼마나 좋을까. 미옥 할머니가 나무 사이에 구부정하게 자리를 잡고 앉아 갓 잡은 문어를 썰고, 플라스틱 접시에 초고추장과 함께 내왔다. 나는 축축한 문어 내장을 초고추장에 찍었다. 그녀는 칼을 물에 헹구고 벨트에 찔러 넣은 후, 이로 생선 껍질을 벗기기 시작했다. 그녀의 입가에서 붉은 피가 흘러내렸다.

저녁 무렵, 샘과 나는 섬을 한 바퀴 돌며 산책을 했다. 마치 우주에서 온 외계인이 지어 올린 것 같은 이상한 교회와, 남자들이 무리를 지어 서서 낚시를 하는 비좁은 선착장, 그리고 텅 빈 식당을 지나쳤다. 식당에는 훼리가 오고 가는 낮 시간에만 관광객을 상대로 영업을 한다고 했다. 섬에는 외지인들이 머무를 수 있는 숙박시설이라곤 하나도 없었다. 그 때문에 저녁시간이 되면 섬 주민들은 집 앞을 서성거리거나 집 안을 기웃거리며 들여다보는 관광객들의 방해를 받지 않아서 좋았다. 즉, 저녁이 되면 섬은 오롯이 마을 주민들의 보금자리로 변하는 것이다. 샘은 핸드백을 메고 나왔다. 그녀는 매일 다른 색으로 매니큐어를 칠했으며, 얼굴은 마치 가면을 쓴 듯 새하얀 분가루로 뒤덮여 있었다. 그녀는 햇살을 피하기 위해 양산을 폈고, 나는 햇살을 더 견뎌내기 위해 선크림을 발랐다. 우리는 겉으로 보기엔 서로 나눌 수 있는 공통점이 하나도 없었지만, 이상하게도 대화는 너무나 잘 통했다. 특히, 그녀는 안톤에 관한 이야기는 몇 번이나 들어도 질리지 않는 모양이었다.

"자유로운 연애를 하는 사람은 단 한 번도 본 적이 없어요. 사실, 그런 게 가능하다고도 생각지 않았답니다." 그녀가 말했다. "연애를 하다 헤어져도 수치를 느끼지 않고 당당하게 삶을 이어가기란 그리 쉽지 않아요."

"하지만 미옥 할머니는 제 할아버지와 이혼을 했잖아요?"

"네, 하지만 그분은 매우 특이하고 고집이 센 분이에요. 게다가 마라도 또한 매우 특별한 곳이구요. 한국의 다른 지방에서라면 이혼 후 편견과 뒷말을 감당하기가 쉽지 않을 거예요."

358

"당신이 삶에서 가장 원하는 건 뭔가요?" 나는 샘에게 물어보았다.

"바로 이거예요. 핸드백!"

"하지만 당신은 이미 핸드백을 가지고 있잖아요."

"네. 하지만 난 항상 새 핸드백을 원한답니다."

"애인은요?"

"저는 남자를 사귀는 데는 관심이 없어요. 난 독립적인 여성으로서의 삶을 누리고 싶어요."

우리는 바다 위에 불쑥 솟아오른 작은 섬에 함께 서서 이런저런 대화를 나누었다. 한순간, 끝없는 자유를 만끽하고 있다는 기분 좋은 생각이 나를 감싸 안았다.

의사의 방문, 달라르나, 2021
미리암

"당신은 누구신가요?"

"린드그렌입니다. 당신의 주치의죠. 잠시 대화를 나눈 후에 진료를 해볼게요. 피검사도 해볼 예정입니다."

"그렇군요."

"지금 입고 있는 옷이 참으로 아름답군요." 그녀가 말했다.

"이건 입생 로랑의 튜니카예요. 내 옷에 관심을 보이다니 기분이 좋군요. 당신이 이렇게 찾아준 건 고맙지만, 나는 특별히 당신과 나눌 이야기가 없는데 어떡하죠?"

"미리암, 어제 당신이 내게 전화를 해서 근래에 건강이 눈에 띄게 악화된 것 같다고 말했던 건 기억나지 않나요?"

"듣고 보니 그런 것 같기도 하군요. 커피 드실래요?"

"고맙지만 사양하겠습니다. 궁금한 게 몇 가지 있는데 질문을 해도 될까요?"

"좋아요. 그건 그렇고, 내 신발에 대해선 어떻게 생각하나요? 꽤 근사하지 않나요?"

"네, 매우 비싸 보이는군요."

"가격 이야기는 입 밖으로 소리 내 말하는 게 아니래요."

"미리암, 오늘이 무슨 요일인지는 알고 있나요?"

"몰라요. 나는 인간이 정해놓은 바보 같은 시스템에 대해선 알고 싶지 않아요. 자연 속에서 살면 그런 일에 관해선 생각하지 않아도 되니 참 좋아요."

"어린 시절의 일 중에서 기억나는 건 있나요?"

"다 기억나요. 나는 어린 시절을 모조리 다 기억하고 있어요."

"결혼은 하셨나요?"

"네. 남편과 저는 오랫동안 결혼 생활을 해왔어요. 우리는 이탈리아에 참으로 근사한 별장을 지었답니다. 산등성이에 자리한 별장이랍니다. 창을 통해선 산과 계곡을 한눈에 볼 수 있어요. 바람이 불면 나뭇잎이 떨어져 내리는데, 그 소리는 마치 음악을 듣는 것만 같아요."

"따님은요?"

"딸…? 우리에겐 자식이 네 명 있어요. 막내 이름은 수이라고 하는데, 예술가적 기질이 출중해요. 아마 저처럼 예술가의 길을 걷지 않을까 싶어요. 아이리스는 지금 우리와 함께 지내고 있어요. 하지만 그 아이는 매우 큰 병을 앓고 있답니다. 오늘내일하며 마지막 날만 기다리고 있죠. 그 아이 이야기는 하고 싶지 않습니다. 너무나 마음이 아파서 그래요."

"미리암, 내가 만약 당신에겐 딸이라곤 수이 한 명뿐이라 말한다면 무슨 말을 하시겠습니까? 게다가 수이는 연극배우가 아닙니다. 그리고 아이리스는 당신이 한때 사용했던 별호가 아니었습니까?"

"이젠 제가 나이가 들면서 달팽이처럼 변했다는 것을 인정할 수밖에 없군요."

"네? 무슨 말씀이신지…?"

"더듬이가 없는 달팽이는 단지 숲속에 있는 점액질 뭉치일 뿐이죠."

"미리암, 당신에겐 자식이 한 명밖에 없습니다."

"상상 속의 이야기를 더 짜임새 있게 지어내는 데는 제가 당신보다 더 나은 것 같군요."

"그게 바로 현재 당신에게 일어나고 있는 일인가요?"

"제 기억 속에는 이상한 하얀 점이 군데군데 박혀 있어요."

"저는 당신이 초기 치매 증상에 시달리고 있다고 생각합니다. 가슴이 아프군요."

"당신은 타인의 고통 때문에 아파하기엔 너무나 어려요. 게다가 타인의 고통으로 가슴이 아프다면 의사가 될 자격도 없어요. 그건 그렇고, 제 어머니는 만나보셨나요?"

"그녀는 이미 2년 전에 세상을 떠났습니다."

"어머니는 제가 가장 필요로 할 때 저를 떠나버렸어요. 혹시라도 제 어머니를 만날 기회가 있다면 이제 담장이 완성되었다고 전해주세요. 저는 담장에 조그만 틈새를 만들어놓았답니다. 어머니와 파라다이스 문을 함께 닫을 수 있는 날을 고대하며 기다리고 있어요."

"도심에 자리한 좀 더 규모가 작은 집으로 이사를 하는 건 어떠세요?"

"저는 이곳에서도 잘 지낼 수 있어요."

"도우미를 고용하세요. 일단 거기서부터 시작해봅시다. 이사에 관한 저의 제안도 한번 고려해보시고요."

"네, 알았어요."

"다음 주에 다시 들를게요."

서울, 2010
카이

"여보세요, 카이 씨?"

"오 신부님, 제 아버지의 주소를 찾는 데 도움을 주셔서 정말 감사합니다."

"어렵지 않은 일이었습니다. 옛날 주소를 확인해보았더니 금방 찾을 수 있었어요. 아버님께서는 이혼한 지 얼마 되지 않았더군요. 아내분은 현재 마라도에 살고 있지만, 아버님께서는 서울 북쪽에 자리한 인왕산 근처에 살고 있습니다. 두 분의 주소를 방금 이메일로 보냈으니 확인해보시죠."

"어떻게 감사를 드려야 할 모르겠군요. 계좌번호를 주시면…."

"저는 성직자입니다. 돈으로 대가를 받지는 않습니다. 저는 단지 당신 같은 사람들을 도와주기 위해 이 일을 할 뿐입니다."

"저희 같은 사람들이라뇨?"

"자신의 뿌리를 찾기 위해 이곳으로 되돌아오는 사람들은 굉장히 많습니다. 우리 한국인들은 죄의 대가를 치를 의무가 있습니다."

"죄의 대가라니요?"

"나라 전체가 지은 죄라고나 할까요. 저는 단지 조국을 되찾아 오는 이들의 상처를 어루만져줄 뿐입니다. 비록 당신은 순수한 한국인이라고는 할 수 없지만, 여전히 당신 몸에는 한국인의 피가 흐르고 있지 않습니까."

"그렇다면 돈 대신 작은 선물이라도 드리고 싶은데 괜찮겠습니까?"

"고맙지만 사양하겠습니다. 대신 당신의 앞날에 행운을 빌어드리겠습니다. 아버님을 뵙게 되면 근처의 인왕산에 꼭 한 번 올라가 보시죠. 그곳에서 내려다보는 서울 전경이 아주 근사하답니다."

옌셴은 동대문 시장에 간다며 나섰다. 그곳은 3만 개 이상의 점포가 자리한 미로 같은 장소로 한 번 들어가면 빠져나오기가 쉽지 않다. 나는 가이드북을 펼쳐 인왕산에 관해 읽어보았다. 인왕산에서는 가끔 한국의 무속인인 무당이 주도하는 굿이 펼쳐진다고 했다. 나는 오 신부님에게 전화를 했다.

"굿에 참여하려면 어떻게 해야 하나요?"

"죄송하지만 그건 제가 도와드릴 수 없군요. 우리는 그리스도교 교인이라 무당을 찾아보진 않습니다. 무당을 찾아간다는 것은 매우 위험한 일이기도 합니다."

"위험한 일이라고요? 그 이유는 무엇입니까?"

"저는 무당을 찾아갔다가 얼굴을 잃어버리고 온 사람을 알고 있습니다."

"얼굴을 잃어버렸다고요? 눈 코 입이 다 사라져 얼굴이 백지장처럼 변했다는 말씀이신가요?"

"정확히 설명하는 건 불가능합니다. 어쨌든 그가 얼굴을 잃어버렸다는 것만 말씀드릴 수 있습니다."

나는 안내 데스크로 가서 어딜 가면 굿 구경을 할 수 있는지 물어보았지만, 대답을 해줄 수 있는 사람을 찾을 수 없었다. 할 수 없이 나는 무작정 그곳으로 가보기로 마음먹었다. 강북으로 가기 위해 전철을 탔다. 밖은 33도의 무더운 날씨였다. 길가에 나란히 자리한 고층건물과 나직한 건물을 지난 후, 금방 설치한 것 같은 콘크리트 방음벽을 따라 발을 옮겼다. 약 1킬로미터쯤 가니 산기슭에 작은 울타리가 보였다. 나는 걸음을 멈추고 빨간 페인트 칠을 한 나무 기둥 앞에 서서 가슴을 손에 대고 존중의 의사를 표한 후, 다시 걷기 시작했다. 오솔길을 따라 계속 올라가니 작은 절이 하나 보였다. 나는 신발을 벗고 안으로 들어가 정좌를 한 다음 명상을 했다. 두 눈을 감으니 마트리만디르의 거대한 크리스털 구슬이 보였다. 크리스털 구슬은 하늘을 담고 있었다. 깊은 숨을 들이쉬자 평온함이 내면에서 고개를 드는 것을 느낄 수 있었다.

다시 산꼭대기를 향해 발을 옮겼다. 어디선가 북소리가
들려왔다. 그 소리는 점점 커졌다. 북소리를 따라가니 작은
탑이 하나 있었고, 그 주위에는 무당 세 명과 박수무당 세 명,
그리고 네 명의 조력자가 굿을 하고 있었다.

　　운이 좋다는 생각뿐이었다. 나는 그들이 굿하는 광경을
하나도 빠짐없이 세세히 눈에 넣었다. 가장 몸집이 큰 무당
이 마치 저세상의 영혼을 부르듯 구슬픈 가락을 읊었다. 무당
들은 모두 흰색의 전통 복장을 입고 있었다. 짧은 머리에 청
바지, 하얀 티셔츠 위에 하얀 스웨터를 입고, 하얀 운동화를
신은 몸집이 자그마한 여인이 한 명 눈에 띄었다. 그녀는 벽
을 향해 돌아선 채 두 손으로 얼굴을 가리고 있었다. 굿은 그
녀를 위해 진행되는 것 같았다. 고기와 과일들이 야외 제단에
차곡차곡 쌓여 있었고, 그 옆에는 날카로운 칼날로 이루어진
계단이 자리하고 있었다. 가장 나이가 어려 보이는 무당 한
명이 맨발로 제단을 향한 계단을 올랐다. 날카로운 칼날이 그
녀의 발바닥을 파고들었지만, 신기하게도 그녀의 발에선 피
가 흐르지 않았다. 굿을 구경하다 보니 시간 가는 줄도 몰랐
다. 어느새 어둠이 산 위에 내려앉았다. 산의 발치에는 여전
히 도시가 자리하고 있었다. 산꼭대기에서 흘러내리는 강물
은 병을 고치는 효력을 지니고 있다고 했다. 나는 그 강물을
따라 산 아래의 도시로 다시 내려왔다.

아버지의 집 앞에 서니 땀이 비오듯 흘렀다. 작고 기다란 집은 이웃집과 담을 같이하고 있었다. 나는 무겁게 침을 꿀꺽 삼키고 대문을 두드렸다.

달라르나, 2021
미리암

옷방으로 가서 나란히 걸려 있는 화려한 드레스들을 뒤적여보았다. 바닥에서 천장까지 이어진 커다란 거울 때문에 방 안은 실제 크기보다 두 배는 더 커 보였다. 주제별로 나누어져 자리한 신발들은 다시 색깔별로 세분되어 진열되어 있었다. 그 방은 숲속에 들어와 살기 전의 내 삶을 그대로 보존하고 있는 유일한 장소였다. 과거의 삶을 바탕으로 재창조된 이 공간은 나무 상자 속의 보석처럼 우리 집 안에 자리를 잡고 있다. 나는 이 방을 지금껏 봉쇄해두었다. 하지만 이제 이곳을 떠날 날이 얼마 남지 않았다는 생각에 이 방문을 열어보았던 것이다. 내 손가락은 마치 기억을 저장해둔 수첩을 뒤적이듯 옷과 옷 사이를 헤집었다. 그와 동시에 각각의 옷과 관련된 장소, 사람, 경험들이 하나하나 떠오르기 시작했다.

히로키: 긴 녹색 칵테일 드레스를 입었을 때 당신은 정말 아름다웠어.

나: 난 오늘 기분이 좋지 않아. 오늘은 짙은 청색 드레스가 잘 어울릴 것 같아.

히로키: 걔가 그 옷을 입어봤다는 건 당신도 알고 있겠지?

나: 걔라니? 누굴 말하는 거야?

히로키: 당신 딸. 그녀의 체취가 느껴지지 않아? 난 그 옷이 당신에게 더 잘 어울린다고 생각해.

나: 난 살아 있을 때보다 죽었을 때의 당신이 더 마음에 들어.

히로키가 웃음을 터뜨리며 빛이 새어 들어오는 문 밑의 틈새로 사라져버렸다.

나는 이브닝 드레스를 옷걸이에서 빼내어 냄새를 맡아보았다. 그의 말이 맞았다. 드레스에선 수이의 냄새가 났다. 심지어는 수이의 긴 머리카락 세 가닥도 드레스에 붙어 있는 것을 발견할 수 있었다. 나는 그 옷을 입고 같은 색의 망사가 달린 모자를 쓴 후, 부엌으로 갔다.

시력이 나빠지면서 눈에 보이는 건 사물의 윤곽뿐이었다. 자연으로 돌아가기 위한 준비를 하며, 나는 먹을 수 없는 것까지 모두 맛보기로 결심했다. 그 맛이 어떤지 알아보고 싶었기 때문이다. 처음에는 과일의 씨, 오렌지 껍질, 흙, 분필, 나뭇잎과 종이 등으로 시작했지만 이제는 종류를 가리지 않고 눈에 보이는 것은 모두 먹고 있다. 어제는 볼펜도 먹어보았다. 믹서기에 갈아서 약간의 전분과 섞어 먹었던 것이다. 내 머리카락, 쓰레기 봉투, 낡은 스키의 한 부분까지도 먹어보았다. 히로키는 그림자가 드리워진 구석에 서서 모든 것에

다 참견을 했다. 그는 내가 나쁜 식생활 습관을 가지고 있다고 말했다. 나는 그에게 참견하지 말라고 쏘아붙였다.

히로키: 어젯밤에는 무슨 꿈을 꾸었지?

나: 난 어젯밤에 인어들을 보았어. 그중 한 명은 수이였어.

히로키: 당신의 기억 중에서 가장 아름다웠던 것을 말해봐.

나: 나를 어루만지는 카이의 부드러운 손과 그의 목소리, 내 눈을 바라보는 그의 그윽한 눈빛… 이 세상에서 나를 진정으로 이해해주었던 사람은 카이뿐이었어. 바로 그 점 때문에 그는 보통 사람들과 달라.

히로키의 얼굴이 붉으락푸르락 변했다. 금방이라도 폭발할 것만 같았다. 나는 질투심을 느끼는 그를 바라보는 것이 너무나 즐거웠다. 게다가 그는 내게 어떤 해도 입히지 못한다고 생각하니 더 즐거웠다. 나는 원하기만 하면 파리를 쫓아내듯 한 손으로 그를 내칠 수도 있었다. 전화벨이 울렸다. 벨소리가 울리지 않을 때까지 전화를 받지 않으려 하다가 생각을 고쳐먹었다. 중요한 전화일지도 모른다는 생각에서였다.

"여보세요, 미리암입니다."

"저예요." 귀에 익은 목소리였다. 나는 목소리의 주인공이 누구인지 알아내려 애를 썼지만, 목소리에 걸맞은 그 어떤 얼굴도 떠오르지 않았다. 이름도 떠오르지 않았다.

침묵.

"창을 통해 당신을 보았어요." 목소리가 말을 이었다. "매우 아름다운 분이라고 생각했습니다. 제가 전화를 드린 이유는 새로 발간된 인테리어 잡지를 구독할 의사가 있는지 여쭈어 보기 위해서랍니다."

침묵.

"우리 집 근처에는 사람이 살지 않아요. 그러니 당신이 창을 통해 나를 봤다는 말은 믿을 수가 없군요."

"귀찮게 해드려서 죄송합니다. 그렇다면 당신을 우리 구독자 명단에서 삭제해드리겠습니다."

나는 오랫동안 가만히 앉아 전화기에서 들려오는 소리에 귀를 기울였다. 일정한 간격을 두고 울리는 삐 소리는 내 귓전에 다가왔다가 달아나기를 반복했다. 나는 전화를 끊지 않고, 수화기를 펼쳐놓은 책 위에 내려놓았다. 부엌으로 가서 낡은 신문지에 잼을 바르고 커피를 마시기 위해 물을 끓였다. 수증기가 치솟아 올라 천장에 구름을 만들어냈다. 점점 커지는 구름에서 비가 내리기 시작했다. 그런 일은 처음이었다. 내 옷이 젖어가기 시작했다. 나는 충동적으로 찬장 문을 열고 사진첩을 꺼내 세상에 갓 태어난 수이의 사진을 들여다보았다. 뜨거운 눈물이 차가운 빗방울과 섞였다. 사진은 금방 젖어버렸다. 수이의 모습이 뿌옇게 변했다. 나는 잼을 바른 신문지 한 조각을 베어 먹었다. 종이는 씹어 먹기가 쉽지 않았다. 입안에서 공처럼 뭉쳐진 신문지 조각을 억지로 삼켰다. 하지만 그것은 곧 목에 걸렸다. 나는 기침을 하지 않았다. 조그만 헛기침도 입 밖에 내어놓지 않았다. 나는 목에 걸린 신문지 조각을 받아들였다. 살면서 이보다 더한 일도 경험했는데 이쯤이야 하는 생각이 스쳤다.

전시회 오프닝과 화려한 저녁식사 자리, 자선파티, 리셉션과 시상식 등 마지못해 억지로 참석해야만 했던 모든 장소들을 떠올렸다. 뉴욕현대미술관 직원이 나의 작품을 걸었던 순간을 생각하니 울컥해졌다. 너무나 오랫동안 고생했던 과거를 뒤로하고 이제야 내 세상이 왔다는 걷잡을 수 없는 행복감을 되새길 수 있었기 때문일까. 어울리지 않게 값비싼 옷으로 치장한 일반인들이 내 그림을 보기 위해 전시회장 안에 처음 발을 들여놓았던 순간도 떠올려보았다. 무언가를 쫓는 듯한 그들의 눈동자, 기름진 손가락, 그리고 꾹 다문 입들. 과거의 기억들이 한 차례 파도처럼 지나가자 형언할 수 없는 평온함이 나를 감쌌다. 문득, 도쿄의 하늘 아래 히로키와 함께 앉아 있던 순간이 머릿속을 스쳤다. 나는 그의 비틀거리는 몸과, 그가 아래로 추락하기 직전의 운명적인 몇 초 동안을 아직도 기억하고 있다.

히로키: 당신이 나를 밀었다는 것을 인정해.

나: 당신은 스스로 떨어졌어.

히로키: 미안하다고 말해봐.

나: 미안해.

히로키: 방금 뭐라고 했지?

나: 당신이 떨어져서 미안하다고 말했어.

히로키: 나는 당신이 밀어서 떨어진 거야.

나: 내가 당신을 향해 손을 뻗는 순간 당신은 아래로 떨어졌어.

기분 좋은 안개가 모든 것을 감싸고 있었다. 나는 전화기 옆 소파 위에 누웠다. 하얀 쿠션에 닿은 내 뺨이 실크처럼 부드럽다는 생각을 했다. 내 몸의 주름, 머리카락, 저승반점 등은 한데 모여 내가 살아왔던 삶 위에 지도를 만들어냈다. 나는 이제 내가 낳은 유일한 아이의 따스한 머리를 내 가슴에 품어보고 싶을 뿐이다. 대문을 두드리는 소리가 들렸다. 사랑하는 수이. 나는 조용히 혼잣말을 중얼거렸다. 목구멍을 채웠던 가래 끓는 소리는 사라졌다. 비도 그쳤다. 다시 문을 두드리는 소리가 났다. 현실은 새가 지저귀는 소리와 함께 나를 찾아들었다.

그녀가 내 앞에 서 있었다. 죽어가는 내 눈앞을 가린 우윳빛 장막 너머 보이는 그녀의 모습은 사람이라기보다는 유령을 보는 것 같았다.

"누구지?"
"내가 누군지는 당신도 잘 알고 있어요." 수이가 대답했다.
"이제야 왔구나."

무언가 따스한 것이 내 뺨을 타고 흘렀다. 다시 비가 내리는 것일까.

마라도, 2010
수이의 메모

진주

조개는 모래알이나 기생충 등 낯선 것을 발견하면 진주
모 속에 그것을 가두어버린다. 진주모 속에 갇힌 낯선 것들은
곧 매끈하게 변해 더 이상 낯설지 않게 변한다. 어떤 이들은
낯선 것에서 익숙한 것으로 변해가는 것들을 진주라는 말로
비유하기도 한다. 조개는 하나의 개체이다. 진주는 원칙적으
로 무의미한 것이다. 하지만 조개에서 진주를 빼내면 조개의
가치는 사라져버린다. 가치를 잃어버린 조개는 커다랗고 부
드러운 혀를 지닌 턱에 지나지 않는다.

어머니는 한 개체이다. 아이는 원칙적으로 무의미한 것이
다. 하지만 어머니에게서 아이를 빼앗아버리면 어머니의 가
치는 사라져버린다. 가치를 잃어버린 어머니는 커다랗고 부
드러운 혀를 지닌 턱에 지나지 않는다.

가치를 잃어버린 것은 거짓이다.

거짓.

거짓말.

거짓은 담장이다.

담장을 보라. 어머니를 보라.

서울, 2010
카이

"누구신지…?"

"카이입니다."

"내 아들…?"

"네, 그렇습니다."

"비록 내가 울고 있긴 하지만… 자네를 한 번 안아봐도 되겠나?"

"괜찮습니다."

"언젠가는 자네를 꼭 한 번 만나게 해달라고 그토록 기도를 했었지."

"혹시 제 딸이 여기 있습니까?"

"아니야, 며칠 전에 미옥이가 전화를 했어. 자네 딸이 지금 마라도에 있는 미옥이 집에 머물고 있다고 했지. 미옥이는 자네 딸에게 잠수질을 가르쳐주고 함께 가자미와 전복과 진주 조개를 잡아 올린다고 했어."

"오, 이제야 안심이 되는군요. 감사합니다."

"딸애와 통화를 해볼 텐가? 원한다면 내가 지금 전화를 해볼게."

"네, 전화를 좀 빌려 써도 되겠습니까?"

"물론이지. 전화는 부엌에 있어."

부엌에는 가스렌지 하나, 싱크대와 냉장고뿐이었다. 전화기는 벽에 걸려 있었다. 그는 내 뒤를 줄곧 졸졸 따라왔다.

"내가 번호를 눌러줄게. 머리로는 기억을 못 하지만 손가락은 번호를 기억하고 있거든."

수화기를 들어 올리는 그의 손이 떨렸다.

"여보세요? 여보세요?"

그가 한국어로 무슨 말인가를 한 후, 내게 수화기를 건네주었다. 나는 수화기를 귀에 가져갔다.

"아버지?"

"수이!"

"네! 아버지 전화를 받으니 반가워요."

"어떻게 지내니?"

"저는 미옥 할머니와 다른 해녀분들과 함께 하루 종일 바다에 나가서 시간을 보내요. 아무래도 저는 해녀 체질인가 봐요. 바닷물 속에서도 쉽게 방향감각을 잃지 않아요."

"걱정이 돼서 죽을 뻔했어. 너는 왜 옌센에게 약속하고서도 전화를 하지 않았니?"

"너무나 많은 일들이 한꺼번에 일어났어요. 그건 그렇고 지금 서울의 할아버지 댁에 계시나요?"

"네 소식을 듣지 못해서 우리가 너를 찾으러 한국까지 왔 잖아."

"우리라고요?"

"응, 옌센도 함께 왔어."

"두 분이 함께 오시다니… 꽤 로맨틱하게 들리는걸요? 어 쨌거나 제 걱정은 할 필요 없어요. 혼자서도 잘 지내고 있으 니까요. 그런데 지금 누가 옆에 있나요?"

"아버지야."

"미옥 할머니 말로는 할아버지가 다음 주에 마라도에 올 예정이라고 했어요. 할아버지를 만날 생각에 벌써부터 마음 이 들떠요."

"너무 큰 기대는 하지 마. 네 할아버지가 많이 우울해하 는 것 같아. 나와 옌센도 함께 마라도로 갈까?"

"모두 함께 오면 머무를 곳이 없을 텐데요. 미옥 할머니 의 집은 굉장히 작아요. 방도 하나밖에 없어요. 별채가 하나 있긴 한데 그건 더 작아요."

"이렇게 먼 길을 왔는데 너를 만나지 못한다는 게 말이 되니? 게다가 너는 반나절만 가면 만날 수 있는 곳에 있는 데… 우린 마라도의 호텔에서 자면 돼."

"여긴 호텔이 없어요. 너무너무 작은 섬이거든요."

"너는 우리가 안 왔으면 좋겠니?"

"네, 그게 바로 제가 하고 싶은 말이에요. 아버지… 실망하셨어요? 기분이 안 좋은 것 같아요."

"맞아, 좀 실망했어. 정말 내 도움이 필요하지 않은 거야?"

"사실은 배에 좀 건강상의 문제가 있었어요. 하지만 미옥 할머니가 손을 봐서 이젠 괜찮아요. 저는 잠수철이 끝나면 돌아갈게요. 아버지가 인도로 다시 돌아가지 않는다면 크리스마스를 함께 보내는 건 어때요?"

"나는 인도로 가지 않을 거야."

"아버지가 저 때문에 여기까지 왔다는 생각을 하니 조금 양심의 가책이 느껴져요."

"어쨌든 네가 잘 지내고 있는 것 같아 다행이다. 내겐 그보다 더 중요한 건 없어. 이참에 옌센의 안부도 전할게."

"제 안부도 전해주세요. 아버지, 사랑해요. 곧 다시 만나요."

서울, 2010
카이

우리는 아버지의 작은 탁자를 사이에 두고 마주 앉았다.
탁자 위에는 물티슈와 텔레비전 리모컨이 나란히 놓여 있었
다. 그가 커피 한 잔을 내 앞에 내려놓았다.

"크림을 줄까?" 그가 물었다.

"블랙커피도 괜찮아요."

"내 아내는 나를 헌신짝처럼 버렸어. 그로 인한 수치심은
너무나 컸지만, 나는 스스로 목숨을 끊을 정도로 용기 있는
사람은 아니었어. 이제 세월이 흐르고 보니 모든 일에 무덤덤
해졌어. 그렇다고 해서 네가 내게 무의미한 존재로 변했다는
말은 아니야. 이제 네가 잘 지내고 있는 모습을 보니 나도 가
슴이 뿌듯하구나. 사실, 나는 네게 물려줄 유산도 없어. 나의
노년을 네게 부탁할 마음도 없고… 난 단지 네가 가끔 내 생
각을 해주었으면 하는 바람밖에 없단다."

"저는 아버지에 관해 아는 것이 거의 없어요. 제가 몇 가
지 여쭈어봐도 되겠습니까?"

"물론이지."

"아버지 고향은 어디인가요?"

"부산⋯ 아니, 나는 마산에서 태어났어. 부산 옆에 있는 도시란다."

"형제자매는 몇 명이 있었는지요?"

"나는 아주 어렸을 때부터 가족과 떨어져 살았어. 그래서 형제자매가 몇 명인지 기억할 수가 없구나. 한국 전쟁이 발발했을 때 나는 고모와 함께 남쪽 지방으로 피난을 갔어. 아버지는 교통사고로 세상을 떠났고, 어머니는 다른 도시에 사는 남자와 재혼을 했지. 나는 고모의 가족들과 함께 살았어. 고모의 큰딸은 미국인 선교사와 결혼을 한 후 미국으로 갔단다. 거기서 가끔 고모에게 돈을 보내기도 했지. 우린 그걸 보고 서양이 확실히 살기 좋은 곳이라고 믿었어. 그래서 나는 고등학교를 졸업하자마자 부자가 되겠다는 허황된 꿈을 안고 덴마크로 갔던 거란다."

"왜 하필이면 덴마크로 가셨나요?"

"내가 열다섯 살 때 친구들과 함께 부산의 해변가로 놀러 간 적이 있단다. 그때, 네 어머니인 수잔네를 만났어. 그녀는 머스크 그룹의 한국 지사에 발령이 난 아버지를 따라 부산에서 휴가를 즐기고 있었어. 우리는 첫눈에 사랑에 빠졌지. 하지만 그녀는 곧 덴마크로 돌아가야만 했어. 우리는 그 후에도 서로 편지를 주고 받으며 계속 사랑을 키워나갔단다. 그로부터 5년이 흐른 후, 나는 그간 모은 돈을 모두 털어 덴마크로 갔어. 얼마 후, 수잔네는 임신을 했고, 우리는 시청에서 간소한 결혼식을 올렸지. 하지만 우리의 결혼 생활은 그다지 행복하지 않았어. 우리는 여름이 되면 한국을 방문했지만, 난 덴마크에 있는 내내 향수병에 시달렸지. 네 어머니는 여성의 권리를 핍박하는 나라에선 살기 싫다고 했어. 당시 한국은 엄격한 부권 사회였지. 바로 그 때문에 마라도가 특별한 곳으로 여겨진단다. 그곳의 여인들은 경제권을 주도하는 독립적인 존재였어. 나는 독립적인 여성과 덴마크 사회를 존중했지만, 점점 내 뿌리를 잃어버리는 것 같은 생각에 견딜 수가 없었어. 돈을 벌고 네 어머니를 보살펴줘야 한다는 책임감마저 빼앗겨버린 것 같은 느낌이었지. 그래, 맞아. 나를 보살펴주고 가정 경제를 책임졌던 사람은 바로 네 어머니였단다. 나의 우울증은 더 깊어졌어. 그때, 수잔네가 그간 모아두었던 돈을 내게 건네주며 식당을 해보라고 제안했지. 나는 다시 희망을 얻기 시작했지만, 당시만 하더라도 한국 음식은 덴마크에서 낯설기 그지없었기에 결국 식당은 부도가 나고 말았어. 우리는 네가 여덟 살이 되던 해에 이혼을 했고, 나는 서울로 왔지. 수잔네에게 진 빚과 수치심 때문에 나는 다시 덴마크에 돌아갈 수가 없었어. 나는 수잔네에게 꼭 돈을 갚고 싶었지만, 단한 번도 이렇다 할 직업을 가져본 적이 없었기에 그 또한 마음처럼 잘 되지 않았단다. 그건 미옥이를 만났기 때문이기도 해. 미옥이는 태평양을 통틀어 가장 실력 있는 해녀였거든. 그녀가 벌어들였던 돈은 엄청났어. 나는 덕분에 집에서 취미로 낚시를 하거나 집안일을 하며 시간을 보냈지. 하지만 나는 매일 네 생각을 했단다. 항상 너와 수이가 잘 되라고 기도를 했어. 카이, 이제 과거를 잊어버릴 수 있겠나? 다시는 지난 이야기를 꺼내지 않아도 되도록 말야. 한국에 머무는 동안 좋은 시간 보내길 바라. 그리고 내 생각은 안 해도 돼. 난 그다지 흥미로운 사람이 아니니까. 사실, 내가 하는 이야기는 모두 종교에 관한 이야기뿐이란다. 지금 내 삶에선 교회가 전부라고 해도 과언이 아니니까."

"함께 시간을 보내는 건 어떨까요? 아버지가 다니는 교회도 한 번 보고 싶군요."

"원한다면 내일 함께 교회로 가보자. 오전 11시에 예배가 있어."

"좋아요."

"예배가 끝나면 같이 점심을 먹어도 되겠지?"

"네, 그렇게 해요. 저는 아버지가 매우 멋있는 사람이라는 생각에 변함이 없습니다."

"멋있긴… 난 흰머리를 염색할 돈도 없는 사람인데…."

"그건 그렇고, 제가 어렸을 때 물 위를 걸었던 건 기억하시나요?”

"스케이트를 타기 위해 푸레쉬 호수에 갔을 때 말이니?"

"네, 맞아요. 얼음이 막 녹기 시작하던 때였지만, 저는 아랑곳하지 않고 스케이트를 탔어요. 그때 아버지는 어머니와 함께 호숫가에 서서 걱정스레 지켜보고 있었지요. 갑자기 제 앞에 얼음이 사라지고 물만 보였어요. 그럼에도 저는 앞으로 나아갔어요. 어머니는 얼굴이 새파랗게 질려 걱정하더니 갑자기 웃음을 터뜨리며 제가 물 위를 걸을 수 있다고 소리쳤어요.”

"맞아, 지금 생각해도 웃음이 절로 나오는구나.”

"아버지도 물 위를 걸을 수 있나요?"

"아냐, 그 어떤 인간도 물 위를 걸을 수는 없단다. 너도 물 위를 걸었던 건 아냐. 그냥 그렇게 보였던 것일 뿐이지. 그때 호수 표면의 얼음은 녹아 있었지만 바로 그 밑에는 아주 두꺼운 얼음이 자리하고 있었단다.”

"수면 아래에 얼음이 있었다고요? 왜 제겐 그 말을 해주지 않으셨나요?"

"난 네가 우리 농담을 이해한 줄로만 알았지. 우린 항상 네가 신비한 힘을 가지고 있다고 말하곤 했어. 비록 물 위를 걸을 수는 없지만, 넌 우리에게 매우 특별한 존재였거든. 하지만 네가 정말 물 위를 걸을 수 있다고 스스로 믿었다니 조금 놀랍구나."

전철을 타고 가노라니 갖가지 생각들이 한데 모여 조각
난 말과 언어로 나를 덮쳤다. 나는 왜 그곳에 내가 있는지 이
유를 알 수 없었다. 아무런 느낌과 감정도 없었다. 내가 그곳
에 속해 있다는 생각도 들지 않았다. 어디를 둘러봐도 검은
머리, 검은 수염으로 빽빽했다. 아버지를 향한 느낌과 감정도
찾을 수 없었다. 그럼에도 나는 그와 어떤 식으로든 엮여 있
는 것만은 분명했다. 어쨌거나 그는 내 삶에서 지울 수 없는
존재, 아버지이니까. 너무 늦었다는 생각이 들었지만, 어쩔
수 없었다.

달라르나, 2021
수이

장작을 가져와 벽난로에 불을 지폈다. 미리암은 소파 위에 누워 시선으로 내 움직임을 따랐다. 온 집 안과 그녀의 몸에서는 퀴퀴한 쓰레기 냄새와 고약한 오줌 냄새가 났다. 그녀가 미소를 지었다. 나는 단 한 번도 그런 표정으로 미소 짓는 그녀를 본 적이 없었다. 그녀의 미소가 인간적이라는 생각을 했다. 나는 집 안 청소를 하기 시작했다. 탁자 위에는 잼을 바른 낡은 신문지가 있었고, 싱크대 안에는 깨진 유리컵과 반쯤 비워진 깡통, 상한 우유가 들어 있는 우유통이 있었다. 냉장고에는 곰팡이 핀 음식들로 가득했다. 바닥은 흙과 먼지로 지저분하기 짝이 없었다. 거실 구석에는 설탕을 쏟아부은 자국이 있었다. 높이 쌓인 하얀 설탕 가루와 문틈 사이에는 까만 개미들의 행렬이 쉼 없이 이어졌다.

"고마워."

"별말씀을요."

"지난 번에 돌아간 후 얼마만에 다시 온 거니?"

"11년이 되었어요."

"그새 책은 출간했니?"

"네, 벌써 여러 권이 출간되었어요."

"넌 참으로 운이 좋은 아이야. 앞으로 평생 돈 걱정 없이 살 수 있으니까. 다 내 덕분인지 알아."

"저는 혼자 힘으로도 잘살 수 있어요."

"정말?"

"네!"

나는 주전자에 물을 넣어 불 위에 올리고, 대문을 연 다음 청소를 하기 시작했다.

"너도 내가 정신이 나갔다고 생각하니?" 미리암이 물었다.

"네."

"하지만 상태가 말짱할 때도 없지 않아."

"아직 치매가 중증으로 발전한 것 같진 않아요."

"난 치매에 걸리지 않았어. 단지 로디니아로 점점 가까이 다가가고 있을 뿐이지."

"당신 주치의가 제게 전화를 했어요. 당신이 도우미를 거부한다며 걱정을 많이 하더군요."

"난 내 집에 누가 오는지 스스로 결정할 권리가 있어."

"병원에 갔을 때의 일은 기억하나요?"

"단지 내 피부에 반점 몇 개가 이상하게 보인다는 이유 때문에 그들이 나를 커다란 기계 속에 집어넣으려 했던 건 기억나."

"당신은 피부암 때문에 지금 죽어가고 있어요."

"이 세상에 죽지 않는 사람은 없잖아? 그건 그렇고, 내 주치의가 어떻게 네 전화번호까지 알아냈을까?"

"당신이 가장 가까운 친지의 연락처라며 제 전화번호를 주었다고 하던데요?"

"내겐 가까운 친지라곤 없는 줄 알았는데… 어쨌든, 지금은 네가 여기 있으니 네 말이 맞을지도 몰라. 난 사실 화장실 가기도 힘들어. 네가 와줘서 많이 편해졌어. 솔직히 난 도움이 필요해."

"걱정 마세요."

"그래."

"여긴 정말 지저분해요."

"다 치워도 좋은데, 그 개미집만은 건드리지 않았으면 좋겠어. 그건 내 유일한 낙이니까."

"하지만 당신은 안경을 끼지 않고선 개미를 볼 수도 없잖아요?"

"맞아. 난 단지 바닥에 늘어선 까만 줄만 볼 수 있지. 그걸 보며 나머지는 상상에 맡긴단다. 수이, 난 이제 완전히 혼자야. 너 외엔 아무도 없어."

"네, 그 말은 이미 여러 번 하셨어요."

"넌 여기서 집안일을 하지 않아도 돼. 난 네가 집안일보다 훨씬 더 중요한 일을 해줬으면 좋겠어."

"무슨 말씀인지요?"

"파라다이스의 마지막 틈새를 네가 막아줬으면 해. 그보다 먼저 나를 그곳까지 데려다 주겠니? 난 나의 죽음과 장례식이 동시에 이루어질 수 있도록 이미 모든 것을 준비해놓았어. 커다란 나무 한 그루와 그 뿌리를 내 몸이 들어갈 수 있을 만한 크기의 구덩이에 연결해놓았지. 나무에 연결된 줄만 끊어버리면 그 뿌리가 흙구덩이 속에 내려앉을 거야. 그와 함께 주변에 있던 흙은 자동적으로 떨어져 내려 구덩이를 덮겠지. 넌 단지 로디니아의 흙구덩이까지 나를 데려간 다음 나무와 연결된 줄만 끊으면 돼. 물론, 그것도 내가 스스로 할 수 있는 일이긴 하지만 난 앞을 잘 볼 수 없어. 게다가 몸을 움직일 때마다 여기저기 쑤셔서 너무나 고통스러워. 난 나의 작품 속에서 죽고 싶어. 그게 바로 나의 유일한 마지막 소원이란다. 너는 나를 묻은 후 파라다이스 담장의 마지막 틈새를 막으면 돼. 그러면 나의 작품은 완성되는 셈이지."

"미리암, 난 그 일을 할 수 없어요. 당신을 도와주고 싶기는 하지만 그 일은 불법이에요. 난 살해 행위로 구속될지도 몰라요. 당신이 내게 남긴 엄청난 유산 때문에 세간의 의심도 만만치 않을 거라고요. 물론, 당신의 유산은 로디니아의 보존을 위해 사용될 것이지만 말이죠."

"결정은 내가 하는 거야."

"알아요. 하지만 당신은 내 일에까지 간섭하고 결정할 수는 없어요. 나는 당신의 숨을 끊는 일을 결코 도와줄 수 없다구요."

"그렇다면 없던 걸로 하자. 난 네 도움이 필요할 줄로만 알았는데 가만히 생각해보니 나 혼자서도 얼마든지 할 수 있는 일 같구나."

"저는 헛간에 있는 초가집에서 잘게요. 내일 아침에 봐요."

"마음대로 해."

"편히 주무세요, 어머니."

"미리암이라고 해."

"어머니!"

서울, 2010
카이

　입장료를 지불하고 찜질방에 들어서니 직원이 다가와 수건과 찜질복을 건네주었다. 옌센의 것은 헐렁한 분홍색 상의와 바지였고, 내 것은 녹색이었다. 나는 탈의실로 가서 신발과 입고 왔던 옷을 상자 속에 차곡차곡 넣어둔 후, 벌거벗은 몸으로 커다란 텔레비전 화면 앞을 지나쳤다. 그곳에는 여러 명의 벌거벗은 남자들이 나무 벤치 위에 앉아 드라마 <겨울연가>를 시청하고 있었다. 매점에는 식혜와 아이스커피 등 각종 음료수와 과자 등을 팔고 있었다. 나는 먼저 샤워를 하고 목욕탕에 들어간 후, 작은 플라스틱 의자에 앉아 한국인들이 쌀을 씻을 때처럼 온몸을 박박 문질렀다. 목욕탕의 종류는 셀 수 없이 많았다. 원목탕, 증기탕, 냉탕, 대리석탕, 거품이 이는 탕과 일지 않는 탕은 물론, 갖가지 온도를 선택할 수 있는 사우나실, 발마사지 시설과 전신 마사지 시설도 갖추어져 있었다. 나는 커다란 냉탕에 들어가 얼음처럼 차가운 폭포수 아래에 한참 머무른 후, 녹색 의상을 입고 위층으로 올라가 보았다. 벽에는 아무 그림도 걸려 있지 않았다. 새 건물인 듯 구석구석이 깨끗하기 그지없었다. 위층은 남녀 공용실이었다. 따스한 리놀륨 바닥에는 작은 방석과 커다란 매트가 여기저기 자리하고 있었다. 대부분의 사람들은 잠을 자고 있었다. 분홍색 찜질복을 입은 옌센은 방 한가운데에 누워 텔레비전을 보고 있었다. 나를 발견한 그녀가 손을 흔들었다.

"여긴 24시간 영업한대. 그래서 부부싸움을 한 사람들이 밤에 자주 온다고 들었어." 나는 옌센에게 설명해주었다. "호텔 리셉션 직원은 한때 사흘 동안 찜질방에 머무른 적도 있다고 얘기해주더군."

옌센의 몸에서 나는 향기는 항상 나를 불쾌하게 했다. 하지만 그곳에 함께 있다 보니 그녀의 체취도 달라졌다는 것을 느낄 수 있었다. 찜질방 안에서 내 코를 스치는 그녀의 향기는 한마디로 너무나 매력적이었다.

"향수를 바꿨어?"

"아냐. 나도 당신처럼 살이 떨어져나갈 듯 박박 문질렀거든. 이제 남은 건 나의 고유한 향기뿐이야."

"매우 특별한 향기야. 라벤더 향기 같기도 하고… 이렇게 좋은 냄새가 나는데 왜 그동안 향수를 지독하게 뿌리고 다녔던 거야?"

"갑자기 왜 이래? 그래도 기분은 좋군. 당신도 여기 앉아. 쉬어야 할 사람은 당신이니까."

낯선 한국인들 사이에서 옌센과 팔을 끼고 누워 있자니

이상하기 짝이 없었다. 우리는 함께 꾸벅꾸벅 졸았다. 옌센은 가끔 내 등을 쓰다듬어주기도 했다. 나는 그녀의 애정과 배려에 감동해 가슴이 먹먹해졌다.

"당신이 여기까지 함께 와줘서 너무나 고마워."

"여긴 정말 수수께끼 같은 나라라서 추리소설을 한번 써보고 싶은 생각도 들어. 나는 이처럼 낯선 곳엔 처음 와봤어. 이 나라의 문화는 물론, 사람들의 평범한 표정마저도 어떻게 해석해야 할지 헷갈릴 뿐이야. 그건 그렇고, 아버지를 만나본 느낌은 어때?"

"이번 주 일요일에 다시 찾아갈 거야. 아버지는 우울증에 시달리고 있는 것 같아. 대문을 두드릴 때만 하더라도 당황스럽고 두려웠지만, 함께 거실에 앉아 이야기를 나누다 보니 마치 우리가 오랫동안 잘 알던 사람처럼 느껴졌어. 참, 아버지에게서 충격적인 이야기를 들었어."

"그게 뭔데?"

"내가 물 위를 걸을 수 없다는 사실."

"그렇다면 지금까지 당신이 우리에게 거짓말을 한 거야?"

그녀가 미소를 지었다.

"그런 것 같아. 아버지 말을 듣고 보니 그간 내가 너무나 바보 같았다는 것을 깨닫게 되었지. 난 평생 내가 매우 특별한 사람이라고 생각하며 살아왔거든. 나이가 든 후에 왜 직접 실험해보지 않았는지도 후회가 돼."

"그렇다고 해서 바뀐 건 없어." 옌센이 말했다.

"어쩌면 바로 그 때문에 모든 게 바뀌었을지도 몰라. 모든 게 혼란스러워졌어. 그래서 무당을 만나볼까 생각 중이야."

"무당? 그게 뭔데?"

"한국의 전통 무속인이야."

마라도, 2010
수이의 메모

해마/해마체

해마는 실고기과에 속하는 수중생물이다. 여느 물고기와는 달리 해마는 암컷이 수컷의 몸에 알을 낳고, 수컷은 약 30일 동안 알을 품었다가 새끼를 낳는다.

해마체는 뇌의 양쪽에 있는 측두엽에 존재하며 그 모양이 해마를 닮았다고 해서 해마체라 부른다. 이것은 인간의 방향 감각, 새로운 것을 인지하고 학습하는 능력과 관계가 있으며, 장·단기 기억 작용을 담당한다. 일종의 하드디스크인 셈이다. 어떤 이는 해마를 말려 장식품으로 사용하기도 한다.

해마는 한국의 전통 의학에서 가루 또는 덩어리의 형태로 자주 이용된다. 해마는 천식, 피부질환, 불면증, 생식 불능, 내장 기관의 혹 등을 치유할 수 있다고 한다.

말의 형태를 지닌 바다보다 바다의 형태를 지닌 말을 떠올리는 것이 더 어려운 건 무슨 이유일까.

달라르나, 2021
미리암

아침 햇살이 얇고 부드러운 장막처럼 숲을 에워싸고 있었다. 무엇을 해야 할지 감을 잡을 수 없는 거대한 안개의 장막 속으로 들어가기까지는 아직 조금의 시간이 남아 있다. 나는 아침에 가장 머리가 맑다. 시간은 나를 기다려주지 않는다. 나는 천천히 몸을 움직여 침대에서 벗어났다. 두 다리 사이에서 미적지근한 액체가 흘러내린다는 것을 감지한 나는 잠시 제자리에 가만히 서 있었다. 하얀 잠옷에서 물방울이 뚝뚝 떨어졌다. 잠옷은 도우미가 입혀주었던 것일까. 나는 잠옷을 벗을 힘도 없었다. 손가락 하나를 까딱하는 것도 고통스러웠다. 구부정한 몸으로 천천히 한 발짝 두 발짝 앞으로 걸어갔다. 나는 거실을 지나 대문을 나선 후 숲으로 향했다.

담장의 남쪽에는 조그마한 틈새가 있다. 한 사람이 겨우 들어가고 나올 정도의 구멍이다. 틈새에 가까이 다가갈수록 점점 힘이 솟아나는 것을 느낄 수 있었다. 온몸의 관절과 근육 곳곳에서 비명을 지르던 통증은 서서히 사라졌다. 담장 안쪽에 자리한 작은 손수레 위에는 약간의 자갈, 모르타르, 시멘트와 물이 준비되어 있었다.

나는 담장의 틈새로 몸을 집어넣었다. 시멘트를 모르타르와 섞고 그 위에 물을 부었다. 바닥에 드러누워 눈을 감고 기다렸다. 형언할 수 없는 기운이 나의 온몸에 젖어들었다. 몸을 일으키니 다시 젊어진 것 같았다. 나는 시멘트를 발라 담장의 틈새를 막기 시작했다. 마지막 돌을 얹어 안쪽에서부터 파라다이스를 봉쇄하는 일을 하는 동안 내 입에서는 고통스러운 신음이 흘러나왔다.

로디니아의 모든 것은 생기 가득한 녹색을 품고 있었다. 나는 등을 돌려 파라다이스 안쪽으로 걸어가기 시작했다.

나무가 기다리고 있었다. 마틸데의 나무는 내 나무 옆에서 자라고 있었다. 나는 이미 마틸데의 죽음을 이용해 장례 방식을 시험해보았기에 모든 것이 오차 없이 잘 진행되리라는 것을 확신했다. 바람에 흔들리는 나뭇잎은 마치 내게 손을 흔드는 것 같았다. 칼을 꺼내 나무 뿌리를 화분처럼 감싸고 있던 비닐을 찢는 순간, 말할 수 없는 자랑스러움과 뿌듯함을 느꼈다. 나무 뿌리 사이를 비집고 내 몸을 집어넣었다. 어느새 나를 괴롭히던 통증과 고통은 말끔히 사라졌다. 나는 목걸이에 걸려 있던 조그마한 은 상자 속에서 청산가리를 꺼내 이 사이에 끼운 후, 손을 쭉 뻗어 끈을 잘랐다. 나무가 떨어져 내리는 순간, 그 뿌리와 내 몸은 구덩이 속으로 함께 떨어져 내렸고 그와 동시에 내 이는 청산가리를 담은 알약을 깨물었다.
약 기운이 입과 목구멍으로 퍼져 점막 안으로 스며들었다. 내
게 다가올 어둠을 맞아들이려 한쪽 눈을 살짝 떠보았다. 하지
만 어둠은커녕 나무 뿌리와 흙으로 가득찬 구덩이 속까지 한
줄기 빛이 새어 들어오고 있었다. 이상하기만 했다.

사주 카페, 인터뷰, 한국, 2010
카이

통역사: 생년월일을 말씀해주세요.

나: 음력 1966년, 3월 1일입니다.

통역사: 태어난 시는요?

나: 오전 10시 10분입니다.

통역사: 이름을 말씀해주세요.

나: 카이라고 합니다.

통역사: 미래에 대해 알고 싶다고 하셨나요?

나: 네.

통역사: 당신은 사람들을 잘 믿지 않지만, 한 번 마음을 열면 모든 것을 다 줄 정도로 신뢰하는 사람입니다. 그런 당신에게 가끔 등 뒤에서 칼을 찌르는 사람도 있으니 조심하셔야 합니다. 당신은 매우 특별한 사람이군요. 타인의 말에 귀를 기울이지 않는 고집 센 사람입니다. 가끔은 타인의 말에 귀를 기울이는 것도 중요하다는 사실을 잊지 마셨으면 합니다.

나: 네, 잘 알겠습니다.

통역사: 당신은 기운이 왕성한 사람이라 쉬지 않고 부지

런히 움직여야 합니다. 사무실에서 하는 정적인 일은 피하는 게 좋겠습니다. 당신은 타인의 감정과 느낌을 매우 쉽게 알아차릴 수 있습니다. 무당은 당신에게 영적인 기운이 있다고 했죠?

나: 네, 그렇습니다.

통역사: 꿈은 자주 꾸는 편입니까?

나: 꿈은 그리 자주 꾸지 않습니다.

통역사: 꿈을 드물게 꾸는 경우, 그 꿈은 당신의 미래를 의미할 때가 많습니다. 당신은 영적 능력을 본다면 꿈을 이용해 스스로의 미래를 바꿀 수도 있을 것 같군요. 당신은 현재 변화의 한가운데에 있습니다. 당신의 삶은 앞으로 크게 변화할 것입니다. 그 변화는 이미 작년부터 시작되었군요. 현재는 매우 힘든 시기이고 내년이 되면 삶이 완전히 바뀔 것입니다.

나: 네, 최근에 많이 힘들었습니다.

통역사: 당신은 크나큰 사랑을 지니고 있습니다. 내면의 기운은 어머니의 사랑을 방불케 할 정도로 크고 따뜻합니다. 바로 이 기운 때문에 당신은 스스로는 물론 주변인에게까지 혼란을 가져다 줄 수 있습니다.

나: 가끔 제 팔에 형언할 수 없을 정도로 강렬한 기운을 느끼는데 그 이유가 뭔지 역술가님께 여쭈어주시겠습니까?

통역사: 혹시 최근에 우울증에 시달린 적이 있습니까?

나: 네, 제 딸 수이가 독립하던 때에 심한 우울증을 앓았습니다. 제가 누군지도 모를 만큼 정체성의 문제를 겪기도 했습니다. 당시, 저는 몇 주 동안 침대에 누워 꼼짝도 하지 못했지만, 이상하게도 제 팔에는 강렬한 에너지가 넘쳤습니다.

통역사: 혹시 지금 어깨가 많이 무거운가요.

나: 그렇진 않습니다. 인도의 오로빌이라는 도시에서 사람들을 치유해주기 시작했을 때부터 그 불쾌한 느낌은 사라졌습니다. 하지만 최근에 다시 생겨났습니다.

통역사: 따님이 독립을 하면서 남기고 간 빈자리는 당신의 내면을 열어주는 계기가 되었습니다. 그 공간 속으로 당신의 죽은 할아버지 영이 들어오려 했군요. 살아생전 치유사로 활약했던 그분이 최근 당신이 가지고 있는 하얀 빛의 기운을 통해 당신과 영적인 소통을 시도했던 것 같습니다. 그분은 살아 있을 때 얻지 못했던 것을 당신을 통해 얻고자 하는군요. 그래서 당신의 몸이 가끔 그처럼 아팠던 것이고, 또한 당신의 능력이 수면 위로 떠오를 수 있게 되었던 것이지요.

나: 역술가 님께 한국의 무속 의식인 굿에 대해서 설명해주실 수 있는지 부탁해도 될까요?

통역사: 우리는 현재나 미래의 일을 더 잘 알아보기 위해 세상을 떠난 혼과 소통을 합니다. 그것이 바로 굿이지요. 굿은 귀신 들린 사람을 치유하기 위한 방법으로 사용되기도 합

니다.

나: 저는 인왕산에서 굿을 구경한 적이 있습니다. 한 여인이 날카로운 작두 위에 올라가는 모습과 생고기가 산더미처럼 쌓인 제단도 보았습니다.

통역사: 역술가 님은 제단 위에 있는 음식의 양은 굿을 의뢰한 이가 얼마나 부유한지 가늠할 수 있는 척도로 해석할 수 있다고 말하십니다.

나: 그 음식은 실질적으로 어떻게 이용되나요?

통역사: 그것은 혼에게 바치는 제물입니다. 미래의 안위를 빌기 위해 조상의 영을 불러들이는 역할을 하죠.

나: 무당이 작두를 타는 이유는 무엇입니까?

통역사: 그것은 혼령에게 인간의 몸에서 벗어나 달라고 비는 행위입니다. 혼령들은 날카로운 칼날을 보면 두려워져서 자리를 잡고 있던 인간의 몸에서 벗어나게 됩니다.

나: 굿을 하는 과정에서 땅에 엎드린 한 여인을 정결하게 하는 행위를 보았습니다. 무당 한 명이 그녀의 몸 위에 나뭇가지와 음식을 올려놓으니 다른 무당이 다가와 술과 음식을 문 밖으로 버리더군요. 그 의미는 무엇인가요?

통역사: 그건 호기심 때문에 이승을 찾아온 혼령들에게 이것을 먹고 얼른 좋은 곳으로 가라고 부탁하는 행위입니다.

나: 네, 그렇군요.

통역사: 역술가 님은 당신이 무엇 때문에 이처럼 많은 것을 알고자 하는지 궁금해하십니다.

나: 제겐 너무나 크고 새로운 경험이었습니다. 동시에 이해할 수 없는 경험이기도 했지요.

통역사: 그렇습니다. 그것은 매우 드문 경험이라 할 수 있습니다. 심지어는 일반적인 한국인들도 자주 경험하지 못하는 일이지요. 저 또한 단 한 번도 굿을 구경해보지 못했습니다. 그렇게 따지자면 당신은 운이 좋은 사람입니다. 역술가 님은 무속의 세계에 필요 이상으로 호기심을 가지지 말라고 경고하십니다. 자칫 잘못하면 당신도 무당이 될 수 있으니까요. 무당의 삶은 그다지 행복한 삶이라 할 수 없습니다. 심지어 심하게 아플 수도 있습니다. 역술가 님은 당신에게 건축설계사의 자리로 되돌아가라고 권유하십니다. 그리고 당신의 능력을 숨기기보다는 오히려 활짝 드러내놓고 좋은 일에 사용하라고 하시는군요. 단, 부를 좇지 말고 오직 진실만을 좇아야 한다고 하십니다.

나: 역술가 님께 제 직업을 말씀드린 적이 있나요?

통역사: 아닙니다. 하지만 역술가 님은 말로 표현되지 않는 것들까지도 다 알고 계십니다. 더 하실 질문은 없으신지요?

나: 없습니다. 시간을 내어주셔서 감사드립니다.

사주 카페를 나서니 혼란스럽기도 하고 상쾌하기도 했다. 길가의 벤치에 앉아 있는 한 노인이 눈에 띄었다. 그는 강렬한 신체적 고통에 시달리는 것 같았다. 나는 그에게 다가가 가볍게 목례를 하고, 눈을 마주치며 미소를 지었다. 내가 그의 머리를 가리킨 후 두 손을 펼쳐 보이자, 그가 고개를 끄덕였다.

나는 한 손을 그의 이마 위에 올려놓고, 다른 한 손을 뒷목에 얹은 채 두 눈을 감았다. 하지만 내 손은 여전히 차갑기만 했다. 식은땀이 흐르기 시작했다. 눈을 반쯤 뜨고 살펴보았지만 그 어디서도 하얀 연기는 피어오르지 않았다. 아무것도 보이지 않았다. 나는 그의 머리에서 손을 떼고, 미안한 표정을 지으며 어깨를 으쓱 추켜 보였다.

"죄송합니다." 나는 그를 향해 우물쭈물 말을 이었다. "당신을 도와줄 수가 없군요."

그가 몸을 일으켜 내게 절을 했다.

"감사합니다." 그는 길 아래쪽으로 사라졌다.

"감사할 일은 아무것도 없어요…." 나는 그의 등 뒤에서 혼잣말로 중얼거렸다.

달라르나, 2021
수이

　얼굴을 간질이는 햇살에 눈을 떴다. 나는 지난 밤에 럼주 반 병을 비우고 줄담배를 피우며 담배 한 갑을 다 비웠다. 담요를 몸에 두르고 대문 앞에 앉아 창백한 하늘을 올려다보았다. 문득, 반짝이는 별로 가득한 여름밤의 하늘이 머릿속을 스쳤다. 시계를 보니 오전 11시였다. 적어도 열 시간 이상은 잔 셈이다. 인간은 죽음으로부터 도망칠 수 있을까? 아니, 어쩌면 삶은 사방이 닫힌 집이고 죽음은 그곳을 벗어날 수 있는 유일한 문이 아닐까? 미리암은 너무나 고집이 세서 말을 붙일 수가 없을 정도였다. 그럼에도 나는 난생처음으로 그녀를 향한 연민과 동정을 느낄 수 있었다. 이곳에 발을 들여놓을 때만 하더라도, 나는 죽음을 앞둔 그녀와 어떤 형식으로든 화해를 할 수 있기를 바랐다. 내가 그녀의 몸을 통해 이 세상에 나왔듯, 한때는 우리가 떼려야 뗄 수 없는 관계였다는 것을 확인해보고 싶었던 것이다.

　미리암은 죽어가고 있다. 나는 앞으로도 계속 살아갈 것이다. 나는 미리암의 마지막 작품이 완성될 수 있도록 힘 닿는 데까지 도와주리라 결심했다.

거실 바닥이 삐걱거리는 소리를 냈다. 벽 앞에는 겹겹이 쌓인 낡은 신문지와 정원 손질용 장비, 미완성 조각상들이 나란히 자리하고 있었다. 나는 그녀의 침실 문을 두드렸다. 아무런 인기척도 들리지 않았다. 문을 살짝 열어보았다. 그녀의 침대는 텅 비어 있었다. 침대에서 문 앞까지 이르는 바닥에는 누런 액체의 흔적이 남아 있었고, 침실 한가운데는 악취를 풍기는 갈색 덩어리가 놓여 있었다.

"미리암?"

나는 집을 뛰쳐나가 헛간으로 갔다. 그녀의 이름을 부르며 여기저기 찾아 헤맸지만 그녀는 그림자도 찾을 수 없었다. 혹시 숲속의 로디니아로 간 것은 아닐까?

나는 숲으로 향하는 오솔길을 달리기 시작했다. 불쑥 튀어나온 나무 뿌리에 발이 걸려 돌멩이의 날카로운 가장자리에 허벅지를 긁혔다. 피가 흘렀지만 개의치 않았다. 나무들은 평상시와 마찬가지로 침묵을 지키며 나를 내려다보고 있었고, 오솔길은 내 몸을 잡아먹을 듯 쉬지 않고 안으로, 안으로 빨아들였다. 그녀가 정말 아무 도움도 없이 혼자 힘으로 이곳까지 올 수 있었을까? 담장 앞에 이르렀을 때, 열려 있던 틈새가 사라진 것을 발견했다. 모르타르는 여전히 축축했다. 나는 당황하기 시작했다. 담장의 틈새를 막고 있는 벽돌을 어떻게든 부수어야만 했다. 나무 사이를 돌아다니며 벽돌을 깰 수 있을 만한 것을 찾기 시작했다. 눈물이 앞을 가렸다. 만약, 담장에 구멍을 내면 그와 동시에 나도 쓰러져버릴 것만 같았다. 나는 바닥에 엎드려 담장에 손을 얹었다. 형언할 수 없는 슬픔이 치솟아 올랐다. 나는 벽돌 사이에 움푹 들어간 부드럽고 축축한 이음새 부분을 손가락으로 파헤치기 시작했다.

한국, 2010
카이

"오늘 수이와 통화해봤어?" 옌센이 내게 물었다.

"응. 미옥 할머니에게서 잠수질을 배우기 시작했다고 하더군. 아마 그쪽으로 재능이 있는 모양이야."

"우리도 거기 가볼까?"

"아냐, 수이가 거기서 잘 지내고 있다는 걸 안 이상 우리가 거기까지 가서 간섭할 필요는 없다고 생각해."

내 입을 벗어난 말이 허공을 맴돌다가 내 귀를 통해 의식 속으로 잦아들었다. 그 순간, 나는 그제서야 수이가 집을 떠나 독립했다는 사실을 인정하는 나 자신을 발견할 수 있었다. 동시에 안도감이 온몸을 휩쓸었다. 그녀를 자유롭게 놓아줌으로써 나 또한 자유를 만끽할 수 있다는 사실은 물론, 우리 사이의 사랑이 이전보다 훨씬 크게 자라 있다는 사실을 마침내 깨달은 것 같았다.

"내일 집으로 돌아가는 건 어때?"

"난 좋아." 옌센이 말했다. "사실, 생각을 정리할 나만의 공간을 그리워하던 중이었어. 나는 텅 빈 공간 속에서 더 창의적인 생각을 할 수 있는 사람이거든. 여긴 매우 특별하고 꽤 많은 영감을 얻을 수 있는 곳이긴 하지만 곳곳에 사람들이 너무 많아."

"오늘 입은 옷은 못 보던 건데?"

"흰색 원피스."

"평소에 즐겨 입던 형형색색의 화려하고 긴 치마는 옷장 속에 넣어둔 거야?"

"응."

"이젠 향수도 안 뿌리는 것 같네?"

"응, 난 이제 당신과 마찬가지로 눈이 쭉 찢어진 동양인이 되려나 봐."

"말조심 해."

"왜?"

"그런 인종 차별적인 말은 당신과 어울리지 않아."

"진작에 말해주지 그랬어."

"지금 말하잖아. 근데, 어디 불편해?"

"응, 뒷목이 뻐근해."

"여기 앉아봐."

나는 내 능력을 숨기지 않고 드러내기 위해 길가의 벤치에 앉아 있던 노인을 치유해주려 했던 순간, 가지고 있던 능력이 사라져버렸다는 것을 기억했다. 그때의 민망함이 다시 떠올라 얼굴이 화끈거렸다. 나는 엔센의 눈을 바라보며 그녀가 준비되기를 기다렸다. 잠시 후, 그녀의 목에 한 손을 얹었다. 내 손은 여전히 차갑기만 했다. 식은땀이 흐르기 시작했다. 두 눈을 감고 양손을 축 늘어뜨린 채 포기해야겠다고 마음먹었다.

"카이?" 옌센이 말했다. "당신 몸에서 반짝이는 빛이 우러나오고 있어."

"그게 정말이야?"

"하얀 빛의 막이 당신을 에워싸고 있어. 정말 아름다워."

그와 동시에 내 손에서 열기가 뿜어져 나오기 시작했다. 옌센의 몸에서 풍기는 달콤한 라벤더 향이 코끝을 간질이며 내 몸을 파고들었다. 그녀와 나 사이를 가로막고 있던 묵직하고 불쾌한 향수 냄새는 이제 사라지고 없었다. 문득, 이전에는 말로 표현할 수 없었던 기이한 감정이 나를 덮쳤다. 그것은 깊은 사랑의 감정이었다.

"왜 그런 눈으로 나를 보고 있지?" 그녀가 물었다.

"마치 당신의 진실된 모습을 오늘에서야 처음 보는 것 같은 기분이 들어. 당신에게서 눈을 뗄 수가 없어."

호텔방의 전화기가 울렸다.

"카이 씨, 예약하신 택시가 도착했습니다."

코펜하겐, 2011
카이

사랑하는 수이,

책이 출간된 것을 축하해. 네 책은 지금 내 앞에 있단다.
너를 향한 자랑스러움과 사랑이 걷잡을 수 없이 넘쳐흐르는
것을 느껴. 아직도 여전히 섬 생활을 즐기고 있다니 마음이
놓이는구나. 한국을 방문한 후에 모든 것이 제자리를
잡아가고 있다는 생각이 들어. 나는 옌센과 사랑에 빠졌단다.
맞아, 네가 잘못 읽은 건 절대 아냐. 그건 사실이니까. 그녀도
나를 사랑해. 우리의 사랑은 한국에서부터 시작되었지.
그처럼 많은 세월이 흐르는 동안 항상 내 눈 앞에 있어왔던
그녀를 이제서야 발견하다니! 옌센과 나는 집 안에 필요없는
가구들을 모두 정리하고 대신 갖가지 살아 있는 식물들로
채웠단다. 핀과 나는 사무실을 재정비하는 중이야. 우리는
그동안 효율적인 회사를 만들려고 노력해왔어. 돈도
남부럽지 않게 벌었기에 성공했다고도 할 수 있었지. 하지만
우리의 비전과 열정은 세월과 함께 조금씩 사라졌지. 핀은
스리 아우로빈도의 글을 읽은 후 내가 그랬던 것처럼 큰
영감을 얻었던 것 같아. 모든 것은 내가 떠나기 전과 변함이

없지만, 어떤 면에서 보자면 완전히 변했다고도 할 수 있어. 나는 있는 그대로의 모습으로 살아간다는 것이 얼마나 중요한지 이제서야 깨달았단다. 조금 진부하게 들릴 것 같지만, 그건 사실이야. 조금 늦은 감도 없지 않아. 솔직히, 나는 내가 영성 치유사라는 말을 핀에게 하면 그가 어떤 반응을 보일지 두려웠어. 하지만 알고 보니 그의 어머니는 덴마크 최초의 아유르베다 치유사였다고 하더군. 우린 그런 일에 관해선 대화를 나누지 않았기에 전혀 모르고 있었단다. 우리는 이전과는 다른 목표를 세웠어. 인류 전체를 위한 건축 설계를 지향하기로 말야. 자재, 빛, 구조와 형식. 이 모든 것들은 우리에게 영향을 주기 마련이야. 이제 우리는 자연과 환경을 향한 존중심을 바탕으로 설계를 하고 건물을 지을 생각이란다. 그건 지금까지 아무도 보지 못했던 새롭고 특별한 결과물로 나타날 거야.

사랑하는 수이, 시간이 나면 꼭 답장을 써주렴. 네 삶에서 어떤 일을 경험했는지 알려줘. 너의 편지는 내 존재적 삶의 정점이라 해도 과언이 아니니까.

사랑을 담아,
아버지로부터.

스위스, 2021
수이

"아버지, 저예요."

"안녕, 수이! 지금 미리암의 집에 있니?"

"아니에요, 저는 지금 스위스에 있어요. 글을 쓰기 위해 로잔으로 가기 전에 잠시 스웨덴에 들렀지만, 제가 더 할 수 있는 일이 없어서 돌아왔어요. 미리암은 스스로를 땅에 묻어버렸다고요."

"너는 어떻게 지내고 있니?"

"제가 그 일을 입 밖에 낼 수 있기 위해선 모든 것으로부터 거리를 두어야 할 것 같아요."

"마라도에 가기 전에 코펜하겐에 들를 거니?"

"아쉽게도 그럴 계획은 없어요. 미옥 할머니에게 가능한 한 빨리 돌아오겠다고 약속했거든요. 그곳의 해녀들에겐 제가 필요해요. 세월이 가도 그들이 더 젊어지진 않을 테니까요."

"하지만 크리스마스에는 집에 올 거지?"

"네, 물론이죠."

전화를 끊은 후 책상 앞에 앉았다. 바람은 메마르고 미적지근했다. 창밖에는 3백년 된 커다란 나무 한 그루가 숙소의 마당을 지키고 있었다. 언덕 위에 있는 숙소에서는 아래쪽의 숲과 해바라기숲, 포도밭, 사과나무와 체리나무가 자라는 강변은 물론 저 너머 높이 솟아오른 산도 한눈에 볼 수 있다. 햇살이 화창한 날이면 푸른 하늘을 향해 날카롭게 솟아 있는 몽블랑 산꼭대기도 볼 수 있다. 산꼭대기 위의 빛은 시시각각으로 변했기에 나는 자주 넋을 잃은 채 시간 가는 줄도 모르고 창밖을 바라보곤 했다. 산은 항상 새로운 모습으로 다시 태어나는 것 같기도 했다.

창공에서 내려다본다면, 높은 산맥은 지구의 주름살이라 해도 좋을 것이다. 그것은 태초부터 존재했던 것이다.

나는 이곳에 다음 책을 마무리하기 위해 왔다. 하지만 내 생각은 여전히 미리암의 주위를 맴돌고 있었다. 컴퓨터 앞에 앉아도 그녀에 관한 이야기 외에는 아무것도 쓸 수가 없었다. 양치질을 할 때도 거울 속의 내 눈에 보이는 것은 그녀의 모습뿐이었다. 그녀는 욕조에 누워 있었다. 그녀의 머리카락은 검푸른 미역처럼 물 위를 둥둥 떠다니고 있었고, 몸은 물에 녹아버린 듯 윤곽만 흐릿하게 보였다. 그녀의 눈은 내가 보는 것만 볼 수 있을 뿐이다. 창을 통해 커다란 나무 사이로 햇살이 비추어 들면 우리는 함께 밖으로 나갔다. 장미 꽃잎은 잘

려 나갔고, 가시가 붙은 줄기는 뻣뻣하기만 했다. 나는 그녀에 관한 글을 쓰기 싫었다. 그래서 어렸을 때 하던 것처럼 쉬지 않고 책을 읽었다. 책을 읽으면 다른 생각을 하지 않을 수 있어 좋았다. 책 속의 글은 나를 낯선 장소 속으로 데려가 낯선 느낌으로 채워주었다. 그럼에도 다시 글을 쓰기 위해 자리에 앉았을 때 가장 먼저 떠올랐던 것은 바로 미리암이었다. '미리암은 아무도 사랑하지 않았다. 심지어는 그녀 자신조차도.' 나는 그녀를 벗어날 수가 없었다. 어쩔 수 없었다. 글을 써서 그녀를 내 몸 밖으로 내보내는 수밖에. 나는 그녀에 관한 갖가지 기사와 문서를 모아 가제를 붙였다. '어머니'. 그렇게 하자 글이 저절로 써졌다. 이전에는 경험하지 못했던 일이었다. 말과 글이 폭포수처럼 쏟아졌다.

한국, 언덕에서, 2021
수이

마라도로 되돌아가기 전날, 나는 어머니에 관한 글을 출판사에 보냈다. 다음 날, 미옥 할머니의 별채에 앉아 차를 마시자니, 문득 그곳이 나의 새로운 보금자리라는 생각이 스쳤다. 별채에 속한 모든 것은 너무나 작고 아기자기했다. 작은 세면대, 작은 찬장, 작은 냉장고, 낮에는 개어 옷장에 넣어두는 작은 이불, 그리고 작은 가스레인지. 별채는 미옥 할머니의 집 건너편, 바다가 내려다보이는 절벽 위에 있었다. 그곳에서 뿌리를 내리기는 힘들어 보였다. 땅은 거칠고 메말랐으며, 집은 마치 상처 위에 앉은 딱지처럼 간당간당하게 자리하고 있었다. 미옥 할머니가 사는 집은 별채보다 조금 더 컸으며, 섬의 식당 뒤쪽에 숨어 있었다.

"너는 나의 가장 가까운 가족이기 때문에, 내가 죽으면 내 재산은 다 네게 물려줄게. 하지만 별채는 이미 네 거야."

그녀는 별채 대문에 내 이름을 새긴 나무 팻말을 걸어놓았다. '수이의 집'. 나는 여름이면 나이 많은 해녀들과 함께 해산물을 채취해서 그해 겨울을 날 수 있을 만큼의 돈을 벌었고, 겨울이 되면 할아버지가 직접 지었던 언덕 위의 오두막으로 옮겨가 글을 썼다. 나는 미리암에게서 엄청난 유산을 물려받았지만, 어쩐 일인지 그녀의 돈은 한 푼도 건드리기 싫었다.

"수이, 좋은 소식과 나쁜 소식이 있어." 전화기 너머 들려오는 아버지의 목소리였다.

"나쁜 소식부터 먼저 전해주세요."

"일전에 네가 미리암의 집에 한번 가보라고 말했잖니. 그래서 우린 며칠 전에 그곳을 찾아봤단다. 차를 타고 그녀의 집 앞에 이르기 직전, 무언가 잘못되었다는 느낌이 스쳤어. 길가에는 쿠션, 냄비, 커텐봉, 낡은 라디오 등 갖가지 물건들이 흩어져 있었고, 집 대문은 활짝 열려 있었단다. 현관에는 그동안 내린 비와 눈으로 젖어 있었지. 너는 미리암의 헛간에 보관되어 있던 그림 세 개를 찾아보라고 했지? 미리암은 다른 그림들은 모두 태워버렸지만 그 그림들만큼은 차마 태울 수 없었다며, 만약 찾게 되면 따로 잘 보관해두라고 말했던 걸 너도 기억하지? 우리가 갔을 때 헛간은 이미 텅 비어 있었어. 이미 누군가 몰래 와서 그림들을 훔쳐간 것 같아. 그림뿐만 아니라 사진과 스케치북, 갖가지 도구와 그녀의 프로젝트가 저장되어 있던 하드디스크까지 사라지고 없었어. 경찰에게 전화를 했더니 금방 오더구나. 그들은 지금 당장은 범인들의 흔적을 찾기 어렵다고 말했어. 미리암의 집은 너무나 외딴 곳에 있어서 증인을 찾기도 힘들단다."

"옷 방의 상황은 어땠나요?"

"그 방도 텅 비어 있었어. 남아 있는 옷은 몇 벌 되지 않았어. 심지어는 도둑들이 속옷까지도 훔쳐간 모양이야. 그 집에 남아 있는 건 책 몇 권, 비디오 필름 몇 개, 동물 뼈다귀 두 개, 반쯤 시든 백여 그루의 자작나무 모종이 담긴 화분들, 몇몇 낱장의 스케치들, 생리대 50박스뿐이었어. 나는 그중에서 책만 몇 권 챙겨 왔을 뿐이야."

"그중에서 책처럼 보이는 상자가 있다면 그것만큼은 제게 주셨으면 좋겠어요. 상자 안에는 편지가 들어 있을 거예요."

충분히 예상할 수 있는 일이었다. 세상을 떠난 세계적으로 유명한 예술가의 집이 몇 달 동안 그대로 보존될 리는 없었다. 단 한 점의 작품만으로도 집 한 채를 살 수 있을 만큼의 돈을 벌 수 있으니 그 어느 누가 가만히 놓아두려 할까.

"집을 부동산 시장에 내놓을까?" 아버지가 말했다.

"그건 좀 기다려보는 게 좋을 것 같아요. 어쨌든, 도둑들이 가장 중요한 로디니아를 훔쳐갈 수 없었던 건 불행 중 다행이네요."

"우린 담장 근처로도 가보았단다. 누군가가 담장 벽에 페인트로 낙서를 해놓았더구나. 그것만 제외한다면 담장은 나무들 사이에서 굳건히 서서 제 모습을 유지하고 있었어. 옌센과 나는 그것이 매우 훌륭한 작품이라는 데 의견을 같이했지."

"좋은 소식은 뭔가요?"

"옌센이 아이를 가졌어. 이제 네게도 동생이 생길 거야."

나는 전화를 끊고 운동화를 신은 후 페리 선착장으로 내려갔다. 동생이라니? 옌센은 이미 마흔을 훌쩍 넘긴 나이가 아니었던가? 하긴 미리암도 나를 낳았을 때 그 나이였을 테니 이상할 것은 없었다. 나는 솔직히 조금 당황스러웠지만, 아버지와 옌센을 진심으로 축하해주고 싶었다. 특히, 자기 자신이 아닌 다른 사람을 위해 의미와 기쁨을 주는 삶을 선택한 아버지가 자랑스럽기도 했다. 관광객을 태운 페리가 들어왔다. 나는 오늘 시끌벅적한 관광객들을 위해 가이드 역할을 하기로 약속한 터였다.

나는 가는 어깨끈이 달린 검정색 상의와 청바지를 입고 머리에는 밀짚 모자를 쓴 채 선착장에 서서 그들을 기다렸다.

"안녕하세요." 그가 먼저 인사를 건넸다.

"안녕하세요."

그의 입술을 빠져나온 목소리는 한 송이 꽃을 연상시켰다. 참을 수 없는 무더움 속에서도 그의 따스한 입김은 행복하게 견뎌낼 수 있었다. 그가 몸을 돌려 내 눈을 바라보았다.

나는 그를 향해 고개를 치켜들고 이마에 흐르는 땀을 닦았다. 그는 매우 키가 컸고, 검은 곱슬머리에 커다란 입을 가진 남자였다. 언뜻 내 또래처럼 보이기도 했다.

"배낭을 들어드릴까요?" 내가 그에게 도움을 제안했다.

"고마워요. 하지만 괜찮습니다."

"짐이 꽤 많은 것 같군요."

"저는 관광객이 아니랍니다. 한국 해녀들과 그들의 모권 사회에 관해 박사 논문을 쓰고 있는 학생이에요. 이곳에서 약 한 달 동안 머무르며 논문을 쓸 예정입니다. 제 이름은 네로라고 해요."

시간은 쏜살처럼 흘렀다. 나는 바다에 나가 잠수를 하지 않을 때면 네로와 함께 바위섬에 누워 시간을 보냈다. 우리는 서로에게 큰 소리로 책을 읽어주기도 하고, 외계의 생명체부터 지구의 단세포 생물을 포함한 이 세상의 모든 것들에 관해 이야기를 나누었다. 나는 그의 몸에 난 점과 점을 이으며 줄을 그었다. 그의 몸에 그려진 푸른색 사인펜 자국은 기하학적

도형을 연상시켰다.

"콜라를 사 올게."

그는 작은 슈퍼마켓으로 가기 위해 길고 가파른 계단을 올라갔다.

나는 그의 등을 바라보았다. 가느다란 선처럼 보이던 그의 몸이 작은 점으로 변했다. 나는 고개를 돌려 바다에 시선을 고정시켰다. 문득, 강렬한 욕구가 내 몸을 감쌌다. 그것은 바다였다. 섬 위에는 구름이 모여들고 있었다. 점점 거세지는 바람에 머리카락이 흩날렸다. 나는 옷을 벗고 바람에 날아가지 않도록 돌멩이를 옷가지 위에 올려놓았다. 바다 쪽으로 쭉 뻗은 절벽 끝으로 천천히 걸어갔다. 맨발에 닿는 절벽은 따스하고 매끈매끈했다. 나는 머리 위로 두 팔을 쭉 뻗고 무릎을 굽힌 후, 절벽을 박차고 바닷물 속으로 뛰어내렸다. 손끝이 바닷물에 닿았다. 갑작스레 몸을 적셔오는 차가운 바닷물에 한순간 숨이 멎을 것 같았다. 치켜뜬 두 눈 앞에 바닷물이 장막처럼 어른거렸다. 내 머리카락은 마치 메두사의 머리처럼 얼굴을 에워쌌다. 숨이 차기 시작했다. 그럼에도 나는 더 깊은 곳으로 내려가 어둑어둑한 해초숲을 헤쳤다. 나의 한쪽 귀에 달려 있던 황금색 해마 장식이 흔들리는 순간, 그것이 눈앞에 나타났다. 믿을 수 없을 정도로 거대한 몸집을 지닌 그것은 내 눈 앞에서 유유히 헤엄을 쳤다. 나는 한순간 수면 위로 올라가 모자란 산소를 보충하려는 생각을 해보았지만, 생각을 고쳐먹었다. 물속은 점점 어두워졌다. 몸을 옆으로 돌리는 순간, 내 손이 그것의 등껍질에 닿았다. 그것은 몸을 돌려 나를 바라보며 미소를 지은 후, 발밑에 자리한 어두운 심연 속으로 사라졌다. 그와 동시에 내 목은 부풀어 올라 아가미가 되었다. 나는 물 속에서 숨을 들이쉬며 산소를 보충했다. 연녹색의 해초가 내 머리카락에 엉켜붙었다. 내 가슴은 짜디짠 바닷물 속을 유유히 헤엄치는 가자미처럼 부드럽게 변했다. 나는 내 몸을 내려다보았다. 이미 알고 있는 사실을 다시 한 번 확인하기 위해서였다. 조금 전까지만 해도 피부로 뒤덮여 있던 곳은 어느새 은색으로 반짝이는 조개 껍데기로 변해 있었다.

작가의 말

나는 1974년 1월 17일, 부산에서 태어났다. 나의 어머니는 마산 출신이며, 아버지의 고향은 신의주다. 두 분 모두 한반도가 둘로 나뉘기 전에 출생했다. 할아버지는 아버지가 세상에 태어난 후 1년도 채 되지 않아 세상을 떠나셨고, 할머니는 다른 도시로 옮겨가 재혼을 하셨다. 나의 아버지는 새로운 가정에서 의붓아버지와, 그의 전처가 낳은 7명의 딸과 함께 새 생활을 시작했다. 이들 가족은 1946년, 신의주에서 부산으로 이사를 했다. 아버지는 학교에서 항상 뛰어난 성적을 유지했으며, 여러 방면에서 재능을 보였다. 그 때문에 이렇다 할 집안 배경은 없었지만 좋은 대학에 입학할 수 있었다. 아버지의 앞에는 항상 밝은 태양이 빛을 비추어 내렸고, 아버지는 성공에 성공을 거듭했다. 어느 날, 아버지는 짙은 색의 긴 트렌치코트를 입은 채 부산 바닷가의 한 모래사장에 누워 여유롭게 화창한 날을 즐겼다. 눈부신 햇살에 손을 들어 그림자를 만들어 내는 순간, 하얀 모래사장 위에서 걷는 한 여인을 발견했다. 그녀는 안부자, 즉 나의 어머니였다. 어머니는 키가 매우 크고 아름다운 여인이었다. 이미 그 때, 어머니의 얼굴에는 아련한 슬픔의 빛이 어려 있었다. 아마 아무도 자신을 보지 않는다고 생각했던 것 같다. 아버지는 꿈을 꾸듯 햇살을 정면으로 받으며 어머니에게 다가갔다. 어머니는 당시 마산에서 살고 있었고, 아버지는 부산에서 살고 있었기에 두 사람은 그로부터 수 년 동안 편지를 주고 받으며 사랑을 키웠다. 하지만, 먼 거리에서 사랑을 나누다 보니 두 사람의 애틋한 사랑은 때로는 떨어지는 낙엽처럼, 때로는 사정없이 몰아치는 밀물처럼 우여곡절을 거듭했다. 당시의 사회적 분위기 때문에 가난한 시골 출신이었던 어머니가 사회적 성공을 거둔 아버지와 결혼하는 것은 그리 쉽지 않았다. 그도 그럴 것이, 아버지는 4년제 대학을 우수한 성적으로 졸업했고 텔레비전 방송국에서 일을 하고 있었으니까. 외가에서는 두 사람의 결혼을 말렸으나 끝내 그들의 사랑을 막진 못했다. 두 사람은 결혼을 했고, 세 명의 자식을 낳았다. 나는 그 중, 막내로 세상의 빛을 보았다. 내가 만 한 살이 되던 해, 아버지는 내연녀 때문에 가정을 버렸다. 어머니가 수치심을 억누르기는 쉽지 않았다. 당시의 사회적 정황으로는 여자 혼자 아이를 셋이나 키우는 것이 거의 불가능했기에, 나는 어머니의 의지와는 상관없이 덴마크로 입양되었다. 내가 새로운 나라에서 백인 가족들과 함께 새 삶을 시작한 지 반 년 후, 나를 낳아준 어머니와 아버지는 재결합을 했다. 하지만, 그 곳에는 이미 나의 자리가 사라진 후였다.

그로부터 20여 년이 흐른 후, 나는 나를 낳아준 부모님과 한국의 가족들을 다시 만날 수 있었다. 당시 21세였던 나는 지구 반 바퀴를 돌아 내가 태어났던 낯선 나라, 한국을 홀로 찾았다. 그때 내가 만났던 한국이라는 나라는, 나의 정체성과 마찬가지로 둘로 나뉘어져 있었다. 나는 한국어를 한마디도 할 수 없었고, 한국 이름은 이미 오래 전에 잃어버린 후였다. 나의 혈통적 근원은 깊은 심연 속으로 사라진 것이나 마찬가지였다. 그 때문에, 나의 존재적 근원은 무작위로 이름을 붙여도 상관없을 정도였다.

이 책의 제목이기도 한 ophav는 '근원', '혈연', '기원' 등의 의미를 지니고 있다. 이 단어는 op과 hav로 나눌 수 있으며, hav는 바다라는 의미로도 사용된다. 바다는 태초의 생명이 발생한 근원지이기도 하다. 이 책은 삶의 근원적 장소, 또는 고향으로 되돌아가는 이들의 삶을 그린 소설이다. 여기서 고향은 구체적 장소가 아니라 인류 전체의 뿌리를 말하는 여러 형태의 비유적이며 대안적 개념이라 할 수 있다. 예를 들어, 우리는 궁극적으로 자연으로 되돌아가 자연과 하나가 될 수도 있다. 그 자연은 바다가 될 수도 있고, 자신의 가슴에 담고 있는 미지의 장소가 될 수도 있으며, 피를 나눈 가족과 조우하는 장소가 될 수도 있다. 즉, 고향이나 근원이라는 말은 한마디로 정의할 수 없는 것이다. 따라서, 자신의 근원을 알고자 한다면 그 대답은 우리 각자가 가슴속에 지니고 있는 정의할 수 없는 막연한 그 무엇의 정체부터 찾아야 한다. 그것은 우리 귀에 스며드는 온갖 소리의 뒤에 자리한 내면의 선명한 속삭임이며, 우리 스스로 고요함 속에 잦아들어 용기를 내어 귀를 기울인다면 충분히 찾을 수 있는 것이다.

한국 독자들의 행복한 책읽기를 기원하며.
에바 틴드

옮긴이 **손화수** Hwasue S. Warberg

한국외국어대학교에서 영어를 전공했고, 오스트리아 잘츠부르크 모차르테움 대학에서 음악을 전공했다. 노르웨이로 이주해 크빈헤라드 및 스테인셰르 예술학교에서 피아노를 가르치며 전문 노르웨이 문학 번역가로 활동하고 있다. 2002년부터 현재까지 번역, 출간된 문학서는『나의 투쟁』,『벌들의 역사』,『자연에 거슬러』,『피레네의 성』,『유년의 섬』,『케플러62 시리즈』,『꼭두각시 조종사』등 80여 권이 있다. 2012년, 2021년에는 각각 올해의 번역가 및 노르웨이 예술인상을 받았고, 2019년 한·노 수교 60주년을 즈음하여 노르웨이 왕실에서 수여하는 감사장을 받기도 했다.

뿌리

초판 1쇄 발행 2021년 7월 10일

지은이 에바 틴드
옮긴이 손화수
펴낸이 강수걸
편집장 권경옥
편집 강나래 김리연 신지은
디자인 권문경 조은비
경영관리 공여진
펴낸곳 산지니
등록 2005년 2월 7일 제333-3370002510002005000001호
주소 부산시 해운대구 수영강변대로 140 BCC 613호
전화 051-504-7070 | 팩스 051-507-7543
홈페이지 www.sanzinibook.com
전자우편 sanzini@sanzinibook.com
블로그 http://sanzinibook.tistory.com

ISBN 978-89-6545-734-3 03850

* 이 도서는 덴마크 예술재단의 번역 지원을 받아 출판되었습니다.